# जो नहीं कहा गया

(कहानी-संग्रह)

# जो नहीं कहा गया

नवनीत मिश्र

वाणी प्रकाशन ग्रुप
भारतीय ज्ञानपीठ
वाणी प्रकाशन : भारतीय ज्ञानपीठ की पुस्तकों के एकमात्र प्रकाशक एवं वितरक

लोकोदय ग्रन्थमाला : ग्रन्थांक 766

सजिल्द पहला संस्करण : 2004
सजिल्द दूसरा संस्करण : 2025

वाणी प्रकाशन : भारतीय ज्ञानपीठ की पुस्तकों के एकमात्र प्रकाशक एवं वितरक

**वाणी प्रकाशन**
4695, 21-ए, दरियागंज, नयी दिल्ली-110 002
दूरभाष : 011-23273167, 23275710
ईमेल : sales@vaniprakashan.in
www.vaniprakashan.com

**ISBN : 978-93-7112-213-9**

**मूल्य : ₹ 375**

**जो नहीं कहा गया**
*(कहानी संग्रह)*
**नवनीत मिश्र**



JO NAHIN KAHA GAYA
*(Short-Stories)*
by Navneet Misha

आवरण-चित्र : माधव भान
मुद्रक : आर. टेक ऑफसेट प्रिंटर्स, दिल्ली-110 032

उन पात्रों को
जिनकी कहानियाँ
कही जाकर भी
अभी
अनकही हैं

# क्रम

# बलिहारी गुरु आपनो

'आपके कालीन देखेंगे किसी दिन, आज तो ये पाँव कीचड़ में सने हैं।' मनमीत ने कमरे की चौखट पर खड़े होकर दुष्यन्त कुमार का शेर पढ़ा, हाथ जोड़कर नमस्कार किया और कमरे में बिछे कालीन और सचमुच कीचड़ में सने अपने सैण्डिलों को संकोच के साथ देखा।

काफी देर बरस चुकने के बाद पानी जरा देर पहले थमा था। घर के ठीक सामने भैंसों की खटाल थी जहाँ से पानी के साथ बह-बह कर गोबर सड़क तक आ गया था। सकड़ी खेलने के-से अन्दाज में उछल-उछलकर चलने के बावजूद मनमीत के सैण्डिलों में गोबर लग ही गया था। उन्होंने चारदीवारी में घुसने से पहले पैर पटककर सैण्डिलों को साफ करना चाहा, लेकिन वह पानी की धार डाले बिना साफ होने वाले नहीं थे। मनमीत ने सैण्डिलों के बक्सुए खोले।

''अरे-अरे, क्या करते हैं? गुरु-भाई के पैरों का तो कीचड़ भी चन्दन के समान है। चले आइए, निःसंकोच ऐसे ही चले आइए।'' सुशिक्षित जी ने अपनी दोनों बाँहें फैलाकर मनमीत का स्वागत किया।

सुशिक्षित जी ने गुरु-भाई कहा, तो मनमीत की आँखों के सामने चालीस-बयालीस वर्ष पुराने दिन घूम गये। पिता के प्रमुख शिष्यों में गिने जाने वाले सुशिक्षित जी का लगभग रोज घर आना, पिता के साथ होने वाली लम्बी-लम्बी बैठकों में साहित्य को लेकर उठने वाली जिज्ञासाएँ, चर्चाएँ...फिर अचानक पिता की मृत्यु और उसके बाद सम्पर्क का लम्बे समय के लिए टूट जाना...कुछ सम्पर्कों की साँसें तब भी हल्की-हल्की चल रही होती हैं, जबकि देखने में वह सम्पर्क कब के मर गये-से मालूम पड़ने लगते हैं। और सुशिक्षित जी तो मनमीत से यदा-कदा समारोहों में बराबर मिलते रहे थे इसलिए ऐसी कोई आशंका नहीं थी कि वह मनमीत को पहचानेंगे या नहीं, लेकिन इतनी हार्दिकता की उम्मीद तो मनमीत को नहीं ही थी...

मनमीत ने दरवाजे पर ही खड़े-खड़े देखा कि सुशिक्षित जी के बहुत बड़े

हो जाने और मान्य हो जाने का पता देते प्रशस्ति और सम्मान-पत्रों से कमरे की दीवारें दीखनी लगभग बन्द-सी हो गयी हैं। मढ़े हुए सम्मान-पत्रों के काफी दूर होने के कारण कत्थई और सुनहरे बॉर्डर तो दीख रहे थे लेकिन इबारत पढ़ने में नहीं आ रही थी। कमरे में एक तरफ शीशे का एक बड़ा-सा केस था, जिसमें देवी-देवताओं की कुछ मूर्तियाँ और शायद बच्चों का मन रखने के लिए, उनकी बनायी हुई उमर खय्याम की सुराही और जाम लिये कलाकृति सजी हुई थी। सामने कुछ ऊँचाई पर एक घड़ी टँगी थी जिसकी बैट्री कमजोर पड़ गयी थी और सेकण्ड की लाल सूई अपनी जगह पर जरा-जरा-सी हिलकर रह जाती थी। घड़ी के नीचे सुशिक्षित जी की लिखी लगभग एक दर्जन किताबों के आवरण पृष्ठ एक गत्ते पर प्रदर्शित किये गये थे, जिनमें से कुछ की पिनें निकल गयी थीं और वह जगह-जगह से लटक गये थे। दीवार पर एक किनारे एक रंगीन चित्र लटका हुआ था जिसमें सुशिक्षित जी प्रधानमन्त्री से अपनी काव्य कृति के लिए सम्मान प्राप्त करते हुए दिखाई दे रहे थे। चित्र के ठीक नीचे एक मेज पर टीवी रखा था और टीवी के ऊपर वाग्देवी की एक लयात्मक मूर्ति के अलावा कई और चीजें सजी हुई थीं। सारा कमरा बेपरवाही का बाना धारण किये किसी विदेह की तप:स्थली-जैसा लगता था। कालीन के ऊपर रखी छोटी मेज के पास एक दीवान पड़ा था और उस पर बैठे सुशिक्षित जी बाँहें फैलाये मनमीत को अपने पास बुला रहे थे।

मनमीत ने सैण्डिल उतारकर दरवाजे के बाहर ही छोड़ दिये और सुशिक्षित जी की ओर बढ़े।

''आइए, बिराजिए!'' सुशिक्षित जी ने मनमीत को बाँहों से पकड़कर पास के सोफे पर बिठाया और खुद प्लेट में रखा सेब उठाकर काटने लगे।

''कभी जब घर पर आपकी माता जी और बहिनों में से कोई नहीं होता था तब गुरुदेव स्वयं हम लोगों को पान लगाकर खिलाते थे। आपके यहाँ का पान हम लोगों के लिए मान का पान नहीं, गुरुदेव का प्रसाद हुआ करता था। तो, पान तो नहीं, मैं आपको अपने हाथ से काटकर सेब जरूर खिला सकता हूँ?'' कहते हुए उन्होंने सेब की एक फाँक मनमीत की ओर बढ़ायी और हँसे। सुशिक्षित जी के गाल काफी उभरे हुए, गुलगुले-से थे और हँसने के समय उनके गाल उनके पपोटों को लगभग ढँक लेते थे, जिसकी वजह से उनकी आँखें हँसते समय और भी छोटी हो जाती थीं।

''कहिए, किस हेतु कष्ट किया?'' सुशिक्षित जी ने सेब की एक और फाँक बढ़ाते हुए पूछा, जिसे मनमीत ने हाथ जोड़कर मना कर दिया।

''आपका एक बेटा है और मेरी एक बेटी,'' मनमीत ने वाक्य अधूरा ही

छोड़ दिया और सुशिक्षित जी के पैर पर अपना एक हाथ रख दिया।

"भई वाह। यह तो एक बहुत बड़े स्वप्न के साकार होने जैसा प्रस्ताव है। गुरुदेव की पौत्री मेरे घर में पुत्रवधू बनकर आये, इससे बड़ी कोई इच्छा तो मैं कर ही नहीं सकता था। रामजी ने चाहा तो इसके सम्पन्न होने में कोई बाधा नहीं होगी।"

सुशिक्षित जी ने आह्लादित स्वर में कहा तो मनमीत को सहसा अपने कानों पर विश्वास करना मुश्किल हो गया।

"तो अब मुझे क्या करना होगा?" अपनी फूट पड़ रही प्रसन्नता को दबाते हुए मनमीत ने पूछा।

"अब करना क्या है? बेटी का एक चित्र और उसकी कुण्डली भेज दीजिए, उस पर विचार करवा लेते हैं। कोई ज्योतिषीय बाधा नहीं होगी तो फिर और कोई बाधा नहीं है," सुशिक्षित जी ने कहा तो मनमीत को उन पिताओं का स्मरण हो आया जो अपनी बेटियों के लिए वर खोजते-खोजते अधमरे-से हो जाते हैं फिर भी सफलता उनसे कोसों दूर भागती रहती है। किसी अनजान घर में बेटी को भेजते हुए जिनके मन आशंका से काँपते रहते हैं जब तक कि बेटी एक बार लौटकर बता नहीं देती कि सबकुछ ठीक-ठाक है। मनमीत तो अपनी बेटी के लिए पहली बार कहीं बात चलाने आये थे और उन्हें सफलता मिल गयी थी और सुशिक्षित जी के व्यवहार ने तो उन्हें खरीद लिया था।

"आप जैसे संवेदनशील व्यक्ति के परिवार में मेरी बेटी सुख से रहेगी।" मनमीत ने भावातिरेक में भरभरा आये गले से कहा और सुशिक्षित जी के हाथ को जोर से पकड़ लिया।

"विधि कुलाल कीन्हें काँचे घट, ते तुम आनि पकायो...।" गुरुदेव का स्मरण हो आया, उन्होंने मनमीत की बात शायद सुन ली थी, लेकिन जैसे अपने आप में ही मगन होकर उन्होंने कहा।

"इसका क्या अर्थ हुआ?" मनमीत ने जिज्ञासा प्रकट की।

"सूर-सागर का पद है। गुरुदेव ने इसका अर्थ बताया था कि गोपियाँ उद्धव से कहती हैं कि हमें तो विधि के कुम्हार ने प्रेम की मिट्टी के कच्चे घड़े जैसा बनाया था, लेकिन तुम्हारे सन्देश में जो ताप है उसमें तपकर वह कच्चे घड़े पक्के हो गये हैं अर्थात् अब हम कृष्ण-प्रेम में और भी पक्की हो गयी हैं..."

"वाह," मनमीत के मुँह से निकला।

"मैं गुरुदेव का मानस पुत्र था। वह जब इस पद का अर्थ समझा रहे थे तब मैं उसका एक अलग ही भाष्य कर रहा था," सुशिक्षित जी ने कुछ विनोद

के-से भाव से कहा।

"क्या?"

"विधि ने मेरे भीतर संवेदनशीलता, उदारता और मनुष्यता के जो बड़े मूल्य कच्ची मिट्टी के रूप में दिये थे, गुरुदेव के सान्निध्य की आँच में वह पक गये। सचमुच मैं उनके साथ रहकर संवेदनशील, उदारमना और मनुष्य बना।"

सुशिक्षित जी ने कहा और यह अहसास होते ही वे गुरुदेव के व्याज से अपनी ही प्रशंसा कर बैठे हैं, संकोच से सिर झुका लिया।

"मुझे और क्या करना होगा?" मनमीत ने सुशिक्षित जी के संकोच को पहचाना और उन्हें इससे उबारने के लिए पूछा।

"एक कुलशील बेटी मेरे घर की बहू बनेगी, इसके बाद और क्या?" उन्होंने कहा और मनमीत के कन्धे पर अपना एक हाथ रख दिया।

"तो मैं अब चलूँ?" मनमीत ने पैर छूने के लिए सुशिक्षित जी की तरफ हाथ बढ़ाया।

"शुभस्य शीघ्रम्। दोनों चीजें पहुँचते ही भेज दीजिएगा।" उन्होंने मनमीत के पैर की ओर बढ़े हाथ को अपने हाथ में ले लिया और हाथ मिलाने के अन्दाज में कुछ देर पकड़े रहे।

तभी बाहर कोई मोटरसाइकिल आकर बन्द हुई।

"कितना अच्छा संयोग है, बेटा भी आ गया।" सुशिक्षित जी मनमीत को साथ लेकर कमरे से बाहर निकले। बेटा बाहर बराण्डे में मोटरसाइकिल खड़ी कर रहा था।

सामने एक सुदर्शन युवक खड़ा था। गोरा रंग, सुन्दर मुख, चेहरे पर स्वास्थ्य की लालिमा, आँखों में अपनी ओर खींचने वाली चमक, नीली जींस पर ढीली-सी कमीज, हाथ में सेलुलर फोन...

"ये मेरे गुरुदेव के सुपुत्र हैं, इनको प्रणाम करो", सुशिक्षित जी ने बेटे से कहा तो उसने आगे बढ़कर मनमीत के पैर छुए।

सुशिक्षित जी का बेटा भीतर चला गया, लेकिन मनमीत के लिए वह अभी वहीं खड़ा था जैसे उनकी बेटी के साथ। उनका मन हो आया कि वह सुशिक्षित जी से कहें कि आपका बेटा और मेरी बेटी एक-दूसरे के लिए बने हैं। उनका जी किया वह बच्चों की तरह मचल जाएँ और सुशिक्षित जी से कहें कि जन्मकुण्डली मिलाने की औपचारिकता में पड़े बिना वह इस रिश्ते के लिए हाँ कह दें। मनमीत, सुशिक्षित जी के बेटे को देखकर ललचा से उठे थे।

मनमीत के पिता विश्वविद्यालय में अध्यापक थे। वह साहित्य की एक ऐसी

परम्परा से सीधे जुड़े हुए थे जिसके उल्लेख के बगैर साहित्य का इतिहास पूरा ही नहीं होता था। मनमीत के पिता एक स्वाभिमानी, संवेदनशील और विद्वान अध्यापक थे, जिनको दिवंगत हुए चालीस वर्ष बीत चुके थे, लेकिन उनके विद्यार्थी उन्हें ऐसे याद करते जैसे अभी कल-परसों ही वह उनके बीच से चले गये हों। उनके अध्यापन की बड़ी ख्याति थी और उनकी कक्षा में अकसर वे छात्र भी आकर बैठते जिनका साहित्य विषय नहीं होता था। पचास-पचपन विद्यार्थियों की क्लास में कभी-कभी दो-ढाई सौ विद्यार्थी ठँस कर बैठते और उनका व्याख्यान सुनते...घर पर आये दिन साहित्यिक गोष्ठियाँ होतीं, रचना-पाठ होता, बड़े-बड़े साहित्यकार पधारते और घर-परिवार से लगाकर मोहल्ले तक का वातावरण साहित्य की सुगन्ध से मह-मह करता रहता। सुशिक्षित जी तब शायद बी.ए. के छात्र थे जब मनमीत ने उन्हें ऐसी ही किसी गोष्ठी में पहली बार देखा था। मनमीत के पिता दिल के मरीज थे। उनको दो दौरे पड़ चुके थे, लेकिन डॉक्टरों की सलाह के बावजूद वह छुट्टी लेकर आराम इसलिए नहीं कर पा रहे थे, क्योंकि कोर्स पूरा नहीं हुआ था और छुट्टी ले लेने से लड़कों का नुकसान हो जाता। उन्हें एक दौरा क्लास में पढ़ाते समय पड़ा था, जिसे वह घर में सबसे छुपा ले गये थे, लेकिन तीसरा दौरा उन्हें विश्वविद्यालय जाते समय रास्ते में रिक्शे पर पड़ा, जिसमें उनकी मृत्यु हो गयी।

नौवीं क्लास में पढ़ रहे मनमीत, पिता की तबीयत खराब होने की खबर मिलने पर स्कूल छोड़कर घर पहुँचे, तो सुशिक्षित जी को आँसू पोंछते घर के सामने सड़क पर खड़े पाया। अपने दोनों खाली हाथ हिलाते हुए उन्होंने इशारे से बताया था कि सब कुछ खत्म हो गया है।

छाँव नहीं रही तो पथिकों ने भी अपने रास्ते बदल लिये। जहाँ सवेरे से शाम तक लोगों का ताँता लगा रहता था, वहाँ सन्नाटा पसरा रहने लगा। भीतर-भीतर पछाड़ खाती लेकिन ऊपर से संयम की प्रतिमूर्ति-सी दीखती मनमीत की माँ की आँखों के सामने थीं दो अनब्याही बेटियाँ और तीन पढ़ाई कर रहे बेटे और उँगलियों में थी पति के नाम की, सुगन्ध देती यशबेल...उत्तराधिकार सम्बन्धी औपचारिकताओं के पूरा होने तक परिवार के सामने घोर आर्थिक संकट था, जिसका किसी भी तरह से मुकाबला करना था। सगे कहे जाने वाले नाते-रिश्तेदार दूर-ही-दूर रहते कि कहीं बेसहारा हो गये परिवार का जुआ उनके कन्धों पर न आ पड़े। मनमीत ने रेडियो-नाटकों में भाग लेना और नाटक लिखना शुरू किया। यह कोई बड़ी और नियमित आमदनी तो नहीं थी, लेकिन इससे मनमीत के भविष्य की रूपरेखा तैयार हुई। उन्होंने रेडियो को ही अपनी जीविका का साधन बनाने का निश्चय किया।

समय की तेज भँवर में मनमीत, अपने मूल से टूटकर बह आये एक अनगढ़ पत्थर की तरह जा पड़े थे जहाँ सुख-दुःख, विश्वास-अविश्वास, ईमानदारी-छल, उदारता और क्षुद्रताओं की धाराएँ उनके ऊपर से गुजर कर उनके अनगढ़पन को समाप्त करती रहीं। धीरे-धीरे वह सहज विश्वासी, ईमानदार, संवेदनशील और परदुःखकातर के सुडौल पत्थर में बदलते जा रहे थे। मनमीत ने विरासत में सहृदयता, संकट के समय सबके साथ खड़े होने की निष्कम्प भावना और हमेशा सकारात्मक सोचने की जो इच्छा-शक्ति पायी थी वह उनके लिए पाथेय बन रही थी। अभी तक मौज-मस्ती की बेफिक्र जिन्दगी जीने वाले मनमीत दसवीं क्लास तक पहुँचते-पहुँचते मन से एक धीर-गम्भीर बुजुर्ग जैसे बन गये थे। लोग उन्हें अपने पिता की विरासत का वास्तविक वाहक कहने लगे थे। रेडियो में नौकरी पक्की होने के बाद उनकी शादी हुई, बच्चे हुए और अब जब बेटी सयानी हुई तो मनमीत ने पाया कि अपनी खर्चीली आदत और लापरवाही के चलते उन्होंने बेटी को विदा करने की कोई तैयारी नहीं की है। सुशिक्षित जी से हुई बातचीत के बाद उन्होंने हिसाब लगाया तो पाया कि पी.एफ. से कर्ज और सारे स्रोतों से मिला-जुलाकर उनके पास करीब तीन लाख रुपये तो नकद हो ही जाएँगे, बाकी सारा कुछ वह उधार खाते में करेंगे और नौकरी के शेष वर्षों में किस्तें अदा करते रहेंगे। फिर उनको लगा कि सुशिक्षित जी ने जिस तरह 'गुरु-भाई' और 'कुलशील कन्या' को सबसे ऊपर रखा है, उससे हताश होने की वैसी कोई स्थिति नहीं है, जैसी वह समझ रहे थे।

कुण्डली मिल गयी थी और पण्डित जी ने विवाह को सर्वोत्तम बताया था।

"साहित्य का जो संस्कार मुझे मिला, वह गुरुदेव के चरणों का प्रताप है। सूर और प्रसाद के तो वह विशेषज्ञ ही थे, लेकिन उनका असली कमाल तो रीतिकाल पढ़ाते समय देखने को मिलता था कि क्या मजाल कि लड़के या लड़कियों में से किसी को भी कभी निगाहें झुकानी पड़ी हों और मजे की बात यह कि व्याख्या में कोई कमी नहीं।" सुशिक्षित जी मनमीत को फिर उन्हीं रास्तों पर ले चले जहाँ वह चालीस वर्षों पहले चल चुके थे और उन रास्तों से निकलकर अब खुद गुरुदेव के स्थान पर स्थापित हो चुके थे।

"मैं तो जब तक उनसे कुछ ले सकने लायक बन पाता, तब तक वह चले ही गये।" मनमीत के मन में एक बहुत पुराना दर्द फिर ताजा हो आया।

"वैसे तो आप उनके बेटे हैं, लेकिन भाग्य तो मेरा ही सराहा जाएगा जो गुरुदेव का इतना सान्निध्य मुझे मिला। अकसर गुरुदेव बहुत याद आते हैं। कभी

जहाँ वह खड़े होकर पढ़ाया करते थे, अब मैं खड़ा होता हूँ तो मन हो आता है कि कहीं से गुरुदेव मिलते तो उनसे पूछता कि मुझे कुछ आता-जाता भी है या नहीं...वह कहा करते थे कि साहित्य से संवेदना का परिष्कार होता है। और मैं तुम्हें बताऊँ मनमीत, मैं जैसे-जैसे साहित्य के सागर में गहरे पैठता गया, मैंने पाया कि मेरे मन का सारा दारिद्र्य दूर होता गया। मेरे जीवन जीने का सारा ढंग ही बदलता गया। और सच पूछो, और जरा-सा ध्यान दो तो पाओगे कि कहीं कुछ है नहीं, सारा कुछ कितना बड़ा भ्रम है कि हमें ये भी मिल जाए-वो भी मिल जाए...और आदमी कैसा भाग रहा है इन्हीं बेजान वस्तुओं के पीछे। 'त्येन त्यक्तेन भुंजीथा' के जीवन-दर्शन ने मुझे जिस तरह अपनाया है, वह मैं सिर्फ अनुभव कर सकता हूँ।'' सुशिक्षित जी ने कहा।

''जैसे कहा जाए कि, बाजार से गुजरा हूँ खरीददार नहीं हूँ-जैसा कुछ भाव?'' मनमीत ने यह जताने के लिए कि त्येन त्यक्तेन भुंजीथा का अर्थ वह समझ सकता है, कहा।

''ठीक कहा आपने। गुरुदेव में भी यह बहुत बड़ा गुण था कि वह गूढ़-से-गूढ़ बात को सहज रूप में आप तक पहुँचाने का कौशल रखते थे। वह कहा करते थे कि इस कठिन दुनिया में सहज बने रहना सबसे मुश्किल काम है,'' उन्होंने कागज का एक पुलिन्दा खोलते हुए कहा।

''जी,'' मनमीत पिता की कही गयी बातों को सुशिक्षित जी के माध्यम से पाकर अभिभूत थे।

''जन्म-कुण्डली तो बहुत अच्छी मिली है। वैसे उस दिन मैंने आपके परिवार को देखा, बहुत अच्छा लगा। आपकी बेटी तो इतनी सौम्य और सुसंस्कृत है कि देखकर ही अनुमान लग जाता है कि यह किस परिवार की होगी। वो खलील जिब्रान ने कहा है न कि मैंने एक पुरुष को देखा और उसके पूर्वजों को देख लिया जिन्हें इस संसार से विदा हुए अर्सा गुजर चुका था और मैंने एक स्त्री को देखा और उसकी सन्तानों को देख लिया जिनका अभी कहीं पता तक नहीं था। तो, आपकी बेटी को देखकर खलील जिब्रान की वह उक्ति याद आ गयी थी,'' सुशिक्षित जी ने कहा और मनमीत के हाथ पर अपना एक हाथ रख दिया।

''अच्छा, मैं देखता था कि आप पिता जी के साथ लगभग रोज शाम को टहलने जाया करते थे, कभी वह हम लोगों के बारे में या घर-परिवार के बारे में कोई बात करते थे?'' मनमीत का मन अपने परिवार या अपनी बेटी की प्रशंसा सुनने में नहीं रम रहा था। उनके लिए सुशिक्षित जी किसी 'प्लेंचेट' जैसे हो गये थे, जिन पर वह अपने पिता की आत्मा बुलाना चाह रहे थे।

''गुरुदेव से बहुत-सी बातें होती थीं। एक बार उन्होंने बताया था कि

कैसे किसी के एक ताना दिये जाने पर वह गाँव की सारी सम्पत्ति और पूरी जमींदारी को लात मारकर चले आये थे। सन् 1936 में इलाहाबाद विश्वविद्यालय से प्रथम श्रेणी में एम.ए. करने के बाद कैसे उन्हें जातिगत राजनीति के चलते इलाहाबाद विश्वविद्यालय में नियुक्त नहीं होने दिया गया और कैसे उन्होंने अपने परिवार को पालने के लिए जूनियर स्कूल में पढ़ाया। उन्हें यह अहसास तो था कि वह अपने पीछे सम्पत्ति के नाम पर अपने बच्चों के लिए कुछ छोड़कर नहीं जाएँगे क्योंकि उनका अपना जीवन संघर्ष करते ही बीत गया,'' बताते हुए सुशिक्षित जी की आँखें कुछ उदास-सी हो आयीं।

''अच्छा अब यह बताइए कि मुझे कैसे क्या करना है,'' मनमीत ने विषयान्तर किया क्योंकि स्वर्गीय पिता और उनकी बातों से वातावरण बोझिल-सा होने लगा था।

''देखिए भाई, न मेरी कोई काली कमाई है और न आपकी। हम दोनों आपस में सलाह-मशविरा करके, एक-दूसरे को सहयोग करते हुए और एक-दूसरे की प्रतिष्ठा का ध्यान रखते हुए इस कार्य को सम्पन्न कर लेंगे। लक्ष्मी और सरस्वती का वैर तो आप जानते ही हैं, लेकिन मैं मानता हूँ कि जहाँ सरस्वती का सचमुच वास होता है वहाँ लक्ष्मीजी बहुत उत्पात नहीं मचा पातीं। यह एक शुभ काम है, इसमें जो आपसे नहीं बन पड़ेगा, वह मैं कर दूँगा,'' सुशिक्षित जी ने तनिक हँसी का पुट देते हुए इत्मीनान से कहा।

''मैं अपनी क्षमता-भर, बल्कि अपनी क्षमता से कुछ आगे ही बढ़कर जो कुछ सम्भव होगा, करने से पीछे नहीं रहूँगा।'' मनमीत ने अचानक अपने आप को 'गुरु-भाई' से हटकर 'लड़की वाला' की भूमिका में खड़े पाया।

''अरे, ऐसा क्यों कह रहे हैं?'', कहते हुए सुशिक्षित जी ने मनमीत के जुड़े हुए हाथों को अपनी हथेलियों में बन्द कर लिया, ''आप कल शाम आइए, सब लोग बैठ जाएँगे और सारी बातें तय कर ली जाएँगी।''

अगले दिन हवा के परों पर सवार मनमीत जब सुशिक्षित जी के घर पहुँचे, तो वह अपनी पत्नी के साथ कमरे में बैठे प्रतीक्षा ही कर रहे थे।

''अरे भई घर की पुरखिन, कहाँ हो तुम? बाहर आओ,'' उन्होंने मनमीत को देखते ही आवाज लगायी, जिसे सुनकर उनकी चौंतीस-पैंतीस साल की बेटी मिक्की कमरे में आयी और नमस्कार करके पिता के पास बैठ गयी।

''अब सिलसिलेवार कार्यक्रम तय कर लिया जाए,'' सुशिक्षित जी ने कहा और मिक्की की तरफ देखा।

''तो, आपने क्या योजना बनायी है?'' मिक्की ने जैसे बैठक की कार्यवाही का संचालन अपने हाथ में लेते हुए पूछा।

''अब मुझे तो इस बारे में कुछ पता नहीं है, घर में कोई बड़ा-बूढ़ा भी सलाह देने के लिए उपलब्ध नहीं है। आप लोग जैसा कहेंगे, वैसा होगा,'' मनमीत ने कहा और सुशिक्षित जी की ओर समर्पण भाव से देखा।

''गुरुदेव कहा करते थे कि लड़की चाहे जितनी छोटी हो वह अपने पिता की माँ बनने की क्षमता रखती है, और लड़का जितना छोटा हो वह अपनी उपस्थिति भर से अपनी बहिन का सहारा बन सकता है। तो ये मेरी बिटिया ही इस घर की पुरखिन है, बड़ी-बुजुर्ग है, मेरी अम्मा है,'' कहते हुए सुशिक्षित जी ने मिक्की की पीठ पर हल्की-सी धौल जमायी, मिक्की ने हँसकर सिर झुका लिया।

''तो आप बताइए,'' सुशिक्षित जी ने बेटी को पुरखिन बताकर यह संकेत दे दिया था कि सारी बातें उनकी बेटी की सहमति से ही अन्तिम रूप से तय मानी जाएँगी। मनमीत मिक्की की तरफ उत्तर की प्रतीक्षा में देखने लगे।

''कल आपके चले जाने के बाद हम सब गुरुदेव, आपके, आपके परिवार और आपकी बेटी के बारे में बहुत देर तक बातें करते रहे। मैंने तो यह प्रस्ताव रखा कि एक दिन पहले रात को दस-पन्द्रह लोग ट्रेन से रवाना होंगे, सवेरे आपके शहर पहुँच जाएँगे, दिन में शादी हो जाएगी और उसी रात वाली ट्रेन से वापस हो जाएँगे। लेकिन वो जो सामने बैठी हैं, उनका इकलौता दुलारा बेटा है, ये जो मेरे पास बैठी है इसका अकेला दुलारा भाई है...मेरा प्रस्ताव तो इन लोगों ने बुहारकर ऐसे किनारे कर दिया कि पूछो मत,'' सुशिक्षित जी ने हँसते हुए कहा।

सुशिक्षित जी के साथ उन्हीं की जैसी मुखाकृति वाली उनकी बेटी भी हँसी, जिससे उसकी आँखें भी छोटी हो गयीं, लेकिन पत्नी के पत्थर जैसे सख्त चेहरे पर मुस्कान की एक हल्की-सी लकीर भी नहीं उभरी।

''फिर?'' मनमीत के सामने स्पष्ट नहीं हुआ कि अन्तिम निर्णय क्या हुआ।

''फिर पंचों की यही राय हुई कि शादी आप यहीं आकर कीजिए। बारादरी बुक कर लीजिए। शायद एक दिन का दस हजार रुपये लेते हैं, लेकिन 'शो' बहुत 'ग्रैण्ड' हो जाता,'' सुशिक्षित जी ने कहा और नोट करते चलने के लिए एक नोट-बुक और पेन मनमीत की ओर बढ़ाया।

''जी,'' मनमीत ने बारादरी के प्रस्ताव पर धीमे से कहा और सोच में पड़ गये। उस शहर में उनको नौकरी करते बाईस साल हो गये थे। वहाँ उनका

व्यापक परिचय-संसार था, जिसमें किसी भी चीज की व्यवस्था वह बगैर तुरन्त नकद भुगतान किये केवल सन्देश भेजकर कर सकते थे, लेकिन सुशिक्षित जी के शहर आकर सारी चीजें तुरन्त नकद भुगतान पर जुटाना उन्हें पहाड़ उठाने जैसा लग रहा था। वहाँ उन्होंने जिन चीजों के बहुत कम दामों में निपटा ले जाने की सोची थी, वह सारी योजना गड़बड़ा रही थी।

''आप कुछ सोच रहे हैं मनमीत जी,'' उसे चुप देख सुशिक्षित जी ने पूछा।

''अपनी बेटी के विवाह के लिए मेरे मन में है कि शादी वसन्त पंचमी के दिन हो, पूरा पण्डाल पीले फूलों से सजाया जाय और शहनाई के धीमे सुर हवा में तैरते रहें,'' वह कुछ ज्यादा भावुक हो गये हैं सोचकर उन्होंने आगे जोड़ा, ''इस तरह की सारी व्यवस्था मैं वहाँ काफी आसानी और काफी सुविधाजनक ढंग से कर सकूँगा,'' मनमीत ने उधार की अपनी व्यवस्था को संकोच के कारण किनारे कर दिया और इस कोशिश में अपने ही शहर से विवाह करने के अपने तर्क और पक्ष को कमजोर कर बैठे थे।

''अरे भई, पीले फूलों की सजावट की बात है न? तो फूल तो बारादरी में भी सजाये जा सकते हैं। बनारस से बुलवा लीजिएगा सजावट करने वाले कारीगर। शादी यहीं से कीजिए,'' सुशिक्षित जी ने अन्तिम रूप से कहा और चुप हो गये।

''अब आप बरीक्षा के बारे में नोट कर लीजिए,'' शादी कहाँ से होगी इस बात को तय हुआ मानकर, मिन्नी ने कहा और हाथ में पकड़ा हुआ एक कागज सीधा किया।

''जी,'' मनमीत ने लिखने के लिए नोटबुक और पेन सँभाला।

''एक गिन्नी, एक अँगूठी, रोली रखने के लिए एक चाँदी की तश्तरी, सिल्क की तीन साड़ियाँ, फल और मिठाइयाँ, वर की अटैची में एक सूट, पच्चीस हजार रुपये और पाँच कपड़े।'' मिक्की ने पढ़कर सुनाया, मनमीत नोट करते गये।

''अच्छा ये पाँच कपड़े रखने का कार्यक्रम अभी चालू है? धन्य हो तुम लोग भी। दुनिया कहाँ से कहाँ जा पहुँची और तुम लोग अभी,'' सुशिक्षित जी ने अपने माथे को अँगुलियों से ठोंकते हुए कहा, ''लिखिए मनमीत जी, लिखिए। नहीं तो जरा से में तो इनका सगुन बिगड़ जाता है।''

''पहले आप हमारे यहाँ बरीक्षा करने आएँगे फिर हम आपके यहाँ गोद भराई की रस्म करने आएँगे।'' मिक्की ने कागज पलटा।

एक बार कभी बातों-बातों में नानी ने कहा था कि बरीक्षा और गोद भराई के

मामले में लड़के वाले बड़ी चालाकी से काम लेते हैं। बरीक्षा में जो फल और मिठाइयाँ लड़की वाले दे जाते हैं उन्हीं को लड़के वाले गोद भराई में वापस लड़की वालों के घर पहुँचा देते हैं और अपना खर्च बचा ले जाते हैं। उन्हें याद है कि नानी की यह बात सुनकर वह मन ही मन भुनभुनाते हुए सोचते रहे थे कि इन बूढ़े दिमागों में ऐसी सड़ी बातें ही आ सकती हैं।

"पहले तो शायद गोद भराई होती है?" नानी की उसी बात को जाँचने के लिए मनमीत ने सुशिक्षित जी से कहा।

"नहीं-नहीं, पहले तो बरीक्षा ही होती है," सुशिक्षित जी और उनकी बेटी ने एक साथ झपटती हुई-सी आवाज में जवाब दिया।

"जी," मनमीत ने कहा।

"गोद भराई करने हमारी तरफ से चालीस लोग आपके घर आएँगे। इनमें से पच्चीस लोगों की विदाई विक्टोरिया वाले चाँदी के सिक्कों से होगी और पन्द्रह लोगों की छोटे चाँदी के सिक्के जो आते हैं, उनसे होगी," मिक्की ने कहा और अपने पिता की ओर देखा, जिन्होंने सहमति में अपना सिर जरा-सा हिलाया।

"और हाँ, लड़के के लिए हीरे की अँगूठी। हम आपकी बेटी के लिए बनवाएँगे और आप वर के लिए," मिक्की ने इस तरह से कहा जैसे यह बात छूटी जा रही थी।

"लेकिन मैंने तो सुना है कि हीरा सबको सूट नहीं करता," मनमीत ने शंका प्रकट की।

"हीरे छोटे-छोटे होंगे," सुशिक्षित जी ने तुरन्त समाधान किया।

"तो बरीक्षा हो गयी, गोद भराई हो गयी—अब तिलक," मिक्की ने उँगलियों के पोर पर गिनते हुए कहा।

"जी!"

"तिलक लेकर आने वालों में आपके यहाँ से छह-सात लोग तो हो ही जाएँगे," मिक्की ने सवाल किया।

"नहीं, मेरे विचार से दस लोगों से कम क्या होंगे। क्यों मनमीत जी?" सुशिक्षित जी ने उदारतापूर्वक संख्या बढ़ायी।

"तो, नोट कर लीजिए। तिलक में आप वर का सूट, पिता का सूट, दो दामादों के सूट, एक मामा और तीन भाइयों के सूट—कुल आठ सूट लेकर आएँगे। दो ताऊ और दो फूफाओं के लिए धोती और कुर्ते के दो-दो सेट, पैण्ट और कमीज के बारह सेट, दो नौकरों के लिए पैण्ट और कमीज के सेट और तीन नातिनों के लिए स्कर्ट और फ्राक सूट।" मिक्की साँस लेने के लिए रुकी।

''आपने लिखाया तीन भाइयों के लिए सूट,'' मनमीत संकोच के साथ कह सके।

''तीन मेरे चचेरे भाई भी तो हैं,'' मिक्की ने नि:संकोच बताया।

''तुम लोगों का यह प्रपंच जाने अभी कितनी सदियों तक चलता रहेगा। लेकिन ये भी क्या करें मनमीत जी, हमें तो इन बातों में रत्ती भर तत्त्व नजर नहीं आता, लेकिन होता यह है कि शादी-ब्याह के मौके पर इकट्ठा होने वाले लोगों की तुनकमिजाजी नहीं सही जाती। जरा-सी कोई कमी रह जाए तो झेलिए उनकी बड़बड़। मैंने तो गुरुदेव को देखा था मनमीत जी, उनके पास एक सूट और दो काम्बीनेशन थे। लेकिन वह कुछ इस ढंग से उन्हें पहनते थे कि लगता था कि न जाने कितने गर्म कपड़े हैं उनके पास। अरे, सूट डाल लेने से ही कोई बड़ा नहीं हो जाता, मगर अब तो सबको बड़ा बनने के लिए सूट ही चाहिए। क्या कहा जाए और किससे कहा जाए, पहनिए सूट,'' सुशिक्षित जी ने अपनी लाचारी बतायी।

''अब आगे नोट कीजिए। वर के लिए एक सोने की चेन, चाँदी का एक थाल और चाँदी की एक तश्तरी,'' मिक्की ने कहा।

''चाँदी की एक तश्तरी तो आप शायद बरीक्षा में लिखवा चुकी हैं,'' मनमीत ने नोटबुक के पन्ने पलटते हुए कहा।

''वो तो बरीक्षा के समय रोली रखने के लिए थी। तिलक के दिन क्या फिर उसी में रोली रखी जाएगी?'' मिक्की के चेहरे पर मनमीत को नासमझ समझने जैसा भाव उभरा। उसने अपने पिता की ओर देखा जिन्होंने हल्की मुस्कान के साथ बेटी के भाव का समर्थन किया, ''तो चाँदी की एक तश्तरी, चाँदी का नारियल, चाँदी की पाँच सुपारियाँ, सफेद टेरीकाट का एक थान जिस पर कन्या की हथेलियों की छाप होगी, पाँच तरह की मिठाइयाँ पाँच-पाँच किलो, पाँच तरह के फल पाँच-पाँच किलो, पाँच तरह के मेवे पाँच-पाँच किलो और बाँटने के लिए दस किलो लड्डू,'' मिक्की ने इमला बोला और कागज पलटा।

''और पैसा कितना?'' मनमीत ने धीमे से पूछा।

''इसमें एक लिखा है पापा,'' मिक्की ने एक बार कागज को आँखें गड़ाकर देखा और फिर जिज्ञासु और मासूम निगाहों से अपने पिता को देखते हुए पूछा जैसे समझ न पा रही हो कि इस एक का क्या मतलब हो सकता है।

''देखूँ,'' सुशिक्षित जी ने मिक्की के हाथ से कागज लिया, कुर्ते की जेब से निकालकर चश्मा लगाया, कुछ क्षण गौर से कागज को देखने के बाद उसे मिक्की को लौटाते हुए कहा, ''एक लाख।''

मनमीत ने नोट कर लिया।

"अब शादी," मिक्की ने कहा।

"बधाई हो मनमीत जी," सुशिक्षित जी ने हँसते हुए कहा।

"आपको भी," मनमीत ने बुझी-सी आवाज में कहा।

"पप्पू मारुति ज़ेन में इण्टरेस्टेड है," मिक्की ने कहा और अपने पापा की ओर देखा।

"अच्छा तभी उस दिन सपूत कह रहे थे अपनी माँ से कि एट हण्ड्रेड तो अब पापा जैसी हो गयी है। मैं तो समझा ही नहीं। आजकल के लड़कों से तो भगवान बचाएँ, देख रहे हैं मनमीत जी," सुशिक्षित जी ने हँसते हुए कहा।

"सोनी का एक टीवी, बी.पी.एल. का बड़े साइज़ का चार दरवाजों वाला फ्रिज और सोनी का सीडी प्लेयर चाहिए पप्पू को। आप चाहें तो ये चीजें दे दीजिए या इनका पैसा, जो आसान पड़े," मिक्की ने मनमीत की मुश्किल को आसान करते हुए सुझाव दिया।

"आपके बाराती कितने होंगे?" मनमीत ने हिम्मत करके पूछा।

"ये मेरा डिपार्टमेण्ट था सो इस सम्बन्ध में मैंने बड़ी निर्ममता से काम लिया। मेरे परिचितों का दायरा कितना बड़ा है आप तो जानते ही हैं, मैंने भी गुरुदेव की तरह सिर्फ आदमी ही कमाये हैं, तो हिसाब लगाया तो बारातियों की संख्या हुई जा रही थी छह सौ-सात सौ। लेकिन मैंने कहा कि यह संख्या ढाई सौ से तीन सौ के बीच ही रहनी चाहिए। तो बस, इतनी ही समझ लीजिए," सुशिक्षित जी ने बताया।

"लेकिन पापा, सौ लोग तो अकेले पप्पू के ही हो जाएँगे," मिक्की ने चिन्ता-सी प्रकट की।

"नहीं, मैं जानता हूँ कि विवाह के बाद मुझे हजारों लोगों के ताने सुनने पड़ेंगे लेकिन इस बारे में अब कोई विवाद नहीं। जो निर्णय मैंने ले लिया, वह अन्तिम है," सुशिक्षित जी ने न्याय दण्ड अपने हाथ में लेते हुए अन्तिम निर्णय सुना दिया।

"लेकिन पापा," मिक्की ने फिर कुछ कहना चाहा।

"नो! एन ओ-नो," सुशिक्षित जी ने अपनी तर्जनी से हवा में नो के हिज्जे बनाते हुए कहा, "तुम शायद जानती नहीं हो कि मैं किस गुरु का शिष्य हूँ। गुरुदेव भी जब एक बार निर्णय ले लेते थे तो उन्हें डिगा पाना असम्भव होता था। एक बार ऐसा ही हुआ," सुशिक्षित जी ने गुरुदेव का कोई संस्मरण फिर बताना शुरू किया।

"अब नोट कर लीजिए बरतौनी," मिक्की ने उनकी बात को बीच में ही

काटकर आगे बढ़ते हुए कहा।

"अच्छा हाँ, बरतौनी तो अभी बाकी ही है। इसी सबको देखकर लगता है कि दुनिया कहीं नहीं पहुँची है, वह अब भी वहीं है जहाँ सदियों पहले थी," सुशिक्षित जी भी गुरुदेव का संस्मरण भूल गये और माथे पर हाथ मारकर बोले।

"ढाई सौ से तीन सौ लोगों की बरतौनी होगी," मिक्की ने बताया।

"इसे आप ऐसा कर लीजिएगा कि अब कहाँ हर आदमी को मण्डप के नीचे बुलाया जाएगा और उसकी विरुदावली का गान करते हुए तिलक लगाया जाएगा और रुपये दिये जाएँगे। आप इस मद का चार हजार रुपया एकमुश्त मुझे दे दीजिएगा, मैं सबको वितरित कर दूँगा," सुशिक्षित जी ने बरतौनी की प्रक्रिया को आसान बनाने के लिए कहा।

"अब सास की पिटारी, मम्मी, सास की पिटारी में क्या आता है?" मिक्की ने इतनी देर बाद अपनी माँ को बातचीत में शामिल किया।

"हाँ भाई, सास की पिटारी के बारे में ठीक से जान लेना, उसमें जरा-सी कमी रह गयी तो पूरा ब्रह्माण्ड हिल उठेगा," सुशिक्षित जी ने मजाक में हँसते हुए कहा तो बेटी जरा-सा मुस्करायी लेकिन पत्नी ने घूरकर देखा जिससे सुशिक्षित जी सिटपिटा गये।

"जब सब कुछ तुम ही लोग आपस में तय किये ले रहे हो तो एक सास की पिटारी के बारे में ही मुझसे क्यों पूछ रहे हो?" सुशिक्षित जी की पत्नी ने तमतमाये स्वर में कहा तो वातावरण में एक चुप्पी खिंच गयी।

"नहीं-नहीं, आप बताइए न," मनमीत ने वातावरण के तनाव को समाप्त करने के लिए सुशिक्षित जी की पत्नी की ओर पूरा घूमते हुए कहा।

"नहीं, अब इन्हीं लोगों से पूछ लीजिए," सुशिक्षित जी की पत्नी ने मान करते हुए कहा।

"सबको जरा-जरा-सी बात पर गुस्सा भी कितना आता है। चीजों को 'लाइटली' लेना तो हम जैसे भूल ही गये हैं। कितना 'स्मूथली' सब चल रहा है और आप नाराज होकर बैठी हैं। किसी चीज में आपको कोई कमी लग रही हो या लग रहा हो कि अपनी प्रतिष्ठा के अनुरूप नहीं है तो आप भी कहिए, आखिर सारी बातें आपके सामने ही हो रही हैं। आप जानते हैं मनमीत जी, गुरुदेव को जल्दी गुस्सा नहीं आता था। एक बड़ा मजेदार वाकया है। गुरुदेव कामायनी पढ़ा रहे थे। तभी क्लास में पीछे से किसी लड़के ने चॉक का एक टुकड़ा उछालकर गुरुदेव की तरफ फेंका। चॉक गुरुदेव के पास जाकर गिरा। अब गुरुदेव जैसे अध्यापक या उनके जैसे व्यक्तित्व के लिए यह बहुत बड़ी बात थी। उन्होंने किताब रख दी और पूछा कि चॉक का यह टुकड़ा किसने फेंका है। कोई

नहीं बोला। गुरुदेव ने फिर पूछा, कि एक बार और पूछ रहा हूँ। उसके बाद मैं क्लास से चला जाऊँगा। एक लड़का उठकर खड़ा हुआ। गुरुदेव ने उसे बैठ जाने को कहा और फिर पढ़ाना शुरू कर दिया। क्लास के बाद वह लड़का गुरुदेव के चरणों में गिर गया, कहने लगा कि मैं ऐसी शैतानी करना चाहता था कि आपको गुस्सा आये। क्लास के लोग देखना चाहते थे कि गुस्से में आप कैसे लगते हैं? गुरुदेव ने मुस्कराकर पूछा कि ''दिखा?'' तो लड़के ने कहा कि ''मेरा शैतानी करना भी बेकार गया।'' अपनी पत्नी की ओर देखकर सुशिक्षित जी कुछ और कहना चाह रहे थे, लेकिन चुप हो गये।

''लिख लीजिए, सास की पिटारी अटैची में आएगी। उसमें ग्यारह साड़ियाँ रखी जाएँगी,'' मिक्की ने पिता के चुप होते ही कहा।

''साड़ियाँ किस तरह की होंगी, बनारसी या...'' मनमीत ने सुशिक्षित जी की पत्नी से पूछा।

''बनारसी अब कौन पहनता है, सिल्क की हों,'' सुशिक्षित जी की पत्नी का गुस्सा साड़ियों की संख्या सुनकर कम हो गया था, ''तीन से चार हजार रुपये के बीच की हों साड़ियाँ'', रूठकर मान गये बच्चे की-सी आवाज में उन्होंने कहा।

''देखो, एक चीज तुम लोग भूले जा रहे थे,'' सुशिक्षित जी ने जरा-सा मुस्कराते हुए बेटी और पत्नी की ओर देखकर कहा।

''क्या पापा?'' मिक्की ने पूछा।

''खोरवा,'' सुशिक्षित जी ने बताया।

''खोरवा क्या होता है?'' मनमीत ने पूछा।

''ये वर के पिता की मण्डप के नीचे से विदाई होती है,'' उन्होंने बताया।

''नोट कर लीजिए। एक चाँदी का और तीन स्टील के कटोरे, कटोरों में पीले चावल भरे होंगे और चावलों को सिक्कों से ढक दिया जाएगा। चाँदी का कटोरा वर के पिता के लिए और स्टील के कटोरे तीन ताऊजी के लिए,'' मिक्की ने बताया।

''अच्छा अब हो गयी विदाई? चलिए मनमीत जी, आपको बेटे का कम्प्यूटर रूम दिखाऊँ।'' सुशिक्षित जी मनमीत को लेकर ड्राइंग रूम से सटे कमरे में चले गये।

कमरे में एक मेज पर कम्प्यूटर, प्रिण्टर और कुछ अन्य उपकरण रखे हुए थे। वह सिर्फ कम्प्यूटर रूम नहीं था, सुशिक्षित जी के बेटे के रहने का भी कमरा था। कमरे में एक पलंग पड़ा था जिसका एक पाया टूटा हुआ था और पाये की जगह ईंटें लगाकर पलंग को टिकाया गया था। कम्प्यूटर की मेज पर बिछा

मेजपोश एकदम चीकट था और नीचे लटकने वाले हिस्से पर जगह-जगह से फटा हुआ था। कमरे में बीमार-सी रोशनी थी जिससे वहाँ घुटन और बढ़ गयी मालूम दे रही थी। कमरे में कोई खिड़की या रोशनदान नहीं था और अन्दर पास में कहीं चौके में सब्जी छौंके जाने के कारण उठी मिर्चों की झार कमरे में भरी हुई थी।

मनमीत को अचानक घर के अन्दर से आकर कमरे में खड़ी हो गयी अपनी बेटी दीख पड़ने लगी। वह बहुत थकी हुई लग रही थी, उसका गुलाबीपन लिये हुए गोरा रंग अजीब मिट्टी के-से रंग का हो गया था, आँखें अन्दर को धँस गयी थीं और आँखों के नीचे काले-काले धब्बे दिखाई देने लगे थे, उसकी सरकण्डे जैसी पतली-पतली कलाइयों में मैल भरी पुरानी घिसी हुई चूड़ियाँ थीं, जिन्हें वह अपने पल्ले से ढँकने की कोशिश कर रही थी। उसने एक गन्दी, उटंग-सी धोती पहन रखी थी जिस पर जगह-जगह हल्दी और मसाले के दाग थे, उसकी आँखों में भयानक उदासी और ऊब थी। वह कह रही थी कि वहाँ जरा देर तक सोते रहने की आदत यहाँ आकर छोड़नी पड़ी, जिसकी वजह से सिर बराबर भारी-भारी-सा बना रहता है। यहाँ सब लोग सूरज निकलने से पहले ही जाग जाते हैं और अपने-अपने बिस्तर पर पड़े-पड़े 'बेड-टी' के लिए आवाजें लगाते रहते हैं। 'हाउस वाइफ' के सुन्दर से सम्बोधन वाली नौकरानी के घर में आते ही महरी भी छुड़ा दी गयी और अब जीवन 'बेड-टी' से शुरू होकर रात के खाने तक का सफर रह गया है। वह कह रही थी कि वहाँ सवेरे नाश्ते में मम्मी कभी पराँठे और कभी कुछ बनाकर खिलाया करती थीं, लेकिन यहाँ नाश्ते का कोई चलन नहीं है। यहाँ सब लोग ग्यारह बजे सीधे खाना ही खाते हैं। दोपहर होते-होते भूख के मारे आँतें ऐंठने लगती हैं और पेट में इस कदर दर्द होने लगता है कि फिर मुझसे खाना भी नहीं खाया जाता। मम्मी जिद करके रात में एक गिलास दूध जरूर पिलाती थीं लेकिन यहाँ धारणा है कि औरत को बहुत अच्छा खाने-पीने की कोई जरूरत नहीं होती, वह तो सिर्फ लड़कों का अधिकार होता है। यहाँ माना जाता है कि पति ने खा-पी लिया मतलब औरत के शरीर में लग गया। पति के लिए रोज रात को मलाई की मोटी पर्त वाला दूध का गिलास मुझे ही लेकर जाना होता है। मैं ललचायी-सी दूध का वह गिलास देखती रहती हूँ और पति के गले से उठती दूध पीने की 'गट्-गट्' सुनती पास में लेटी रह जाती हूँ। मेरे हर समय कुछ-न-कुछ गाते रहने से आप लोग भी कभी ऊब-से जाते थे, लेकिन यहाँ गाने की कोशिश करने पर लगता है कि धाड़ मारकर रो पड़ूँगी...

मनमीत को अपनी बेटी पूछती-सी लगी—ये तुमने मुझे कहाँ भेज दिया

पापा? ससुर जी वापस अपनी साहित्य की दुनिया में जा चुके हैं। अब उन्हें यह पता रखने की फुरसत ही नहीं है कि गुरुदेव की जिस कुलशील पौत्री को वह पुत्रवधू बनाकर ले आये थे, वह अब किस हाल में है। नाराज-नाराज-सी दिखने वाली सास से बात करने की वैसे भी हिम्मत नहीं पड़ती, फिर उनसे खाने में क्या बनेगा, से आगे और बात कभी क्या हो सकती है। पति के चेहरे पर मुझे ना कुछ समझने का जो भाव एक बार चढ़ा तो उतरने का नाम ही नहीं लेता। उनके पास कम्प्यूटर है, इण्टरनेट है, तेज कुल्हाड़ी-सी काटती अँग्रेजी है और मेरे पास इनमें से कुछ भी नहीं है। आपके पास से जो कुछ लेकर आयी थी शिक्षा, संस्कार, आदतें, जीवन जीने का ढंग, देखती हूँ कि अब उनका सबका मेरे जीवन में कोई स्थान नहीं रह गया है, पति को सुख देने और उनको आगे से आगे बढ़ते जाने के मौके मिलते रहें, इसके लिए ईंधन से ज्यादा मैं और क्या रह गयी हूँ।

बेटी ने तनिक निकट आकर फुसफुसाते हुए मनमीत से कहा, एक नयी सुगबुगाहट कानों में पड़ रही है। ससुर जी ऊपर दो कमरे बनवाना चाहते हैं और उसके लिए मुझसे किसी दिन कहनेवाले हैं कि मैं आप से रुपया लाकर उन्हें दूँ। तीन लाख का बोझ उठाने की ताकत रखनेवाली कमर पर जब आपने बारह लाख का पहाड़ बिना किसी ना-नुकुर से उठा लिया तो लादने वाले को क्या पड़ी है कि वह आपसे पूछे कि तुम्हारी कमर बची या टूटी? और वह पूछे भी क्यों? वह तो यही जानता है कि आप उठा सकते हैं तभी उठा रहे हैं। उन्हें क्या पता कि आपका रोयाँ-रोयाँ कर्ज में डूबा हुआ है और तनख्वाह का सारा पैसा कर्ज अदायगी में काटने के बाद आप डेढ़ हजार रुपया लेकर घर जाते हैं। यहाँ तो दो कमानेवाले हैं, आप अकेले बिना पैसे के कैसे चला रहे होंगे, सोचती हूँ तो लगता है बेटी के दु:ख से बड़ा है बेटी का बाप होने का दु:ख...मनमीत के सोच में उनकी बेटी शादी के बाद काफी बोलने लगी थी। उसने कहा, दोष इसमें आपका भी कम नहीं है पापा। जहाँ दो खर्च करने से काम चलता हो वहाँ पाँच खर्च करने का आपका पागलपन मैं खूब जानती हूँ। अगर आपसे कोई कुछ भी नहीं माँगता तब भी आप इतना दे देते कि घर में रखने की जगह कम पड़ जाती, लेकिन फिर आपको मुँह खोलकर माँगनेवाले से कोई वास्ता भी नहीं रखना चाहिए था। जिसने माँग लिया, उसके बारे में तो आपको पहले ही जान लेना चाहिए था कि लोभ का पिशाच उसके अन्दर आसन जमाकर बैठा हुआ है, जिसकी भूख कभी नहीं मिटती।

आपको पता है अब यहाँ क्या होता है? ससुर जी से मिलने के लिए आने वाला हर दूसरा आदमी 'वाह-वाह' का एक तूफान-सा उठाता हुआ आता है कि

चालीस वर्षों बाद भी गुरु की पौत्री को अपनी पुत्रवधू बनाकर गुरु दक्षिणा चुकाने वाला सुशिक्षित जी जैसा शिष्य आज के समय में मिलना असम्भव है। लोग मुझे ऐसे महान व्यक्ति के चरण धो-धोकर पीने के उपदेश देते हैं और मैं देखती रह जाती हूँ कि तूफान के उस गुबार में बाकी सारी चीजें उड़कर इतनी दूर जा पड़ती हैं कि मुझे भी लगने लगता है कि यह तूफान ही सच है, बाकी सब मेरी मनगढ़न्त कल्पना मात्र है...

एक तो आपने और मम्मी ने मेरी शादी को ऐसा रहस्य बनाकर रखा कि मुझे कुछ पता ही नहीं चला। अगर मैं जरा-सा भी जान पाती कि शादी किन शर्तों पर तय हो रही है, तो मैं इसके लिए कभी राजी न होती। मैं तो अपने आप से शुरुआत करने को तैयार हो जाती कि आजन्म बिन ब्याही रह जाऊँगी लेकिन माँगने वाले दरिद्रों के घर नहीं जाऊँगी। लेकिन आपने भी अपनी बेटी के साथ, स्त्री होने के कारण वही व्यवहार किया जो यहाँ एक पुत्रवधू के साथ स्त्री होने के कारण किया जाता है। क्या आप जब अपने बेटे की शादी करने चलेंगे तब उससे भी ऐसा ही लुकाछिपी का खेल खेलेंगे? नहीं, पापा। उस समय तो आप भी अपने बेटे की सारी इच्छाओं, अनिच्छाओं का पूरा ध्यान रखेंगे। लड़की की आँखें जब तक शादी के सपने नहीं देखतीं, तब तक उसे सब कुछ बहुत साफ-साफ दिखाई देता है, लेकिन एक बार जैसे ही उसकी आँखों के सामने शादी का जाल फेंक दिया जाता है, उसकी आँखें फिर उस जाल में सपनों की सुनहरी मछलियों के अलावा और कुछ नहीं देख पातीं...

कम्प्यूटर रूम में मनमीत के लिए और खड़े रह पाना असम्भव हो उठा। इस बीच सुशिक्षित जी कम्प्यूटर, इण्टरनेट और इनमें अपने बेटे की निपुणता के बारे में पता नहीं क्या-क्या बता गये थे, जिसे मनमीत सुन ही नहीं सके थे। घुटन भरे कमरे से हाँफती हुई उनकी बेटी बाहर जा चुकी थी। उन्हें एकाएक बेटी के बचपन की एक घटना याद आ गयी। एक बार किसी बात पर नाराज होकर पत्नी ने उसे पीटने के लिए हाथ उठाया तो बेटी दौड़कर मनमीत के गले में झूल गयी और अपनी माँ से बोली, ''मैं तो अपने पापा की पू-पू हूँ।''

मनमीत ने मन ही मन बेटी को आश्वस्त करते हुए कहा, 'तू जरा भी चिन्ता मत कर मेरी पू-पू। सब कुछ नोट कर लेने से क्या होता है, ब्याह से पहले तो लड़की के सौ वर होते हैं।'

# प्रार्थना के बीच वह

"सारे लोग आपकी तरह सीधे-सरल नहीं होते..." पत्नी ने कुछेक शब्दों के फेरबदल के साथ यही बात जब चौथी बार कही तो उन्होंने जरा चिढ़-सी महसूस की, लेकिन फिर लगा कि वाकई उन्हें पहले ही सोचना चाहिए था, वह कितनी बड़ी गलती कर बैठे हैं।

किसी पर भी सहज रूप से विश्वास कर लेने की अपनी आदत से वह एकदम परेशान हो उठे। पहले कितनी ही बार वह निश्चय कर चुके हैं कि अब वह किसी को भी सबसे पहले शक की निगाह से ही देखेंगे और अगर किसी से सम्बन्धों की शुरुआत करेंगे तो सन्देह से ही, लेकिन जब चौकन्ने रहने की जरूरत होती है तो हमेशा अपना पुराना निश्चय भूल जाते हैं और बाद में पछताते रहते हैं। वह मन-ही-मन मानते हैं कि, मनुष्य और मनुष्य के बीच अविश्वास की कोई जगह होनी ही नहीं चाहिए। उनका पक्का यकीन है कि आप जिस पर विश्वास करते हैं उसके लिए आपको धोखा देना बहुत कठिन होता है...लेकिन जब कभी उनके इस विश्वास को ठेस लगी है तो वह अपने प्रति एकदम निराश भाव से यह भी सोचते रहे हैं कि उनके बड़बोले सिद्धान्तों की खोखली असलियत उस दिन सामने आएगी जिस दिन कोई बड़ा हादसा गुजर जाएगा। अपने इन किताबी सिद्धान्तों के लिए उनकी उम्र गुजर गयी—यह अपने को वह समझाते, सिखाते और लताड़ते लेकिन...

लगता है, हादसे के गुजरने का वह मनहूस दिन आज ही है, सोचकर वह काँप उठे। बेचैनी में उनकी साँस तेज चलने लगी। मन उचाट हो गया। गंगा जी की आरती का सारा आनन्द जाता रहा।

ब्रह्मकुण्ड और रोड़ीवाला की तरफ वाले तट को जोड़ने वाला पुल खचाखच भर गया था। वह अपनी पत्नी और दो बरस के पोते गोलू के साथ बहुत पहले आकर पुल पर जम गये थे ताकि शाम को होने वाली गंगा जी की आरती वह ठीक से देख सकें, जिसका हरिद्वार आने वाले हर व्यक्ति को दोपहर से ही इन्तजार रहने लगता है। लेकिन अपने जरा-से अधैर्य के कारण वह लाख

हाथ-पाँव मारने पर भी अब उस स्थान पर नहीं पहुँच सकते थे, जहाँ से वह आरती का दृश्य पूरा-पूरा देख पाते। पिछले दिन तो उन्हें ऋषिकेश से वापस लौटने में ही देर हो गयी थी और ऊपर से वह बुरी तरह थक गये थे। हर की पैड़ी के पास वाली गली की तरफ जब वह खाना खाने के इरादे से पहुँचे तब लोग आरती देखकर लौट रहे थे। उन्होंने पत्नी के साथ जाकर पूड़ी-सब्जी खायी, घर ले जाने के लिए बाँस का अचार पैक कराया और इस निश्चय के साथ धर्मशाला लौट आये थे कि अगले दिन शाम होने से पहले ही पुल पर सबसे पहले पहुँचकर बैठ जाएँगे।

अधेड़ अवस्था को पार कर चुके वह, हाथ से छूटे जा रहे उम्र के तार-तार होते दामन को बेचारगी से देखते रहते। रिटायर होने से एक दिन पहले तक वह अपने को एकदम चुस्त-दुरुस्त और ऊर्जा से भरपूर महसूस करते थे लेकिन रिटायर होने के एक हफ्ते बाद ही उन्हें लगने लगा कि वह तेजी से बूढ़े होने लगे हैं। एक साल बीतते-न-बीतते उन्हें महसूस होने लगा कि अब उनसे अधिक श्रम नहीं हो पाता, भीड़ और शोर से उन्हें जरा ही देर में चिड़चिड़ाहट-सी होने लगती है और कई ऐसे काम हैं जिन्हें किये बिना ही वह मृत्यु की प्रतीक्षा करने बैठ गये हैं, उनके मन में आया कि गठिया से घुटनों के जकड़ने से पहले ही वह तीर्थयात्रा की अपनी साध पूरी कर लें ताकि इस जीवन के बाद की यात्रा सुगम हो सके। उन्होंने प्रारम्भ वहाँ से किया जहाँ से 'हरि' के पास पहुँचने का भी द्वार खुलता था और 'हर' के पास जाने का भी...'सैर कर दुनिया की गाफिल ज़िन्दगानी फिर कहाँ! जिन्दगानी गर रही तो नौजवानी फिर कहाँ' का अर्थ उनकी काँपती पिण्डलियाँ समझाने लगी थीं।

अगले दिन जब वह सूरज रहते पुल पर पहुँचे तब तक वहाँ कोई भीड़ नहीं थी। गरमी का मौसम होने के कारण लोग शायद सूरज के पूरी तरह वापस लौट जाने की प्रतीक्षा में थे। वह पुल पर सबसे आगे, रेलिंग में लगे सीखचों से पैर बाहर लटकाकर बैठ गये और गोलू से बतियाने लगे। पुल के पत्थर तप रहे थे। पत्नी भी एक तौलिया बिछाकर उनके पास बैठ गयी। जरा ही देर में गरम पत्थरों की तपन उनके लिए असह्य हो उठी। जाते हुए सूरज की किरणें भी तेज थीं, जिनके सामने जरा देर बैठने के बाद उन्हें अपनी पीठ पर चींटियाँ-सी रेंगती मालूम देने लगीं। उकताहट में उनका धीरज जवाब दे गया।

वह पत्नी और गोलू को लेकर नीचे गंगा-तट पर चले गये, जहाँ हवा में कुछ ठण्डक थी। नदी का बहाव तेज था। वह और पत्नी नदी में पैर डालकर बैठ गये। इस तरह नदी में पैर डालकर एक साथ बैठने में उन्हें थोड़ा रोमांच का-सा अनुभव हुआ। उन्होंने पत्नी को पैंतीस बरस पुरानी निगाहों से देखा, मगर

वह कहीं और देख रही थीं। उन्हें सोचकर खीज-सी लगी कि पत्नियाँ पतियों से बहुत पहले ही 'कहीं और' देखने लगती हैं, जरा ही देर में नदी के ठण्डे पानी ने उनके पैर सुन्न-से कर दिये। वे दोनों उठे। शाम गहराने लगी थी। आरती में अभी कुछ समय था। गोलू को लेकर वे दोनों वापस पुल पर पहुँचे।

इतनी ही देर में न जाने कहाँ की भीड़ पुल पर उमड़ पड़ी थी कि, जैसा कि मुहावरे में कहा जाता है, वहाँ तिल रखने की जगह नहीं बची थी। एक-दूसरे से रगड़ खाते शरीर जहाँ थे वहीं स्थिर होते जा रहे थे। पुल पर जितने लोग खड़े हो सकते थे, लगभग खड़े हो चुके थे।

वह गोलू को गोद में उठाये किसी तरह भीड़ में दाखिल हुए। पत्नी उनकी पीठ का पीछा करती हुई पीछे-पीछे चल रही थी। उन्हें अफसोस हुआ कि सबसे आगे बैठने वाली आरामदेह जगह से वह उस समय बेकार ही उठकर नीचे चले गये थे। उन्होंने सोचा कि अगर उस समय जरा देर धूप की तेजी सह लेते तो इस समय आराम से आगे बैठे होते, लाख कोशिशों के बाद भी वह भीड़ को चीरकर आगे नहीं पहुँच पा रहे थे, जहाँ से आरती का पूरा-पूरा दृश्य दीख पड़ता। उन्हें अपनी बेवकूफी पर गुस्सा आया, जिसकी वजह से इस समय वह भीड़ से बाहर ही छूटे जा रहे थे। अगर उसी रात उनकी वापसी की ट्रेन न होती तो वह इस भीड़ से जूझने का विचार ही छोड़ देते। अपनी कँपकँपाती बाँह पर गोलू को लिये उन्होंने अपने आपको इस उम्मीद के सहारे भीड़ के रेले में डाल दिया कि जरा देर में उस जगह तक पहुँचने का रास्ता अपने आप ही बन जाएगा, जहाँ से वह आरती देख सकेंगे।

गरमी और भीड़ में इधर-उधर कहीं शायद दब जाने के कारण गोलू ने अचानक रोना शुरू कर दिया। गोलू का रोना सुन, उस आदमी ने घूमकर देखा जो आगे पुल की रेलिंग पर अपनी कोहनियाँ टिकाये खड़ा था...

आरती शुरू करने के लिए तैयारियाँ की जा रही थीं।

ब्रह्मकुण्ड के पास पीतल के पाँच पंचमुखी विशाल आरती पात्रों में प्रज्वलित अग्निशिखाएँ धीरे-धीरे अपना आकार बढ़ाने लगीं। पाँचों पुजारियों ने पहले उन बड़े-बड़े आरती-पात्रों की पूजा की, फिर अँगोछों से पात्रों को पकड़कर गंगातट की एक सीढ़ी और नीचे उतर गये, ठीक वहाँ, जहाँ गंगा का जल पैड़ी तक आता था। अभी एक पूजा गंगाजल से भी होनी थी। आरती पात्रों में प्रज्वलित अग्निशिखाओं की प्रतिच्छाया गंगा के जल पर पिघलकर बहते स्वर्ण जैसी दमक रही थी। शंखध्वनि और घण्टे-घड़ियालों के मिले-जुले स्वर वातावरण को अपने साथ बहा ले चले। चारों दिशाओं में लगे लाउडस्पीकर मन्त्रोच्चार और गंगा जी की आरती के समवेत स्वरों से गूँज उठे।

यह नित्य सम्पन्न होने वाला अनुष्ठान था, जो नित्य होते हुए भी नित्य नूतन था। और इस अनुष्ठान को देखने के लिए श्रद्धालु टूटे पड़ते थे। शान्ति उपजाने वाले किसी कोलाहल ने जैसे सभी को एक साथ सम्मोहित कर रखा था। उन्होंने गोलू को चुप कराने के लिए उँगली से उस ओर इशारा किया जिधर भीड़ के ठट्ठ में रह गयी जरा-जरा-सी फाँकों से आरती-पात्रों की हल्की-सी झलक मिल रही थी...

सारे वातावरण का उन पर कुछ इस तरह असर हुआ कि वह उस स्थान पर होते हुए भी वहाँ से कहीं और चल पड़े...उन्हें एकाएक लगा जैसे उनकी तलाश पूरी हो गयी है। भावनाओं के सागर में डूबते-उतराते उनका अन्तःकरण प्रार्थना से भर उठा। वह बुदबुदा उठे—अब अपनी ओर उन्मुख कर लो प्रभु...और कब तक घिसट-घिसटकर खिंचता रहेगा जीवन का यह टुटहा छकड़ा संसार के इस ऊबड़-खाबड़ खड़ंजे पर...जीवन में अच्छा-बुरा जो कुछ किया तुम्हारी प्रेरणा से किया...अच्छे के लिए अपनी पीठ ठोंकने और बुरे के लिए तुम्हें कोसने के ओछेपन को ही अगर जीवन कहते हैं तो बहुत जी लिया जीवन...अब अपनी ओर मुड़ने की प्रेरणा दो प्रभु...राजा सगर के साठ हजार पुत्रों की शाप-मुक्ति के हेतु तपस्या करने के लिए एक भगीरथ थे, लेकिन अपने साठ हजार जन्मों के पापों से मुक्ति पाने के लिए मैं किसको पुकारूँ?...तुम्हारे अलावा और कौन है जिसकी तरफ याचना के लिए हाथ पसारूँ?...सब अच्छे हैं, भले हैं, ममता से भरे हुए...एक मैं ही पाता हूँ अपने आपको, जो क्षुद्रताओं के पंक में डूबता-उतराता जितना ही बाहर निकलने का प्रयास करता हूँ, उतना ही गहरा धँसता जाता हूँ...लेकिन अब मैं भी तुम्हारा पीछा नहीं छोड़ूँगा प्रभु...जीवन की बची साँसें तुमको टेरने में ही लगा दूँगा...आखिर कभी तो मेरी कातर पुकार पहुँचेगी तुम तक...तभी तो तुम्हें भी मेरी सुध आएगी। फिर वह अपनी कृतघ्नता पर अचानक जैसे खुद ही मर्माहत-से हो उठे—क्षमा करना प्रभु, इस मतिमन्द के इस प्रलाप को उसके अन्य अपराधों की ही भाँति भुला देना...आखिर इस देव-स्थान पर आने की प्रेरणा तो तुम्हीं ने दी...तुम्हीं ने तो कहीं मन में भाव उपजाया कि अब धीरे-धीरे सारे फैलाव को समेटना शुरू करूँ...और मैं मूढ़ सोच रहा हूँ कि कब लोगे तुम सुधि मेरी। उनकी आँखें छलछला आयीं, कण्ठ अवरुद्ध-सा हो गया, उनके हाथ गायी जा रही आरती पर धीम-धीमे ताली बजाने लगे।

वह खुद आगे बढ़कर आरती का दृश्य पूरा-पूरा देखना चाहते थे, लेकिन आगे बढ़ने की न तो गुंजाइश थी और न उनके पास ताकत। गोलू का रोना अब उनके लिए असह्य होता जा रहा था। अच्छे-भले वह पत्नी के साथ घूमने का

कार्यक्रम बना चुके थे, तभी बड़े बेटे ने अपने बेटे को भी साथ लटका दिया कि, ''यह भी घूम लेगा।'' अरे, घूम क्या लेगा, जितने दिन अपने दादा-दादी के साथ रहेगा उतने दिन दोनों को पूरी आजादी रहेगी। लाद दिया सिर पर। बेटे की चतुराई से वह एकदम चिढ़ उठे और उन्होंने गोलू को एक तेज थप्पड़ मारने के लिए अपने हाथ की नसों में गहरा कसाव महसूस किया, लेकिन फिर यह सोचकर कि मार खाने से वह और भी जोर से रोने लगेगा, उनकी नसें ढीली पड़ गयीं।

एकाएक उन्हें अपनी पत्नी पर क्रोध आया, जो पोते के मोह में पगलायी रहती है और बेटे से ज्यादा उसी ने जिद की थी कि गोलू को भी साथ ले लिया जाय। उन्हें अपनी पत्नी मोह के परनाले में बहे चले जा रहे किसी कीड़े जैसी लगने लगी, जो उनकी मुक्ति के मार्ग की सबसे बड़ी बाधा जैसी बन गयी थी, जो न खुद उबरती थी और न उन्हें उबरने देती थी और इस समय अपने नाटे कद के कारण आसपास खड़े लोगों के कन्धे, और सिर ही देख पा रही थी। भीड़ से बिछड़ने से बचने के लिए उसने अपनी तीन उँगलियों से उनकी पैण्ट की बेल्ट मजबूती से पकड़ रखी थी।

''देख-देख, गंगा माई...गंगा माई। नहीं, रोते नहीं,'' रेलिंग पर कोहनियाँ टिकाकर खड़े उस आदमी ने रोते हुए गोलू के मुँह के पास चुटकी बजाते हुए कहा। चुटकी बजाने के लिए उस आदमी को अपना एक हाथ भीड़ के बीच से निकालकर गोलू के चेहरे के पास तक लाना पड़ा था। गोलू ने उस आदमी की चुटकी बजाती उँगलियों को कुछ क्षण देखा और फिर अपने नन्हे हाथों में पकड़ने की कोशिश करने लगा। गोलू ने रोना बन्द कर दिया था, जिससे उन्होंने बड़ी राहत महसूस की।

''लाइए, मुझे दे दीजिए...'' उस आदमी ने लोगों के सिरों पर कन्धों के ऊपर से फँदाते हुए गोलू को अपने पास ले लिया और जोड़ा, ''...अब आप देखिए आराम से।'' गोलू ने भी शायद भीड़ से बाहर निकलने पर राहत महसूस की और उस आदमी की गोद में चढ़कर उसकी मूँछों से खेलने लगा था।

उस आदमी द्वारा गोलू को आगे ले लिये जाने से उनके दोनों हाथ खाली थे और अब वह भीड़ में थोड़ी और जगह बनाने की कोशिश कर सकते थे। ''भैया, जरा-सा...'' और ''बाबू, हम भी जरा...'' की मनुहारें करते-करते उन्होंने अपने भर की जगह बना ली थी और आरती का दृश्य पूरा-पूरा देख पा रहे थे।

आरती-पात्रों में जल रही मशाल जैसी बड़ी-बड़ी वर्तिकाएँ जब आरती

घुमाये जाने के क्रम में नीचे गंगाजल के पास आतीं तो उनका सुनहरा अक्स बहते पानी पर लहरा उठता। उन भारी आरती-पात्रों को हाथ में लेकर घुमाते रहने में पुजारियों को काफी दम लगाना पड़ता था, जिसका पता तब चलता जब आरती-पात्र उनके सिरों के पास से होकर गुजरते और रोशनी में उनके चेहरों की तनी हुई त्वचा लाल भभूका दिखाई देती और गरदन की नसें फूली हुईं। आरती की एक-डेढ़ फुट ऊँची अग्नि-शिखाओं की सुनहरी प्रतिच्छायाएँ पानी में बहती देख उनके मन में आया कि जैसे यह अग्नि उनके अन्त:करण पर कहीं जमे मैल की परतों को काटती हुई उन्हें निर्मल करती जा रही है। माया-मोह, छल-प्रपंच और विषय-वासना के सारे आवरण आरती-पात्रों में दहकती ज्वाला में भस्म होते-से जान पड़ने लगे। उन्होंने सोचा कि इन विकारों से ऊपर उठूँगा तभी तो सामने वो सीढ़ियाँ दिखाई देंगी, जो उन्हें चेतना के विस्तार के शिखर तक ले जाएँगी...और उसी शिखर पर तो मिलेगा यह ज्ञान कि अपनी कैद से बाहर निकलना क्या होता है...अँधेरे से प्रकाश की ओर जाने के क्या अर्थ होते हैं...और...

"अरे, गोलू कहाँ है?" गोद में रोते और मचलते पोते को न देख उनकी पत्नी ने पीछे से धक-सी रह गयी आवाज में पूछा, तो वह वापस लौटे।

"वो आगे..." उन्होंने उस आदमी की तरफ इशारा किया।

"कहाँ? कौन है वह?" पत्नी ने व्यग्रता से पूछा।

"पता नहीं।" यह जवाब एकाएक उन्हें भी कुछ अजीब-सा लगा।

"पता नहीं मतलब? कमाल करते हैं आप भी," पत्नी ने किसी हद तक उन्हें झिड़कते हुए कहा।

"नहीं, कोई बात नहीं, सामने ही खड़ा है वह," उन्होंने पत्नी से ज्यादा जैसे अपने आपको आश्वस्त किया।

"ऐसी क्या आफत आ गयी थी? सारे लोग आपकी तरह नहीं होते...इतनी भीड़ में कहीं वह गोलू को लेकर खिसक जाए तो आप तो उसे पहचान भी नहीं पाएँगे," पत्नी ने गहरी दुश्चिन्ता से कहा।

वाकई! गोलू को उस आदमी को देने से पहले उन्हें सोचना चाहिए था...कितनी बड़ी गलती कर बैठे वह...सचमुच, अगर वह आदमी इस भीड़ में गायब हो जाए तो इस नीम अँधेरे में सारे चेहरे तो ऐसे ही एक जैसे दीख पड़ते हैं, फिर उन्होंने उस आदमी को तो गौर से देखा भी नहीं था...

उन्हें ताज्जुब हुआ कि जो गोलू इतनी देर से एक मिनट को भी अपना रोना बन्द नहीं कर रहा था, उस आदमी के एक बार चुटकी बजाते ही कैसे एकदम चुप हो गया। उनके मन में उस आदमी के अन्दर छिपी किसी 'मोहिनी

विद्या' के प्रति आशंका जागने लगी। उन्हें उस आदमी के कहे हुए शब्द याद हो आये। ''अब आप देखिए आराम से...'' कहने के पीछे उसके मन में क्या भाव रहा होगा? शायद यही कि अब तुम आराम से आरती देखते रहो, मेरा काम तो हो गया...या उस आदमी ने उनकी सादादिली या कि मूर्खता पर मन-ही-मन मुस्कराते हुए सोचा होगा कि, बेटा अब तुम आरती देखोगे या मुझे? उन्होंने सोचा कि कभी-कभी जो कुछ हम अपने दिल में सोचते हैं, शब्दों में उसकी अभिव्यक्ति अनजाने में ही हो जाती है...वह एकदम बेचैन हो उठे।

''देखिए-देखिए, वह इधर-उधर देख रहा है...उस पर निगाह रखिएगा।'' पत्नी ने घबराहट में अपनी उँगलियाँ उनकी बेल्ट से निकाल ली थीं और उसके नाखूनों की चुभन वह अपनी कमर पर महसूस कर रहे थे।

''तुम चिन्ता मत करो, मैं देख रहा हूँ,'' उन्होंने किसी हद तक फुसफुसाकर कहा। वह नहीं चाहते थे कि पत्नी इस बारे में जोर से फिर कुछ कहे, क्योंकि उसके 'ऐसी क्या आफत आ गयी थी' पर आसपास सटकर खड़े लोग उसकी ओर घूमकर देखने लगे थे।

''आप बहुत जल्दी सब पर यकीन कर लेते हैं,'' पत्नी ने हताश स्वर में कहा। उन्होंने अपने कन्धे पर उसकी काँपती हुई एक हथेली की जकड़न-सी महसूस की।

ब्रह्मकुण्ड और उसके सामने वाले तटों पर सिर ही सिर नजर आ रहे थे। वे सब ताली बजा-बजाकर आरती के सुरों में अपने सुर मिलाते हुए आकाश गुँजाए दे रहे थे, लेकिन उनको अब कुछ भी सुनाई देना बन्द हो गया था। आरती-पात्रों से उठ रही अग्नि की जो सुनहरी छायाएँ अभी तक उन्हें मोह रही थीं, सहसा दिखाई देनी बन्द हो गयीं। उन्होंने सब तरफ से अपना ध्यान हटाकर अपनी निगाहें उस आदमी पर जमा दीं।

उन्होंने याद करने की कोशिश की कि हरिद्वार में घूमते हुए हर की पैड़ी के आसपास कोई पुलिस चौकी देखी है या नहीं? मुख्य सड़क पर बने थाने को तो उन्होंने देखा है लेकिन वह तो काफी दूर है। वह सोचने लगे कि अगर वह आदमी गोलू को लेकर अचानक गायब हो जाए तो उन्हें पहले मन्दिर समिति के दफ्तर जाना चाहिए, जो पुल के काफी निकट था या मुख्य सड़क पर बने थाने में। वह निर्णय नहीं कर पा रहे थे कि पुलिस स्टेशन पर वह क्या कहेंगे? क्या यह कि खुद ठीक से आरती देखने के लिए या अधिक देर तक बच्चे का रोना झेल न पाने के कारण उन्होंने बच्चे को एक अजनबी आदमी को दे दिया था। उन्हें सोचकर शर्म आयी कि उनके दोनों में से किसी भी बयान पर पुलिस के अधिकारी उनकी बुद्धि पर कैसे मन्द-मन्द मुस्कराएँगे।

"आपके हाथ थक गये थे तो मुझे ही दे देते," पत्नी ने कहा जिसके स्वर में अब चिढ़ की थरथराहट आ चुकी थी।

"तुम जरा देर चुप रहोगी?" उन्होंने पत्नी को दबी जबान से झिड़का।

उन्हें एकाएक लगा कि एक गहरा संकट उनके सामने है। वह सोचने लगे कि क्या रात में जब ट्रेन पकड़ने का वक्त होगा तब वो पति-पत्नी अपने चुरा लिये गये पोते का पता लगाने के लिए इस अधिकारी से उस अधिकारी के पास दौड़ लगा रहे होंगे? वह भीतर तक काँप उठे कि क्या उन्हें बिना गोलू के ही घर लौटना होगा? वह सोचकर रोने-रोने को हो आये कि वह घर लौटकर अपने बेटे-बहू को क्या मुँह दिखाएँगे? वह अपने आपको कोसने लगे कि वह कैसे भूल गये कि इन जगहों पर ऐसी घटनाओं का होना आम बात है...

उन्हें अपने गोलू का एक हाथ कटा हुआ दीख पड़ने लगा। वह दूसरे हाथ में अल्युमीनियम का कटोरा थामे लोगों को बताता घूम रहा था कि ट्रेन से गिर जाने के कारण उसका एक हाथ कट गया और माता-पिता को मालूम ही नहीं हुआ कि कब वह ट्रेन से गिरकर उनसे बिछड़ गया...उन्हें गोलू की आँखों की जगह दो खाली कोटर दीखने लगे, जिनके बारे में वह लोगों के सामने हाथ फैलाते हुए बता रहा था कि वह जन्म से ही ऐसी हैं...उनकी आँखों के सामने जेब काटते पकड़े जाने पर बुरी तरह पिटता गोलू आकर खड़ा हो गया, जो लगभग अधमरा हो चुकने के बाद भी यह बताने को तैयार नहीं था कि उसका सरगना कौन है...

उनकी आँखों के सामने काला-काला-सा कुछ तैरने लगा। उन्हें अपने पेट में गोला जैसा कुछ अटका हुआ महसूस हुआ, जिसने उन्हें बेचैन कर दिया। उन्होंने भीड़ को चीरकर किसी तरह गोलू के पास तक पहुँचने का इरादा बनाया ताकि वह उस आदमी की निकटतम दूरी पर मौजूद रह सकें।

"क्या वह आदमी गायब हो चुकेगा तब कुछ कीजिएगा?" पत्नी ने उनकी झिड़की की कोई परवाह न करते हुए उनकी एक बाँह को लगभग झकझोरते हुए कहा।

पत्नी की बात सुनने के लिए उन्होंने सिर को फिर उस आदमी की दिशा में सीधा किया तो पाया कि उसका सिर अपनी जगह पर नहीं था। वह एकदम बौखला उठे।

"हे भगवान, अब मैं क्या करूँ?" उनके मुँह से निकला और वह पत्नी को लेकर भीड़ से निकलने के लिए तेजी से आगे बढ़े।

"इतनी देर से कह रही हूँ...इतनी देर से कह रही हूँ..." पत्नी ने रोते हुए कहा। उसका सारा शरीर काँप रहा था।

उन्होंने पत्नी के रोने की तरफ कोई ध्यान नहीं दिया। उन्होंने पत्नी का हाथ पकड़ा और दूसरे हाथ से भीड़ में खड़े लोगों को खींच-खींचकर किनारे करने लगे।

अभी वह भीड़ से बाहर निकलने का रास्ता बनाकर आगे बढ़ पाते, तभी गोलू की किलकारी मारकर हँसने की आवाज़ उनके कानों में पड़ी और उस आदमी का नीचे से उठता हुआ सिर वापस अपनी जगह आता दिखाई दिया। उसकी गरदन पर सवार होने के कारण अब गोलू का सिर भीड़ में खड़े सभी लोगों के सिरों से ऊपर दिखाई दे रहा था।

''नहीं-नहीं, वह है, वहीं खड़ा है। शायद गोलू को अपने कन्धों पर उठाने के लिए नीचे झुका हुआ था,'' उन्होंने पत्नी को दिलासा दी और अपनी धड़कनों के सामान्य होने की प्रतीक्षा करने लगे।

आरती समाप्त हुई, भीड़ छँटने लगी।

पत्नी अभी भी सुबक रही थी।

जरा देर बाद पुल पर से गुजरते लोगों के बीच वह आदमी खड़ा था, गोलू के दोनों पैर उसने अपने कन्धों की तरफ से निकालकर अपने सीने पर लटका रखे थे। गोलू उसके सिर के बाल मुट्ठी में पकड़े उस आदमी की गरदन पर सवार था।

पत्नी ने आँचल से अपनी आँखें पोंछीं और राहत महसूस करते हुए अपने पति की कलाई को जकड़ लिया।

''प्रार्थना का आनन्द ऐसा ही होता है बहन जी कि डूब जाओ तो मन भीतर से भर उठता है,'' उस आदमी ने कहा और गोलू को अपनी गोद से उतारकर उसकी दादी की ओर बढ़ाया, लेकिन गोलू अपनी दादी के पास न जाकर उस आदमी के गले में बाँहें डालकर चिपट गया।

''कितना प्यारा बच्चा है, भगवान इसको अच्छी सेहत दे।'' उस आदमी ने गोलू के पैरों पर अपना एक हाथ फिराया और उसे उनकी पत्नी की गोद में देने के बाद पोलियो से लुंज अपने पैरों को हवा में झुलाता पुल से नीचे उतर गया। उसकी बैसाखी के डण्डों की ठक-ठक काफी दूर तक सुनाई देती रही।

# लेकिन खैर...

"अच्छा, एक बात सच-सच बताओगे?" पूछते हुए माण्डवी ने सिरहाने रखी टार्च उठायी और सवाल पूरा होने के साथ ही, पूरी की पूरी रोशनी नलिन के चेहरे पर एकबारगी दे मारी।

जब कभी ऐसा होता कि नलिन सोने लगते और माण्डवी को नींद न आ रही होती तो नलिन को जबरन अपने साथ जगाये रखने के लिए माण्डवी टार्च से चेहरे पर रोशनी डाल-डालकर उसे परेशान करती रहती। ऐसे में नलिन पलकों को जोर से भींचकर पुतलियों के सामने के कालेपन को, रक्ताभ लाल में बदलते हुए देर तक सहते रहते, लेकिन माण्डवी भी आँखें खोलने तक उनका पीछा नहीं छोड़ती थी। हालाँकि नींद तो माण्डवी को आज भी नहीं आ रही थी, लेकिन आज उसने यह पुराना खिलवाड़ नलिन को अपने साथ जगाये रखने के लिए नहीं किया था। माण्डवी ने टार्च की तेज रोशनी के घेरे में नलिन के चेहरे को अचानक ही ऐसे ले लिया मानो उसका सवाल सुनते ही, नलिन के चेहरे पर छलक पड़ने वाले अचकचाहट के भाव को उसने एक क्षण के लिए भी अपनी आँखों से ओझल न होने देने की पूरी तैयारी कर रखी हो। जैसे चेहरे पर भाव नहीं, कोई कनखजूरा निकलने वाला हो जिस पर अगर शुरू से लगातार निगाह नहीं रखी गयी हो तो उसे अँधेरे का फायदा उठाकर तेज रफ्तार से सरसराते हुए गायब हो जाने में एक मिनट भी नहीं लगेगा। और एक बार अगर वह 'कनखजूरा' आँखों से ओझल हो गया तो नकली ठहाकों, जबरदस्ती के मजाकों और जान की झूठी कसमों की किन दरारों में जा छुपेगा, माण्डवी के लिए फिर जान पाना असम्भव हो जाएगा।

माण्डवी को सदमा-सा लगा। उसकी चेहरा भाँप लेने और नलिन को औचक पकड़ लेने की सारी तैयारी धरी की धरी रह गयी। रोशनी की चौंध से बचने के लिए नलिन ने अपनी पलकों को कसकर भींचने की कोई कोशिश नहीं की, उनके चेहरे पर, 'अच्छा एक बात...' के साथ घुले माण्डवी के शंकालु स्वर की आकस्मिता को लेकर संशय का कोई चिह्न नहीं उभरा। वह अपनी पूरी खुली

आँखों से माण्डवी के चेहरे की ओर एकटक देख रहे थे। आँखों की निडर प्रत्यंचाओं पर बेगानेपन के जहर-बुझे तीर पहले से ही चढ़ाकर रखे हुए थे। उन आँखों में बेशर्म सूखापन था, पानी होने का भ्रम पैदा करती हल्की-सी लकीर तो कुछ देर पहले लगातार खुला रखने या शायद टार्च की तेज रोशनी पड़ने की वहज से खिंच आयी थी।

कमरे में हल्का अँधेरा होने और बेख़याली में टार्च के ज़रा-सा नीचे झुक जाने के कारण रोशनी गले को छूती हुई ऊपर की ओर जाने लगी जिसकी वजह से नलिन का चेहरा किसी प्रेत के चेहरे जैसा भयानक दीख पड़ने लगा। माण्डवी ने टार्च बुझाकर तकिये के पास सरका दी और निढाल हो लेट रही। टार्च से फेंकी गयी जरा देर की रोशनी में उसने देख लिया कि उन आँखों में ऐसा कुछ भी शेष नहीं था जो कभी उन दोनों के बीच सेतु जैसा लगा करता था। बंजर और निचाट रास्तों जैसी दीख पड़ती उन आँखों में माण्डवी के पैरों के सारे निशान मिटा दिये गये से लग रहे थे। जैसे उम्र गुजार आये किसी शख़्स को उसके मकान से जबरन बेदखल कर दिया गया हो और वह छूट गये घर और घर से बाहर बिखरी चीजों को बेबस-सा देखता भर रह जाए...ऐसे आदमी से अब क्या कुछ पूछना? सवाल पूछने के अधिकार-पत्र की इबारत तो सामने वाले के चेहरे पर लिखी होती है। ऐसा कोई अधिकार अगर बाकी रह गया होता तो नलिन यूँ खुली आँखों उसकी ओर देखते रहने की हिम्मत न जुटा पाते। अगर नलिन ने अपनी पलकें भींचकर पुराने खिलवाड़ का मजा लेने का नाटक ही किया होता, तब भी लगता कि वह जान-बूझकर सवाल का सामना करने से बचने की कोशिश कर रहे हैं और सवाल पूछने वाले के प्रति अपने आपको जवाबदेह मानते हैं और इतना भी काफी होता यह समझने के लिए कि अब कुछ पूछने का कोई मतलब रह गया है या नहीं। मगर वहाँ तो बिना पलक झपकाये अपनी ओर घूरती दो आँखें थीं जो इस कदर नंगी और मुँहफट थीं कि उनमें अब कुछ भी साफ-साफ कह देने में कोई झिझक बाकी नहीं थी। तेज रोशनी में वह जिस 'कनखजूरे' के अचानक रेंगकर बाहर निकल आने की प्रतीक्षा कर रही थी, उसे तो नलिन ने बेपरवाही के जूतों तले शायद पहले ही कुचल डाला था। नलिन ने हाथ बढ़ाकर टेपरिकार्डर का बटन दबा दिया।

आज भी माण्डवी, अँधेरे में सिरहाने गाने लग गये गुलाम अली के, 'मुझे वो गुलबदन याद आ गया है...' की चक्करदार तानों में डूबती-उतराती और दिनों की तरह नींद की गहरी भँवर में जा समाती, लेकिन आज सवेरे...

नहीं, अब सिरहाने देर रात तक बजते रहने वाले गीतों के अर्थ बदल गये हैं।

उम्र क्या कुछ लोगों के ऊपर ऐसा भी उपकार करती होगी कि खुद तो आगे से आगे भागती रहे लेकिन अपने आकर जा चुकने के निशान छोड़ना भूलने लगे? ऐसा न होता तो नलिन भी उत्साह और उमंग से दूर जा खड़े हुए दिनों को वैसे ही ठगे-से देखते रहते जैसे माण्डवी देखती रहती है। वह भी थकन और चिड़चिड़ेपन के उतने ही शिकार हुआ करते जितनी उनसे तीन वर्ष छोटी माण्डवी होती है। पाँच वर्ष बाद जिसे नौकरी से रिटायर हो जाना हो उसमें ऐसा उत्साह, ऐसी स्फूर्ति और दनदनाते फिरने की दुर्धर्ष ऊर्जा कहाँ से आयी होगी, जबकि नलिन के साथ के लोग, पालीथीन की थैलियों में लटकी, शाम के समय खरीदी गयी मछलियों की तरह निस्पन्द-से होते जा रहे हैं। वैसे पति में धीरे-धीरे दीख पड़ने लगे इन परिवर्तनों ने माण्डवी को कहीं राहत ही दी, क्योंकि वह अगर घर-परिवार की धुरी है तो नलिन सारथी हैं, सारथी अगर चुस्त, चौकन्ना और बलवान बना रहे तो वह कमजोर पड़ती जा रही धुरी के सहारे भी रथ को हाँके ले चल सकता है। माण्डवी, नलिन को गर्व के साथ देखती कि वह कितनी प्रबल इच्छा-शक्ति के हैं कि उम्र के किसी भी पहलवान से पंजा लड़ाने को हमेशा तैयार रहते हैं। उसे लगता है कि ऐसे लोग ही एकरस अन्धी सुरंगों की ओर मुड़ने लगी उम्र को अपनी कल्पनाशक्ति और उत्साह से जगमग किये रख सकते हैं और रोशनी का दामन हाथ से छूटने नहीं देते। माण्डवी को कभी-कभी ईर्ष्या होती कि नलिन की तरह वह भी जीवन जीने की कला जानती होती तो...लेकिन कभी-कभी उसे अजीब-सा लगता कि अचानक ऐसा भी क्या संकल्प कर डाला होगा नलिन ने कि जिसके आगे देह अपना क्षरित होने का धर्म भी भूल बैठे। जिसके जीवन के तीसरे पहर का अवसान निकट हो, उसके चेहरे पर ऐसी दोपहर की जैसी आँच देती धूप! चाल में जो चुटकी बजाती मस्ती और उछाल लेती तेजी दीख पड़ती है, वह क्या उम्र के इसी पड़ाव तक पहुँचने के इन्तजार में अब तक कहीं बाट जोह रही थी? और उस दिन तो हद हो गयी जब, बालों को रंगने वालों को दरमियाना कहकर खिल्ली उड़ाने वाले नलिन, सिर और सीने के सफेद बालों पर डाई लगाये, कोयला खदान के किसी मजदूर की तरह दो-ढाई घण्टे तक कालिख पोते बैठे रहे। माण्डवी के कानों में पिछले करीब दो वर्षों से रह-रहकर जैसे कोई फुसफुसाता रहा है कि ये तो वो नलिन लौट आये हैं जो तीस वर्ष पहले कभी हुआ करते थे।

कैसेट बदल गया है। अभी तक जो गुलबदन याद आ रहा था, तलत महमूद अब उससे याचना कर रहा था कि —'मैं दिल हूँ एक अरमान भरा, तू आ के मुझे पहचान ज़रा...'

आज सवेरे तक माण्डवी नहीं जानती थी कि उसके घर के भीतर एक और

घर बन गया है जिसमें रहते हैं नलिन और उनकी प्रिया—कोई सन्ध्या मण्डोखोत। माण्डवी सोचती है कि अब तक उस अलग बना लिये गये घर में कितने तो ऐसे कमरे निकल आये होंगे जिनमें माण्डवी का प्रवेश तक वर्जित होगा। ओढ़े गये लिहाफ के नीचे जो कमरे बन जाते होंगे, माण्डवी उनके बारे में बस कुछ ही इंचों की दूरी पर लेटी हुई भी नहीं जान सकी। ऐसे कमरों में सन्ध्या मण्डोखोत कहती होगी और नलिन ही सुन पाते होंगे, कि 'जब से आप जीवन में आये हैं, तब से लगता है जीना शुरू किया है। मेरा वास्तविक जन्म-दिन तो उसी दिन को मानना चाहिए, जिस दिन आपके होठों ने मेरे होठों से कुछ कहा था...'

आज सवेरे...

महरी के साथ चिक-चिक, दूधवाले से रोज दोहरायी जाने वाली शिकायत, घर की सफाई, बहुत कम समय के लिए आने वाले पानी की जमाखोरी, सबके लिए नाश्ते और नलिन के लिए लंच का डिब्बा तैयार करने और बेटे-बेटियों को यूनिवर्सिटी और नलिन को ऑफिस के लिए विदा करने के बाद माण्डवी कपड़े धोने बैठी, सर्फ के फेन में नलिन की कमीज डाली, लेकिन जेब में कुछ है, का सन्देह होते ही तुरन्त बाल्टी से बाहर खींच ली...'हाय रे मेरे भुलक्कड़ बुद्धू'—माण्डवी ने नलिन की कमीज से नहीं, मानो सामने खड़े नलिन से दुलार करते हुए कहा।

'पत्नी, पति की सचिव भी होती है'—अचानक नलिन की कभी कही हुई बात माण्डवी को याद हो आयी।

'हाँ, और जब ऐसी कर्तव्यनिष्ठ सचिव मिल जाए तो 'बॉस' को और भी लापरवाह होने की पूरी छूट मिल जाती है।' माण्डवी ने उलाहना देते हुए कमीज से कहा और घर के कभी न खत्म होने वाले कामों के साथ-साथ नलिन के कागज-पत्तर भी सँभालकर रखने की खुद अपने ऊपर ओढ़ ली जिम्मेदारी को सोचकर मुस्करा उठी।

बरसों पहले जमा की गयी बीमा प्रीमियम की रसीद हो या किसी सामान के साथ मिला कैश-मेमो, बस, जरूरत पड़ते ही माण्डवी की पुकार शुरू हो जाती है। और अकेले नलिन ही नहीं, घर का हर सदस्य इत्मीनान में रहता है कि माण्डवी के दिमाग में एक 'फ्लापी' है जिसमें 'फीड' होता रहता है कि फलाँ दिन, घर भर में मारा-मारा घूमता रहा, फलाँ कागज कहाँ पड़ा मिला था और अब वह कहाँ सँभालकर रखा हुआ है। जब वह ऐसा कोई जरूरी कागज तुरन्त निकालकर नलिन के हाथ में पकड़ा देती तो नलिन उसकी नाक पकड़कर हिलाते हुए दोहराते—'तभी तो कहता हूँ कि पत्नी पति की सचिव भी होती है।'

दबाये जाने के कारण नाक की कील की चुभन से छलक आये आँसू माण्डवी को अपने सचिव पद के पारिश्रमिक जैसे लगते।

...बाल्टी का पानी तब तक कमीज की जेब को नहीं छू सका था। माण्डवी ने कमीज की जेब से कई पर्तों में मुड़े कागज को निकालकर उसे सूखी जगह पर रखा और कमीज वापस साबुन के फेन में डुबो दी। कागज उसके गीले हाथों के कारण खराब न हो जाए इस एहतियात को बरतते हुए माण्डवी ने धोती के पल्ले के पीछे से अपने अँगूठे और तर्जनी से कागज को उठाया और कमरे में आकर बिस्तर पर रख दिया। नलिन के माँगने पर वह तुरन्त उस कागज को निकालकर दे सके, इसके लिए उसे रखने से पहले खोलकर देखना जरूरी था। माण्डवी ने पल्लू से हाथ पोंछे और कागज की पर्तों को सीधा किया। लिखा था—'जब से आप जीवन में आये हैं तबसे लगता है जीना शुरू किया है...'

दर्द और घबराहट की एक तेज लकीर माण्डवी की रीढ़ की हड्डी से ऊपर गर्दन तक खिंचती चली गयी। अचानक लगा, जैसे खुशनुमा मौसम एकाएक आँधी-तूफान के मौसम में बदल गया हो। देखने वाले जिसे मजबूत और रसीले फलों से लदा हुआ जानते थे, वह तीस वर्ष पुराना पेड़ धरती को फाड़ता हुआ अरराकर जमीन पर आ गया था। गिरने के बाद मालूम हो रहा था कि ऊपर से मजबूत दीख पड़ने वाला पेड़, जड़ों से लेकर तने और शाखाओं तक एकदम खोखला हो चुका था।

माण्डवी की आँखों के सामने बीते हुए पिछले कई महीनों के दिन और रात घूम गये। कब, धीरे-धीरे सँभल-सँभलकर एक-एक सीढ़ी चढ़ने की उम्र, दौड़ते हुए दो-दो सीढ़ियाँ एक साथ फलाँगने की हाँफती हुई कोशिश की तरफ लौटने लगी थी। बैठने से पहले एक बार पीछे मुड़कर रखी हुई कुर्सी के किनारों के प्रति आशंकित उम्र कब कुर्सी की पीठ को बेपरवाह-से घसीटते हुए उस पर धम्म से बैठने की उम्र की तरफ लौटने लगी थी, प्रमोशन की दौड़ में हमेशा के लिए पिछड़ जाने की वजह से गालियों की बौछार करती नाराज उम्र, कब बिना बात मुस्कराने की मासूम उम्र की ओर लौटने लगी थी, किसी भी बात पर सहमति का रास्ता निकाल लेने वाली उम्र कब जरा-जरा-सी बात पर तुनकने और किसी-न-किसी बहाने कहा-सुनी की स्थिति पैदा कर देने वाली जिद्दी उम्र बनती चली गयी और कब जरूरी-से-जरूरी काम होने पर भी बिस्तर से उठने को तैयार न होने वाली अलसायी उम्र, किसी-न-किसी बहाने घर से बाहर ही बने रहने की एक आवारा उम्र में बदलने लगी थी।

माण्डवी का मन होने लगा कि वह अगले दिन नलिन के ऑफिस जाए और सारे लोगों के बीच खड़ी होकर पूछे कि यह हर तरफ से अपने को समेटकर

घर लौटने की उम्र है या अपना जीवन छोड़ किसी और के जीवन में जा बैठने की? सन्ध्या मण्डोखोत की चिट्ठी दिखाकर लोगों को बताए कि जिस आदमी और जिसके घर को बनाने के लिए मैंने अपना सारा जीवन-रस उँड़ेल दिया, वही आज अकेले किसी नये जीवन की तलाश में निकल गया है। लोगों से पूछे कि, अगर मैं किसी को अपने जीवन में ले आयी होती तो तुम्हीं लोग होते जो 'कुलटा-कुलटा' कह कर पत्थरों से मार-मार कर मेरी जान ले लेते। क्या नलिन पर फेंकने के लिए कोई एक कंकड़ भी है तुम लोगों के पास?

'कुलटा' उसे स्त्री के लिए सबसे गन्दी गाली लगी, जिसे अपने सन्दर्भ में सोचकर माण्डवी काँप उठी। उसे अपना सारा सोच किसी भीख माँगने वाली औरत की निर्लज्जता से भरा हुआ लगा।

...तलत महमूद की मनुहार शायद सुन ली गयी थी, और अब सीएच आत्मा यकीन दिला रहे थे कि, 'तुम बिन सूना जीवन मेरा यूँ ही बीत न जाए, नैनों में दो नैन समाए...'

इतने दिनों तक रात के अँधेरे में धीमी आवाज में सिरहाने बजते जिन गीतों को सुनते-सुनते दिन भर की थकी माण्डवी सो जाया करती थी, वही गीत उसे सोने नहीं दे रहे थे। कभी जो गीत उसे नलिन के सुरुचि-सम्पन्न होने का प्रमाण लगते थे, वही गीत आज नलिन और सन्ध्या मण्डोखोत के बीच चल रहे संवाद जैसे लग रहे थे, जिन्हें लेटे-लेटे सुनने के लिए वह विवश थी। माण्डवी से एक हाथ से भी कम के फासले पर लेटे नलिन के बारे में वह नहीं जान पा रही थी कि इन गीतों को सुनते हुए उनके मन में क्या चल रहा है? क्या इन गानों को सुनते हुए नलिन, सन्ध्या मण्डोखोत के साथ बिताये गये पलों को फिर-फिर जी रहे होंगे? मेरा पास होना कहीं उन्हें बाधक-सा जान पड़ता होगा या अपने स्वप्निल संसार में वह इस कदर डूबे होंगे कि मैं भी यहाँ हूँ, का उन्हें ध्यान ही नहीं रहता होगा।

'...प्रेम अगिन बढ़ती ही जाए कैसे कोई दबाए...' की लाइन कानों में पड़ते ही माण्डवी का मन होने लगा कि वह तिपाई पर रेंकते टेपरिकार्डर को उठाकर जमीन पर पटक दे, लेकिन हाथों की तनने लगी नसों को काबू में रखने के लिए उसने पलंग की पाटी को जोर से पकड़ लिया और तब तक पकड़े रही जब तक कि हाथ इस बात पर सहमत नहीं हो गये कि वह ऐसा कोई काम नहीं करेंगे। माण्डवी ने अपने विलाप करते मन को थपथपाते हुए शान्त किया—'नहीं, इस आदमी के सामने कमजोर नहीं पड़ना है।'

कैसेट से अब हेमन्त कुमार और लता मंगेशकर की नहीं, नलिन और सन्ध्या मण्डोखोत की आवाजें निकलती मालूम पड़ने लगीं, जो एक-दूसरे का हाथ पकड़े गा रहे थे—'मंजिल को चल पड़े हम तकदीर के सहारे...'

लड़का थर्ड डिजीवन में एम.ए करके दिन भर जाने कहाँ डाँव-डाँव घूमता रहता है। दोनों लड़कियाँ ब्याह होने की प्रतीक्षा में बेमतलब पढ़ती चली जा रही हैं और घोड़ियों की तरह निकल आयी हैं और ये हैं कि... पहले माण्डवी को लगता था कि घर से बाहर भटकते रहना, बात-बात पर चिड़चिड़ा उठना और देर रात तक गाने सुनते छत तकते रहना स्थितियों के सामने एक बेबस आदमी का मुँह छिपाना है, जो बेटे को रोजगार से न लगा पाने और बेटियों को उनके घर विदा न कर पाने की अपनी चिन्ताओं को इस तरह भुलाने की कोशिश करता है। यह तो माण्डवी को आज सवेरे ही पता लगा कि अभी तो नलिन अपनी ही बढ़ती जा रही 'प्रेम अगिन' में झुलस रहे थे फिर उन्हें भला बेटियों और बेटे के बारे में सोचने की फुर्सत ही कहाँ होती?

कौन होगी ये सन्ध्या मण्डोखोत? पड़ोस की मिसेज मेहरा से यह पता लगने पर कि मण्डोखोत महाराष्ट्रियन होते हैं, माण्डवी की आँखों के सामने टीवी पर नैन मटका-मटकाकर लावनी नृत्य प्रस्तुत करती माया जाटव की भंगिमाएँ घूम गयीं। क्या सन्ध्या मण्डोखोत को भी लावनी की लुभावनी मुद्राएँ दिखाना आता होगा? या नलिन को सन्ध्याओं में ऐसी मोहक मुद्राएँ दिखाई ही देने लगती हैं? क्या कहा होगा नलिन ने उससे? निश्चित रूप से ऐसा ही कुछ कि मेरी पत्नी मुझे प्यार नहीं करती...या यह कि मेरी पत्नी को प्यार करना ही नहीं आता...या यह कि उसके झगड़ालू स्वभाव को अब और नहीं सहा जा सकता...या यह कि बीमार-बीमार-सी बनी रहने वाली पत्नी का पति, पति नहीं सेवक जैसा बनकर रह जाता है...या यह कि मेरी पत्नी का मानसिक स्तर मेरे मानसिक स्तर से बहुत नीचे है...या यह कि मेरी पत्नी को गीत और गजल का फर्क समझने की तमीज नहीं है...या यह कि...या यह कि...या यह कि...या यह कि...

सन्ध्या मण्डोखोत के होठों पर अपने होठों से यह कहते हुए कि 'इतना प्यार मुझे कभी किसी ने नहीं किया,' नलिन ने मेरे खयाल से भी निगाहें चुरायी होंगी ताकि उन्हें सन्ध्या मण्डोखोत की निगाहों से मिला सकें। इन्होंने सन्ध्या मण्डोखोत के सामने अपने आपको कैसा निरीह बनाकर पेश किया होगा कि अगर, 'तुम मुझे मिल गयी होतीं तो मैं जाने क्या बन जाता...'

नहीं नलिन, तुम वही होते जो आज हो, फर्क सिर्फ इतना होता कि तब पलंग के इस किनारे पर आज सन्ध्या मण्डोखोत लेटी अपने आपसे बातें कर

रही होती और तुम ये गीत किसी माण्डवी के साथ गा रहे होते...घर के भीतर एक घर तुम तब भी बनाते, फर्क बस इतना होता कि उस घर में तुम माण्डवी के साथ रह रहे होते और सन्ध्या उस घर की परिधि के कहीं बाहर छोड़ दी गयी होती इस भ्रम को जीने के लिए कि घर की सुरक्षित चारदीवारी में उसके और पति के अलावा तीसरा और कोई नहीं है...किसी दिन, जब तक कि कमीज की जेब में भूल से छूट गयी चिट्ठी हाथ न पड़ जाती सन्ध्या भी अपने सौभाग्य पर इतराती घूमती।

'आटो स्टाप' की एक हल्की-सी 'खट' हुई तब माण्डवी को ध्यान आया कि गाना खत्म हुए देर हो चुकी है और कमरे में इतने समय तक एक तना हुआ सन्नाटा तैरता रहा था जिसकी तरफ उसका ध्यान ही नहीं गया था। वह प्रतीक्षा करने लगी किसी नये कैसेट के निकाले जाने, लगाने और 'प्ले' का बटन दबाये जाने की, लेकिन...

"हाँ, तुम मुझसे कुछ पूछ रही थीं," नलिन की निष्कम्प आवाज अँधेरे में उभरी।

"नहीं," माण्डवी ने एक शब्द कहा। उसे टार्च की रोशनी के सामने नलिन की खुली आँखें याद आयीं।

"उस चिट्ठी को पढ़ लेने के बाद भी?" नलिन उठकर सीधे बैठ गये। तभी बाहर जल रही कोई बत्ती बुझायी गयी जिससे खिड़की के रास्ते, पेड़ की काँपती पत्तियों की दीवार पर पड़ती परछाईं और उठकर बैठ गये नलिन की अस्पष्ट आकृति गायब हो गयी।

उस चिट्ठी को पढ़ लेने के बाद तो और भी नहीं—माण्डवी ने सोचा और अपने आपको तैयार करने लगी उस खेल को देखने के लिए, जो भेद खुल जाने के बाद नलिन खेलना शुरू करने वाले थे।

"मैंने कमीज की जेब में वह चिट्ठी जान-बूझकर छोड़ दी थी, ताकि तुम जान जाओ कि मेरे जीवन में कोई आ गया है।" नलिन ने कहा तो माण्डवी की आँखों के सामने टार्च की रोशनी का सामना करती साँप की पलक विहीन आँखें फिर नाच गयीं।

"लेकिन चिट्ठी में तो लिखा गया है कि जब से आप मेरे जीवन में आये हैं।" माण्डवी ने अपने आप को संयत रखते हुए कहा।

"एक ही बात है।" नलिन शायद उससे अब निगाहें चुरा रहे थे।

"नहीं, एक ही बात नहीं है, अगर ऐसा सचमुच हो गया होता तो आपको चिट्ठी की आड़ में मुँह छिपाते हुए इसकी सूचना देने की जरूरत न पड़ती," माण्डवी ने कहना जारी रखा, "अगर सचमुच कोई किसी को अपने जीवन में

शामिल कर लेता है तो उसके भीतर आमने-सामने बात करने का साहस भी पैदा हो जाता है।'' माण्डवी को अपना ही स्वर अपरिचित-सा सुनाई दिया।

''तो-लो, अब तुमसे आमने-सामने कह देता हूँ,'' नलिन ने एक क्षण रुककर कहा। उनके स्वर में किसी प्रकार की दुविधा को छिपाने की कोई कोशिश नहीं थी।

''नहीं, अब यह तुम्हारे भीतर का ईमानदारी और उससे पैदा होने वाला साहस नहीं, तुम्हारे भीतर का अपराध-बोध और उस पर विजय पाने के लिए साथ-साथ पलने वाली चालाकी बोल रही है,'' माण्डवी ने नलिन को जैसे भीतर तक चीरकर सामने रख दिया।

''जानता था तुम हमारी मजबूरी नहीं समझ पाओगी।'' नलिन ने 'हमारी' में खुद को और निश्चय ही सन्ध्या मण्डोखोत को भी शामिल करते हुए कहा।

''आज की हर सन्ध्या मण्डोखोत आने वाले कल की माण्डवी है, इतनी-सी बात अगर तुम समझ पाते तो तुम्हारी कोई मजबूरी नहीं होती।'' माण्डवी ने अपने स्वर को भरसक सन्तुलित बनाये रखने की कोशिश की लेकिन वाक्य के खत्म होते-होते उसकी आवाज बाँध टूटने की-सी आवाज बन गयी।

''तुम्हें मैंने कभी किसी तरह की कोई तकलीफ नहीं दी, हमेशा खुश रखने की कोशिश की लेकिन ऐसा हो ही गया जिस पर मेरा कोई वश नहीं था,'' नलिन ने लाचारी के साथ कहा।

''औरत पुरानी पड़ जाती है तो आदमी इसी तरह विवश हो जाता है,'' माण्डवी ने व्यंग्य के साथ कहा।

''नहीं, वह अब मेरी भावनात्मक मजबूरी बन चुकी है,'' नलिन ने माण्डवी के व्यंग्य से तड़पकर कहा।

''चीकट हो गये तकिये के गन्देपन को ढँकने के लिए चमकीला गिलाफ तो चढ़ाना ही पड़ता है,'' माण्डवी ने नश्तर-सा चुभोया।

''यकीन करो, मुझे तुमसे कोई शिकायत नहीं। लेकिन मुझे जितना प्यार मिलना चाहिए था वह नहीं मिला। एक ऐसा साथ जो मुझे उठते-बैठते, सोते-जागते अपनेपन के एहसास में डुबोये रख सकता। मैं किसी को टूटकर प्यार करना चाहता हूँ और बहुत सारा प्यार पाना चाहता हूँ। उसको पाकर लगता है जैसे एक तलाश थी जो पूरी हो गयी। ऐसा प्यार जो तुम मुझे तीस वर्षों में नहीं दे सकी उसकी अनुभूति मुझे पिछले दो वर्षों में हुई है।'' नलिन का स्वर पहले कुछ याचक का-सा रहा, लेकिन दोषारोपण का ज़रा-सा स्पर्श पाते ही अचानक उसमें साही की तरह आत्मरक्षा के नुकीले काँटे सीधे खड़े हो गये।

''तुम ठीक कहते होगे। नहीं दे सकी हूँगी उतना प्यार जो तुमको बाहर

जाने से रोक पाता। सिर पर पानी से भरी मटकी रखकर चलती औरत रास्ते में किसी सहेली से दो बातें भी कर लेती है, किसी कँटीली झाड़ी में पल्लू फँस जाए तो उसे भी निकालती है, पैर में काँटा चुभ जाए तो उसे भी निकालती है— लेकिन, उसका सारा ध्यान तो मटकी पर ही रहता है, माण्डवियों के लिए प्रेम, सिर पर रखी पानी से भरी मटकी जैसा ही होता है।'' जिसके ऊपर अपना जीवन निसार कर माण्डवी अपने आप को धन्य समझती आ रही थी, उन नलिन के प्यार पाने की तलाश सन्ध्या मण्डोखोत को पाने के बाद पूरी हुई है, जानने के बाद उसे लगा जैसे उसकी पीठ पीछे कोई दरवाजा जोर की आवाज करते हुए बन्द हो गया है।

''और सन्ध्याओं का प्रेम?'' नलिन ने पहली बार उस नाम का उच्चारण किया लेकिन माण्डवी के, 'माण्डवियों' को जरा खींचने के लिए।

''सन्ध्याओं का प्रेम, 'आई लव यू-आई लव यू' की धुन पर बताशों पर नाच दिखा कर प्रशंसा लूटने वाली नर्तकियों का प्रेम है। सन्ध्याओं को सिर्फ एक बात पर अपना सारा ध्यान लगाये रखना होता है कि पैरों का कितना दबाव बनाये रखा जाए कि बताशे भी न टूटें और वह नाचती भी रह सके'' चाहने पर भी माण्डवी अपनी आवाज में किसी प्रकार की कड़वाहट नहीं ला सकी, उसकी आवाज में जैसे कोई निर्णय ले लेने के बाद का ठण्डापन रिस आया।

''तो अब आखिर तुम ही बताओ, मैं क्या करूँ?'' नलिन ने उसके कन्धे पर अपना एक हाथ रखते हुए व्याकुल स्वर में पूछा।

''मैं क्या बता सकती हूँ कि किसी को अगर जीवन भर प्यार न मिले या जिसे तीस वर्षों बाद अचानक मिल जाए तो उसे क्या करना चाहिए? मैं तो सवेरे से अपने और अपनी बेटियों के बारे में सोच रही हूँ। पराधीन हूँ। मुझे तो कुछ भी सहते हुए इस नर्क में पड़े रहना होगा। शरीर भी इस लायक नहीं बचा कर रखा कि इसी को बेचकर अपनी बेटियों के लिए जिन्दा रह लेती। मुझे अब अपनी बेटियों के लिए पति से पहले कोई एक छोटी-मोटी ही सही, नौकरी तलाश करनी होगी ताकि कल अगर उसके पति तीस वर्षों तक उनको भोगने के बाद ऊबकर किसी और के जीवन में जा बैठे तो वह अपने पति के घर को लात मारकर स्वाभिमान के साथ घर से बाहर तो आ सके,'' माण्डवी का गला पहली बार अवरुद्ध हुआ।

उसने अपने कन्धे पर नलिन के रखे हुए हाथ को अचानक महसूस किया। यही हाथ...सन्ध्या मण्डोखोत का जिस्म...वही सारे खेल...सारे बिस्तर और कमरे

में भर गयी अजीब खट्टी-खट्टी-सी गन्ध...माण्डवी को तेज उबकाई जैसी महसूस हुई। उसे नलिन का स्पर्श एकदम अपरिचित, असह्य और किसी पर-पुरुष के स्पर्श जैसा लगा। उसे लेटने की जरा भी इच्छा नहीं थी लेकिन नलिन के स्पर्श से अपने को दूर करने के लिए माण्डवी ने अपने शरीर को फैलाकर सीधा किया तो नलिन का हाथ बिस्तर पर गिर गया। माण्डवी ने करवट लेकर नलिन की ओर पीठ फेर ली।

''तुम जरा मेरी बात समझने की...'' नलिन ने फिर कुछ कहना चाहा।

''अब इस सारे कुछ को जहाँ और जैसा है, वैसा ही छोड़ दो। तुम्हारे इस बिस्तर पर आज मेरी आखिरी रात थी। कल से तुम्हें मेरी कोई बात नहीं सुननी पड़ेगी। आज भी जहाँ तुम्हारी तलाश पूरी हो गयी थी, वहीं मेरी बात को भी खत्म हो जाना चाहिए था। फिर भी मैं तुमसे इतना कुछ क्यों कह गयी, पता नहीं लेकिन, खैर...'' यह कहने के लिए माण्डवी ने नलिन की तरफ अपना चेहरा तक नहीं घुमाया।

# छाया मत छूना

दादा जी चले गये। वह गये वैसे नहीं जैसे जलते तवे पर छन्न की आवाज के साथ गायब हो जाती है पानी की बूँद, या जैसे हवाओं में घुलकर आँख ओझल हो जाता है धुआँ, या जैसे एक चमक दिखाते हुए अँधेरे आसमान में टूटकर गुम हो जाता है कोई तारा...कुछ लोग जीते जी अपनी उपस्थिति से घेरते हैं जितनी जगह, उनके जाने के बाद उनकी स्मृति घेरती है उससे कहीं ज्यादा जगह...जैसे यहीं-कहीं, आसपास हों और अचानक सामने आ खड़े हो जाने वाले हों। किरमिच के उनके भूरे रंग के जूतों को उनके पाँव का स्पर्श अब भी याद होगा, स्टील के गोल फ्रेम वाले चश्मे के शीशों को आज भी उन आँखों की तलाश होगी, उनकी पकड़ से चिकनी हो चुकी छड़ी की मूठ पर उनकी पसीजी हथेलियों का सूख चुका गीलापन अभी भी मौजूद होगा...मनुष्य अपनी वस्तुओं में उम्र से भी कितनी लम्बी उम्रें जीता है।

दादाजी धीरे-धीरे गये और शायद इसीलिए वह जाकर भी नहीं गये। वह गये ऐसे, जैसे समय के साथ सीपिया होती जाती कोई ब्लैक ऐण्ड व्हाइट तस्वीर, जैसे सदियों पुराने किसी हस्तलिखित ग्रन्थ का धीरे-धीरे पीला और मटमैला होता कागज या फिर जैसे पहले प्रेम की धुँधली होती-सी जान पड़ती याद...। दादाजी थे—जैसे पुरानी, धूप और बरसातें सह-सहकर चितकबरी हो चुकी, अपने बदन पर तमाम झाड़-झंखाड़ उगाये कोई गिरहर हवेली...एक ऐसी हवेली जिसको देखकर लगता है कि उसके किसी भी एक पत्थर को छू देने भर से उसमें किसी पुरानी घटना का स्पन्दन जाग उठेगा...एक ऐसी हवेली जिसके पत्थर प्रतीक्षा करते-से लगते हैं कि कोई आकर उन्हें छुए और वह बताए कि उनके ऊपर कब किसके पाँव पड़े थे, किसकी हथेलियों ने उन पर टिककर सहारा लिया था या किसने उनके ऊपर अपना सिर पटका था।

"भई, हमारे जमाने में तो—" हमेशा कुछ न कुछ बताने को उत्सुक रहा करने वाले दादाजी अपनी काँपती अँगुलियों से बातों के पिटारे से पहली और

आसानी से पकड़ में आ जाने वाली यही अद्भुत चीज निकालकर सामने रख देते। उनसे मिलने के लिए आये हुए आदमी की तो मजबूरी होती, लेकिन इस नायाब चीज के बाहर निकलते ही मुझे छोड़ घर के बाकी लोगों को तमाम जरूरी काम याद हो आते। लोगों को सुनते-सुनते याद हो गया था कि उनके जमाने में रुपये का दस सेर गेहूँ हुआ करता था, कि आँगन में खड़ी मुर्चाई हुई रेले साइकिल उन्होंने ग्यारह रुपये में खरीदी थी, कि चौदह आने में धोती का एक जोड़ा मिला करता था। दादाजी के पिटारे के कोने-अँतरे में ऐसे-ऐसे किस्से पड़े रहते कि वह किसी एक को भी बाहर निकाल देते तो सामने वाला मुँह बाँये रह जाता। लेकिन एक-दो बार के बाद जब घूम-फिरकर वही-वही किस्से दोहराये जाने लगते तो लोग कन्नी काटना शुरू कर देते। दरअसल दादाजी को याद ही नहीं रहता था कि वह कौन-सा किस्सा किसे पहले सुना चुके हैं। उनके पास गर्द में अँटी पड़ी कितनी ही चीजें थीं जिन्हें वह झाड़-पोंछकर किसी भी समय प्रस्तुत करने को तैयार रहते। ब्रिटिश हुकूमत, अँग्रेज अफसर, दूसरी जंगे अज़ीम, कायदा-कानून और न जाने क्या-क्या...

बाहर वाला वह कमरा, जिसमें अब दादाजी के लेटे-बैठे होने का भ्रम आकर रहने लगा है, बचपन से देखता आ रहा हूँ। उस कमरे का नाम ही दादाजी का कमरा पड़ गया है। उनके चले जाने के बाद पिताजी ने कमरे का सबका सब वैसा ही रहने दिया।

''सामने गहरी खाई, प्लाटून को उस पार जाना, कोई और जरिया नहीं, क्या करूँ?'' दादाजी यह किस्सा जब भी सुनाते कुछ जल्दी-जल्दी बोलने लगते और बिल्कुल एक ही तरह से चिन्ता की गहरी लकीरें उनके माथे पर उतर आतीं जैसे उसी समय वह समस्या उनकी प्लाटून के सामने आ खड़ी हुई हो, जिसका हल तुरन्त निकाला जाना हो।

''फिर?'' सुनने वाला भी जैसे सामने खुदी खाई और पार जाने को तैयार खड़ी प्लाटून देखने लगता।

''फिर क्या? मेजर ने एक टुकड़ी को 'काशन' दिया—'डबल मार्च!' और खुद मुँह फेरकर खड़ा हो गया। आदेश पाते ही टुकड़ी के सिपाही खाई को पाटने के लिए एक के बाद एक बदाबद खाई में गिरने लगे। क्या नहीं रहे होंगे खाई को पाटने के लिए नीचे मौत की छलाँग लगाते सिपाहियों के माता-पिता, बन्धु-बान्धव? क्या सोचा होगा उन सिपाहियों ने उस समय जब उनका पहला पैर जमीन छोड़कर खाई के ऊपर हवा में उठा होगा और क्या सोचता रहा

होगा मुँह फेरकर खड़ा वह मेजर जिसकी आँखों से''—दादाजी बात को वहीं पर छोड़ते और अपनी तर्जनी और मध्यमा को अपनी दोनों आँखों के पास ले जाकर नीचे की ओर लाते। दादाजी यह घटना जब भी सुनाते उनके होठ हल्के से काँपने लगते, आवाज भरभरा जाती और उभर आती नमी की हल्की-सी लकीर जो आँखों को पनियल-सा बना जाती।

''ये क्या था ? ड्यूटी, अनुशासन, समर्पण''—लेकिन जरा ही देर बाद वह वर्तमान में लौट आते। उनकी आँखों का गीलापन एकदम गायब हो जाता और उसकी जगह अकाल से दरकी हुई धरती जैसा कुछ भाँय-भाँय करने लगता।

''जब मैं दूसरी लड़ाई में बर्मा के मोर्चे पर था।'' दादाजी बताते हुए अपनी पहले ही तनी रहा करने वाली मूँछों को कुछ और ऊपर की ओर टिटकोरते जैसे उन्होंने अभी-अभी कुछ पिया हो और मूँछों पर कुछ लगा न रह जाए इस एहतियात से उन्हें पोंछ रहे हों—''तेरी दादी भगवान को प्यारी हुई थी'', वह कहते और पीली रंगत वाला मटमैला-सा खालीपन उनकी आँखों में परछाईं बनकर उतर आता ''मैं तो उनके अन्तिम दर्शन भी नहीं कर सका था। ये कथरी उन्हीं की सिली हुई है।'' वह डीसीएम की महँगी चादर उठाकर सबसे नीचे बिछी, जगह-जगह से तार-तार हो चुकी कथरी का कोई धागा अँगुलियों में पकड़कर दिखाते।

''सारा क्रिया-कर्म मेरे पिता ने ही किया था।'' वह कहते तो लगता जैसे उनके समय का एक कालखण्ड आज भी वहीं ठिठका खड़ा है, जहाँ वह उस समय था जब वह बर्मा के मोर्चे पर थे। ''तेरी दादी को सन जैसे सफेद बालों के बीच भरी हुई लाल माँग का बड़ा चाव था'', वह कहते और जैसे एकदम अकेले रह जाते।

यह बात तो मेरे पिताजी ने भी मुझे बतायी थी कि उन्नीस सौ पैंतालीस के आसपास लड़ाई खत्म होने पर जब दादाजी घर लौटे तो माँ के न रहने का दु:ख दो वर्षों की अवधि फलाँगता हुआ फिर सामने आकर खड़ा हो गया था। पिताजी, दादाजी से चिपटकर रोने लगे थे।

''मर्द भी कहीं रोते हैं,'' दादाजी ने कहा और पिताजी का कन्धा दबा दिया। उस कन्धा दबाने से दादाजी ने जैसे पिता का सारा शोक अपने अन्दर खींच लिया था और खुद अपने अन्दर भहराकर गिरने को हो आये किसी मकान को मानो शहतीर लगाकर रोक लिया था।

''लोग समझते हैं कि वह बच्चों को प्यार करते हैं या उनके लिए कुछ

करते हैं तो उन पर कोई एहसान करते हैं,'' कभी-कभी वह मुझे अपने से चिपटाते हुए कहते। मुझे उनके कपड़ों, बिस्तर और उनकी चीजों से एक अजीब तरह की खुशबू-सी आती जान पड़ती। पता नहीं ऊष्मा उनके स्पर्श की थी, उनके स्नेह की थी या उनके सच्चेपन की खुशबू थी वह। मैं उनसे चिपटा रहना चाहता, वह भी मुझे उतनी ही जोर से भींचे रहते।

''मगर नहीं। यह तो बच्चों का हम पर एहसान है कि वे हमें प्यार करने का सुख उठाने का मौका देते हैं'', वह सामने वाले से कह रहे होते और मैं उनके हाथ पर उभरी हुई काली-सी नस को पकड़ने की कोशिश करता रहता जो मेरी नन्ही अँगुलियों से फिसल-फिसल जाती थी या उनके कानों पर उगे सफेद बालों के गुच्छे खींचता रहता जिससे उनको पीड़ा होती और वह मेरा हाथ वहाँ से हटाते रहते।

पचासी-छियासी के आसपास के दादाजी मुँह-अँधेरे ही उठ जाते, बाहर बने शौचालय में निवृत्त होते और दरवाजे पर बाहर से ही ताला लगाकर सैर के लिए निकल जाते। उनकी दिनचर्या से किसी और को कोई असुविधा न हो, वह इस बात पर हमेशा ध्यान रखते। पौ फटते-फटते वह लौट आते और उसके बाद शुरू होता पोपले मुँह से उनका दुर्गा-सप्तशती या विष्णु सहस्रनाम का सस्वर पाठ। दादाजी अपने पलंग के सिरहाने कुछ अधलेटे-से हो जाते, पता नहीं मच्छरों से बचने के लिए या एकाग्रता लाने के लिए, अपने आपको सिर से पाँव तक चादर या रजाई से पूरा ढँक लेते और श्लोकों का सस्वर पाठ करते रहते। जरा ही देर में घर उनके पाठ से मन्दिर जैसा पवित्र हो उठता। उनका वह पाठ देर तक सोते रहने वालों के लिए अलार्म जैसा होता। कभी-कभी ऐसा भी होता कि दादाजी पाठ करते-करते ऊँघ भी जाते, फिर वह हममें से किसी के चाय लेकर जाने पर ही उठते। बिना दाँत वाले दादाजी के लिए, माताजी मूँगफली के कुछ भुने हुए दाने पीस कर रख देतीं, जे. बी. मंगाराम के दो बिस्कुट होते और नीबू के अचार का एक छोटा-सा टुकड़ा होता। दादाजी जब अचार के रस से भरी अँगुली चूसकर मुँह से बाहर खींचते तो कभी-कभी हल्की-सी 'टक्क' की चटखारे की आवाजें आतीं। उनके मुँह से निकलने वाली आवाजों से मेरा मुँह पानी से भर जाता।

दादाजी सिर्फ मेरे ही दादाजी नहीं थे, वह न जाने कितने लोगों के दादाजी थे। जाने किस तरह लोगों को पता लग जाता कि अब वह नाश्ता कर चुकने के बाद बैठे होंगे, एक के बाद एक लोगों का आना शुरू हो जाता। वह गन्धाते

कपड़ों की बास छोड़ते लोगों की भीड़ होती, जिनके चले जाने के काफी देर बाद तक कमरे में जाने पर मतली-सी आती रहती। उनके जिस्मों से पसीने और मुँह से खैनी या बीड़ी की बदबू आती रहती। पता नहीं दादाजी उनके पास सट कर कैसे खुसुर-पुसुर करते रह पाते थे। किसी-किसी दिन तो यह सिलसिला दोपहर तक चलता रहता। हम सब खीजते रहते कि उन्हें आराम करने का समय नहीं मिल रहा है, लेकिन दादाजी थे कि उन लोगों से बातें करने के बाद जैसे और भी ताजादम हो जाते।

उस दिन वह टहलने नहीं गये थे। कुछ देर उनके पाठ करने की आवाजें आती रहीं, फिर बन्द हो गयीं। यह कोई नयी बात तो थी नहीं, सो किसी ने उस पर ध्यान नहीं दिया। वह तो जब मैं उनके लिए चाय और नाश्ते की तश्तरी लेकर गया तो उन्हें एक तरफ को लुढ़का हुआ पाया। उनका सिर चादर से बाहर था और आँखें मुँदी हुई थीं। मैंने उन्हें सोते से जगाने के लिए जरा-सा हिलाया तो वह सिरहाना छोड़कर एक तरफ को गिर गये, तब पता लगा कि दादाजी चले गये...

जिस पलंग पर दादाजी लुढ़के पड़े थे, वह जमीन से इतना ऊँचा है कि सामान्य कद के आदमी को उस पर बैठने के लिए अपने पंजों को थोड़ा उचकाना पड़ता है। पलंग का सिरहाना काफी ऊपर तक उठा हुआ है जिसकी लकड़ी पर बेल-बूटों की खूबसूरत नक्काशी है। यह और बात है कि उन बेल-बूटों की पंखुरियों और फूलों पर धूल की पर्तें जमते-जमते वे चीकट दीखने लगे हैं। करीब छह इंच चौड़ी पलंग की पाटी पर अपनी छड़ी की मूठ ठुकठुकाते हुए दादाजी बताया करते थे कि बड़े पुराने शीशम का यह पलंग अभी उनकी आने वाली चार-पाँच पुश्तों तक वैसा ही बना रहेगा। हाथी के पाँव जैसे मोटे पायों वाला वह पलंग उन्होंने खासतौर पर ऑर्डर देकर अमृतसर में तब बनवाया था जब वह नायब सूबेदार थे। सिरहाने सबसे नीचे वाले हिस्से पर, जहाँ लेटने वाले का सिर आता है, चौकोर शीशे जड़े थे। वे शीशे अरसा हुआ अपने पीछे का मसाला छोड़ चुके थे, और अब उनमें कोई सूरत नज़र नहीं आती थी।

अकसर वह आने वालों को एक फाउण्टेनपेन दिखाया करते थे जिसके बारे में वह बताते कि एक बार अच्छी परेड करने पर उन्हें वह पेन किसी अँग्रेज अफसर ने बतौर इनाम दिया था। वह बताते थे कि पेन की निब सोने की है और ऐसी निब के न मिलने की वजह से पेन काम में नहीं आ सकता। कभी-कभी वह फाउण्टेनपेन उनकी अँगुलियों में फँसा होता और निब के किनारों और जीभ

के बीच वाले हिस्से में सूख चुकी स्याही से वह जाने कब का इतिहास लिख रहे होते।

उनके कमरे के एक कोने में पीतल के बड़े से भोंपू वाला एक ग्रामोफोन रखा है। दादाजी ने इसे भी अमृतसर में किसी नीलामी में खरीदा था। कभी-कभी वह कज्जन बाई, जोहरा बाई अम्बालेवाली, अमीरबाई कर्नाटकी और अख्तरी बाई के मसाले वाले रिकार्ड गोद में लेकर बैठते और रिकार्ड की गोल-गोल धारियों को छूते रहते। साउण्ड बॉक्स खराब हो गया था और ग्रामोफोन चुप।

उनके पलंग के ठीक सामने दीवार पर एक घड़ी हुआ करती थी, जो दादाजी को उनके रिटायर होने के समय उनके कुछ मित्रों ने भेंट की थी। दादाजी बताया करते थे कि उस प्रकार की घड़ियों का वह आखिरी मॉडल था, उसके बाद उस तरह की घड़ियाँ बननी ही बन्द हो गयीं। चौबीस घण्टों में लगभग पैंतालीस मिनट सुस्त पड़ जाने वाली उस दीवार घड़ी के बारे में वह बताया करते थे कि कम-से-कम डेढ़ सेर का तो इसका अकेला पेण्डुलम ही होगा। नीचे झूलता करीब तीन फुट लम्बा पेण्डुलम ऊपर वायलिन के आकार वाली घड़ी से जुड़ा हुआ था। डायल पर रोमन अक्षरों में एक से बारह तक की मिटी हुई-सी संख्याएँ दिखाई देती थीं। अपने पुराने सुनहरे रंग का आभास देता डायल ज्यादातर जगहों पर काला पड़ गया था। कहीं-कहीं सुनहरे होने का भ्रम बच रहा था लेकिन एक चितकबरेपन के साथ। पेण्डुलम के हिलने पर हर सेकेण्ड बहुत तेज आवाज होती जो नाजुक-सी टिक्-टिक् की तुलना में कई हजार डेसिबल ज्यादा जान पड़ती। घड़ी की आवाज कुछ खचर-खचर जैसी थी जिनके बिना दादाजी को नींद नहीं आती थी। वह खचर-खचर जैसे ही जरा-सी धीमी पड़ती, दादाजी नींद में भी जान जाते कि घड़ी को चाबी दिये जाने की जरूरत है। दादाजी सवेरे टहलकर लौटते तो पलंग पर लेटने से पहले घड़ी का समय पैंतालीस मिनट आगे करना नहीं भूलते, मानो मोह में जकड़ा कोई पिता अपने कपूत के दोष को ढँकने की कोशिश करता हो। दादाजी को उस घड़ी से बहुत लगाव था। एक तो इसलिए कि वह उनके प्रिय मित्रों की निशानी थी और दूसरे उनकी तमाम पुरानी चीजों में एक वह घड़ी ही थी जो अभी तक चल रही थी। उन्हें मैं अकसर देखता कि जब वह कमरे में अकेले होते और कोई और काम न कर रहे होते तो उस घड़ी को एकटक देखते, जाने क्या कुछ सोचा करते...उनकी निगाहें घड़ी के डायल के आरपार कहीं देखती होतीं जहाँ अँग्रेजी के 'वेस्ट ऐण्ड वॉच' में वेस्ट और वाच के दोनों डब्ल्यू अक्षर मिट गये थे और 'एस्ट ऐण्ड ऑच' जैसा कुछ पढ़ने में आता था।

पिछले कुछ महीनों से घर में एक तरह की भुनभुनाहट आकर बैठ गयी थी, जिसने हमको बेहद शक्की और चौकन्ना बना दिया था। पिताजी और माताजी को पूरा विश्वास था कि दादाजी के पास जमा किया हुआ बहुत सारा धन है जिसे उन्होंने कहीं छिपाकर रखा हुआ है। पिताजी दादाजी के इकलौते बेटे हैं, जैसे मैं अपने पिता का अकेला बेटा हूँ। मुझे और पिताजी को लगने लगा कि दादाजी के पैसे पर आखिर तो हमारा ही अधिकार है, फिर दादाजी हमारे साथ रहते हैं, तो घर के खर्च में अगर वह भी कुछ हाथ बँटाते तो आसानी हो जाती। आखिर वह धन जब हमारा ही है तो वह हमें अभी ही क्यों न मिल जाए। फिर अब दादाजी की उम्र जहाँ पहुँच गयी थी उसे देखते हुए एक अमंगल भी हमारे दिलों में घर करता जा रहा था कि भगवान न करें कहीं एकाएक कुछ हो गया तो गड़ा हुआ धन कहाँ-कहाँ खोजा जाएगा? पिताजी तो मारे संकोच के कुछ कह नहीं पाते थे, लेकिन उनके मन में भी था कि बाद में जाने कौन हिस्सेदार कहाँ से निकल आए इसलिए वह दादाजी से कई बार अपने जीते-जी लिखा-पढ़ी कर देने के बारे में संकेतों में कह चुके थे, मगर दादाजी जरा-सा मुस्करा देने के अलावा और कोई जवाब ही नहीं देते थे, जिससे पिताजी मन-ही-मन कुढ़कर रह जाते। पिताजी के एक मित्र के साथ ऐसा हो चुकने के बाद यह आशंका और भी बढ़ गयी थी। पिताजी के उन मित्र ने कई लाख रुपये सूद पर उठा रखे थे और कई लाख रुपये न जाने किन-किन बैंकों में जमा कर रखे थे। न तो सूद पर उठाये रुपयों की कोई रसीद थी और न किसी बैंक की पासबुक। एक दिन कार ऐक्सीडेण्ट में घर के किसी आदमी के पहुँचने से पहले ही वह चल बसे। पिताजी, दादाजी से सीधे कुछ पूछने की हिम्मत नहीं जुटा पाते थे क्योंकि दादाजी ने मेरी दो बड़ी बहनों के विवाह में अपने पी. एफ. से मिले रुपयों की थैली का मुँह खोलकर पिताजी का मुँह बन्द कर दिया था। और यह सच भी है कि अगर दादाजी मदद न करते तो न बहिनों के लिए इतने अच्छे वर मिलते और न उस भव्य तरीके से विवाह हो पाते। लेकिन वह प्रश्न अपनी जगह अडिग था कि पेंशन के हर महीने आने वाले रुपयों का आखिर होता क्या है? यह न मानने का कोई कारण नहीं था कि वे रुपये जरूर ही जमा होते जा रहे हैं। सवेरे टहलने के अलावा और कहीं तो उनको जाते भी नहीं देखा गया जो लगे कि किसी बैंक में जमा करते होंगे।

हम लोग दादाजी की गतिविधियों पर कड़ी निगरानी रखते और इस विषय पर बात करते समय चौकन्ने रहते कि आवाज बाहर दादाजी के कमरे तक तो क्या, हमारे कमरे की चौखट भी न लाँघने पाए। एक रात हम तीनों तय करके सोये और सवेरे दादाजी के टहलने के लिए निकलते ही उनके कमरे में पहुँच

गये। हमने उनके पलंग की चादर, गद्दा और कथरी उलटकर देखी, उनकी गीता और रामायण का एक-एक पन्ना पलट डाला, आलों पर बिछे अखबारों को उठा-उठाकर देखा, लेकिन रुपये कहीं नहीं मिले। बच रही थी कोने में रखी एक सन्दूकची, लेकिन उस पर ताला लगा हुआ था और उसकी चाबी दादाजी के जनेऊ में बँधी थी। निराश-हताश-से हम लोग दादाजी के घर वापस लौटने तक शर्मिन्दा-से सोचते रहे कि अपने लोगों और घर-परिवार के बीच रहते हुए ये सन्दूकची में ताला डाले रहने की संस्कारहीनता दादाजी में कहाँ से आयी होगी!

जैसे-जैसे मैं बड़ा होता गया और मुझमें सोचने-समझने की बुद्धि विकसित होती गयी, धीरे-धीरे दादाजी के प्रति मेरे मन में एक तरह का विरोध-भाव भरता गया। वह मुझे बड़बोले, पाखण्डी और भीतर से खोखले आदमी लगने लगे। उनकी बड़ी-बड़ी बातें, उनके आदर्श और उनके सिद्धान्तों के बारे में मेरी राय दिनोंदिन पक्की होती गयी कि यह उनके भीतर का खालीपन है जो इतना बोलता रहता है। मुझे लगने लगा कि यह सब दादाजी के खाली दिमाग के खेल हैं, जो वह दूसरों के खेलने के लिए बताया करते हैं। मैं मन-ही-मन कहा करता कि मुझे भी सवेरे से शाम तक ऐसे ही पलंग पर पड़े रहने का समय मिल जाए तो मैं इससे भी ऊँचे और आदर्श सूत्र-वाक्य वमन करने लगूँ। मुझे दादाजी भी उन सामान्य पुरुषों की तरह चालाक दीख पड़ने लगे जो एक उम्र तक अपनी उम्र कम करके बताते रहे हैं और कम उम्र के लाभ लेते रहते हैं और जब कम उम्र के लाभ मिलने की सम्भावनाएँ समाप्त हो जाती हैं तब अपनी उम्र बढ़ाकर बताने लगते हैं और वयोवृद्ध होने के फायदे उठाने लगते हैं। वर्ना क्या जरूरत है हर बात में बड़ी लड़ाई-बड़ी लड़ाई की रामधुन गाते रहने की? मुझे तो उनके पास से गुजरने में भी भय लगने लगा कि जाने कब यह ढहती हवेली मेरे ऊपर अर्रा के आ गिरेगी और मैं उसके मलवे के नीचे दब जाऊँगा।

''जो आदमी एक टुटहे फाउण्टेनपेन और सड़ियल-से ग्रामोफोन के मोह से इस कदर जकड़ा हुआ हो, उससे आप लोग उम्मीद लगाये बैठे हैं कि वह अपने जमा धन का आपको पता दे देगा और हर महीने मिलने वाली पेंशन के रुपये आपके हाथ पर धर देगा?'' दादाजी से रुपये निकलवाने और रुपये रखने की जगह का पता लगाने का मोर्चा मैंने सँभाला।

''दादाजी, मैंने एक टू-इन-वन देखा है, मुझे खरीदने के लिए रुपये दीजिए न''—कई दिन योजना बनाने के बाद एक दिन मैंने दादाजी के सामने कुछ ठुनकते हुए कहा। इस तरह लढ़िया कर बोलने के लिए मैंने अपने आपको भरपूर

दाद दी, हालाँकि इस तरह बोलने की उम्र मैं कभी की पार कर चुका था।

"आजकल का संगीत तो एकदम ऊल-जलूल लगता है मुझे, उसमें कौन-सा टेप सुनोगे तुम? क्या करोगे लेकर? रेडियो तो घर में है ही।" दादाजी भी जैसे मेरा प्रस्ताव किनारे करने को तैयार ही बैठे थे।

"नहीं दादाजी, आपको जो गाने पसन्द हैं आऽऽ वाले, उनके कैसेट भी आते हैं।" मैंने उनके पसन्दीदा संगीत का मजाक उड़ाया तो वह बच्चों की तरह खिलखिला पड़े।

"कौन वाले? कौन वाले? उन्होंने मुझे अपनी बात दोहराने के लिए उकसाया।"

"वही आपके आऽऽ वाले"—मैं किसी भी तरह उनको राह पर ले आना चाहता था, इसलिए मैंने अपनी बात फिर उसी नाटकीयता के साथ दोहरा दी।

"कितने का है?" खूब हँस चुकने के बाद उन्होंने पूछा।

"दो हजार का।"

"दो हजार का?" दादाजी ने हजार के 'जा' को खूब लम्बा खींचा और फैली आँखों से मुझे देखने लगे।

"ये तो सबसे सस्ता वाला है दादाजी, कभी बाजार चलिए मेरे साथ तो आपको दिखाऊँ। दस-दस हजार रुपये तक के डेक आते हैं। यहीं जो नुक्कड़ वाली दुकान है उसके वहाँ देखा है मैंने...मुझे दो हजार रुपये दीजिए न दादाजी।"

"इतने रुपये कहाँ से लाऊँ बेटा?" दादाजी कह के चुप हो गये, अपने भोंपू वाले पुराने ग्रामोफोन की तरह।

पहली कोशिश बेकार गयी थी लेकिन मैं निराश नहीं था। मैं अपने दादाजी का दुलारा पोता था, और मुझे विश्वास था कि जल्दी ही वह मुझे बुलाएँगे और रुपये देंगे। मैं उसी दिन का इन्तजार करने लगा, क्योंकि उसी दिन मुझे दादाजी के उस गुप्त स्थान का पता मालूम होना था जहाँ उनका खजाना रखा था। मैंने सोच रखा था कि जब वह रुपये देने के लिए बुलाएँगे तब मैं उन्हें अपनी निगाह से एक मिनट को भी ओझल नहीं होने दूँगा और पता लगाकर ही रहूँगा कि वह रुपये कहाँ से निकालते हैं...मगर दिन बीतते गये और दादाजी ने मुझे नहीं बुलाया। मुझे उनकी सूरत से ही चिढ़ जैसी होने लगी। मुझे लगने लगा कि बच्चों को प्यार करने या उनको खुश करने के लिए कुछ भी करने वाली बातें, बस बातें ही हैं, उनका दादाजी के वास्तविक जीवन से कुछ लेना-देना नहीं है। मैं खीजा-

खीजा-सा रहने लगा क्योंकि एक तो माताजी और पिताजी के सामने मेरी किरकिरी हो गयी थी क्योंकि मैं दादाजी से रुपये निकलवाने और रुपये की जगह का पता लगाने में कामयाब नहीं हो पाया था, जिसका कि मैंने चुटकियाँ बजाते हुए दावा किया था, दूसरे दुकान पर देखे गये उस टू-इन-वन ने मुझे सचमुच मोह-सा लिया था। वैसे तो पिताजी ही मुझे दो हजार रुपये दे सकते थे लेकिन वह भी इस खेल में शामिल हो गये थे कि अब मैं वह टू-इन-वन दादाजी की अण्टी से रुपये ढीले करवाकर ही खरीदूँ तो वह मुझे मान जाएँगे।

''ये जूता नया है क्या? बड़ा बढ़िया है। कितने का लिया?'' कई हफ्ते बीत गये थे और मारे गुस्से के मैंने दादाजी से बात करना ही बन्द कर रखा था।

''हाँ, नया है। इसका दाम है एक हजार नौ सौ रुपये पंचानवे पैसे'' मैंने नौ सौ रुपये के जूतों के दाम दादाजी को चिढ़ाने के लिए जानबूझकर बढ़ाकर बताये।

''अरे! पैरों में पहनने के लिए इतना खर्च?'' उन्होंने आँखें बड़ी करके कहा और अपने किरमिच के जूते का एक पैर अपनी छड़ी में फँसाकर अपनी ओर सरकाया। अभी वह शायद और कुछ कहने ही वाले थे, तभी मैंने आवाज को जरा नुकीला बनाते हुए कहा, ''अब जूता तो पैर में ही पहना जाता है, कोई कानों में तो इन्हें लटकाता नहीं।''

''नहीं, मैं कहना चाहता था कि कुछ सस्ता ले लेता तो कुछ पैसा अपने पापा से लेकर टू-इन-वन भी ले आता।'' उन्होंने कुछ शर्मिन्दा-सा होते हुए धीमे से कहा।

''अब आप मुझे हिसाब तो समझाइए मत। मुझे टू-इन-वन जब लेना होगा, ले लूँगा। आप अपने रुपये दबाये रखिए, मत दीजिए। अब मैं आपसे कभी माँगूँगा भी नहीं। ले जाइए अपने सीने पर रख कर।'' कोई कहे कि मेरा धैर्य जवाब दे गया था तो वैसा कुछ नहीं था, दरअसल मैं उन्हें पानी पर चढ़ा रहा था कि शायद यही तरकीब काम में आ जाए।

''मेरे पास रुपये होते तो क्या मैं तुरन्त निकालकर दे न देता? मगर मैं क्या करूँ बेटा।'' दादाजी ने अविश्वास से मेरी तरफ देखा और व्यथा से अपना सीना मसलते हुए कहा।

''आप झूठ बोलते हैं। खोलिए अपनी ये सन्दूकची। हर महीने पेंशन के रुपये आते हैं वह सब कहाँ जाते हैं? कहते हैं रुपये नहीं हैं, ये कहिए कि किसी पर खर्च करने का दिल नहीं है आपके सीने में। अरे, भरे होंगे इस सन्दूकची में लाखों रुपये, पर मुझे उससे क्या। जब मेरे नहीं हैं तो मेरे लिए मिट्टी ही हैं''—अभी तक गुस्से का नाटक करते-करते अब मैं सचमुच फट पड़ा था।

"सुनो-सुनो बेटा, सुनो। आज तुमने एक बड़ी मार्के की बात कह दी—'जो मेरे लिए नहीं है, वह मेरे लिए मिट्टी है।' वाह! जो मेरे लिए नहीं है वह मेरे लिए मिट्टी है।' अधलेटे दादाजी एकाएक उठकर बैठ गये। उनकी आँखों में व्यथा की जगह आनन्द-सा लहराने लगा। वह उस एक बात को कुछ इस तरह दोहराने लगे जैसे किसी सन्त समागम से लौटे हों, जहाँ उनके कानों ने वचनामृत का पान किया हो।

मैंने अपने आपको कुछ अजीब तरह से फँसा हुआ महसूस किया। अभी मैं उनसे पीछा छुड़ाकर चल पड़ने को ही था कि उन्होंने कहा, "आज की इस बात को गाँठ में बाँधकर रखना कि 'जो मेरे लिए नहीं है, वह मेरे लिए मिट्टी है।' —जीवन में हमेशा सुखी रहोगे", दादा जी ने कहा और फिर होठों ही होठों बुदबुदाने लगे—"भई वाह, क्या बात है। जो मेरे लिए नहीं है वह मेरे लिए मिट्टी है।"

मुझे, दादाजी के पाखण्ड और रुपये न देने के बहाने का यह एक नया रूप लगा। मैं गुस्से से पैर पटकता घर से बाहर निकल गया और फिर शाम के बाद ही लौटा।

"आखिर उँगली टेढ़ी करने से ही घी निकला—" घर में घुसते ही माताजी ने अपने होठों को जरा टेढ़ा करके मुस्कराते हुए कहा।

"क्या मतलब?"

"अपने कमरे में देख जाकर," माता जी ने कहा।

मैंने अपने कमरे में जाकर देखा। पढ़ने की मेज पर टू-इन-वन रखा था।

"ओ दादाजी, यू आर जस्ट फैण्टास्टिक!" मैं सवेरे हुई झिकझिक एकदम भूल गया और टू-इन-वन को उठाये-उठाये नाचने और शोर मचाने लगा। मैं दौड़ता हुआ दादाजी के कमरे में गया, जहाँ वह मैग्नीफाइंग ग्लास के सहारे कुछ पढ़ने के लिए नीचे झुके हुए थे।

"ओ दादाजी, यू आर सो स्वीट!" मैं दादाजी से लिपट गया।

"खुश है न मेरा बच्चा?" दादाजी ने मेरे बालों में अपनी अँगुलियाँ चलाते हुए कहा।

"नहीं, अभी नहीं। इस टेप-रिकॉर्डर में मैं सबसे पहले अपने दादाजी की आवाज रिकार्ड करूँगा। मेरे स्वीट दादाजी की आवाज और बैकग्राउण्ड में खचर-खचर। हाँ, आप जो कुछ पढ़ रहे हैं उसे जरा जोर से बोलकर पढ़िए।" मैंने टू-इन-वन के 'रिकार्ड' का बटन दबाया और उसके माइक्रोफोन को दादाजी

के मुँह के करीब ले आया।

दादाजी हल्की आवाज में हँस रहे थे। मुझे ध्यान हो आया कि घड़ी की आवाज मेरे कानों तक नहीं पहुँच रही थी जिसे मैं दादाजी की आवाज के बैकग्राउण्ड में रिकार्ड करना चाहता था। मैंने घूमकर देखा। दीवार पर वायलिन के आकार की एक छाया छूटी हुई थी...

यह तो दादाजी के न रहने पर पता लगा कि सवेरे टहलने का तो एक बहाना था। लोगों की कुशल जानने और जरूरतमन्दों को रुपये-पैसे से मदद करने के लिए दादाजी उजाला होते-होते उन बस्तियों का चक्कर लगा आते थे, जहाँ के लोगों को उनकी जरूरत थी। मातमपुर्सी के लिए आये लोगों ने बिलखते हुए बताया कि उनके चले जाने से बहुतों का तो सहारा ही छिन गया था। उन बिलखते चेहरों में वे चेहरे भी शामिल थे जिनको मैं दादाजी के पास काफी देर तक बैठा देख चुका था। अन्तिम यात्रा से पहले नहलाने के समय उनका जनेऊ तोड़ा गया। माताजी ने जनेऊ में बँधी सन्दूकची की चाबी अपने पास सहेज ली।

कुछ दिनों बाद हम तीनों की उपस्थिति में सन्दूकची खोली गयी तो उसमें ढाई हजार रुपये मिले, इस छोटे से नोट के साथ कि यह रुपया मेरे अन्तिम संस्कार के लिए है।

मेरे टू-इन-वन में दादाजी की हँसी तो है, लेकिन उस छाया की कोई आवाज नहीं है जो दीवार पर उतरी हुई है, यों छाया की कोई आवाज होती भी कहाँ है?

# गलीज समय में

''कहाँ से शुरू करूँ?'' उन्होंने कहा और हाल में लगे लाउडस्पीकरों से लौटकर अपनी आवाज के कानों से न टकराने पर उनके चेहरे पर असुविधा के भाव उभरे। उनका ध्यान गया कि स्टील के रॉड का कद तो उनके बराबर था लेकिन संचालक ने उनको बोलने के लिए आमन्त्रित करते समय माइक्रोफोन का चेहरा कुछ ऊपर की ओर उठा लिया था, जिसे सीधा करने का उन्हें ध्यान ही नहीं रहा। उन्होंने माइक्रोफोन के चेहरे को नीचे झुकाकर ठीक अपने चेहरे के सामने किया और फिर शुरू किया—

''कहाँ से शुरू करूँ? बीस-बाईस साल पहले के उस दिन से जब अचानक मुझे रामेश्वर नाम के एक खुद्दार आदमी से परिचित होने का मौका मिला था, या उस घटना से जब खुद परेशानी में होने के बावजूद मुझे एक बड़े संकट से निकालने के लिए उन्होंने वो किया जो आमतौर पर कोई अपने किसी सगे के लिए भी नहीं करता था। उन दिनों की काँटों से भरी स्मृतियों से जब उठ रहे तूफानों के बीच सन्तुलन बनाये रखने की कोशिश में लहूलुहान होते हुए भी उन्होंने संवेदना का दामन मजबूती से थामे रखा और मुझे रामेश्वर को जानने का एक अवसर और मिला...

''रामेश्वर जी ऑफिस में मेरे अधीन थे। नौकरी के लिए हम दोनों एक ही परीक्षा पास करके साथ-साथ भर्ती हुए थे। वह अगर एक बार चाह लेते तो मैं कई वर्ष पहले से उनके अधीन काम कर रहा होता। मुझे अच्छी तरह याद है कि जिस दिन मेरे प्रमोशन के ऑर्डर्स आये थे, उस दिन मैं किसी वजह से ऑफिस नहीं जा सका था। लंच टाइम में देखता क्या हूँ कि मेरे प्रमोशन की सूचना देने के लिए रामेश्वर जी मेरे घर पहुँच गये। ऐसे प्रसन्न, ऐसे उत्फुल्लित जैसे प्रमोशन मुझे नहीं, उन्हें मिला हो। होठों से तो सभी हँसते हैं, रामेश्वर जी की आँखें हँसती थीं। आप लोगों को उनकी आँखें याद होंगी। कुछ-कुछ निंदियायी-सी आँखों में हल्की लालिमा जैसी रहा करती थी। कभी-कभी लगता था जैसे जागरण करने या रो चुकने के बाद की आँखें...कभी-कभी मैं उनसे

मजाक में कहता कि आपकी आँखें 'खावै और सोवै' वाली नहीं, 'जागे और रोवै' वाली लगती हैं...इस पर उनकी आँखों की तरलता कुछ और बढ़ जाती और वह मुस्करा देते।

''तो मैं आपको बता रहा था कि रामेश्वर जी मेरे प्रमोशन पर मुझे बधाई देने मेरे घर पहुँचे। उनकी इस हार्दिकता और शाम तक प्रतीक्षा न कर सकने की आकुलता ने, मैं आप लोगों के सामने झूठ नहीं कहूँगा, मुझे एक अजीब अनिर्णय की-सी स्थिति में डाल दिया। अनिर्णय इस बात को लेकर कि रामेश्वर जी की हार्दिकता को सच मानूँ या उसे ओढ़ी हुई सदाशयता और परम सन्तोषी होने और अपने आपको महान दिखाने का नाटक समझूँ...क्योंकि दूसरों की गरदनों को सीढ़ी बनाकर ऊँचाइयाँ नापने वाले इस बेशर्म और गलीज समय में रामेश्वर जी की फूटी पड़ रही खुशी सचमुच अविश्वसनीय लग रही थी। लेकिन रामेश्वर जी थे कि एकदम अकुण्ठ भाव से मुझे सीने से लगाये बड़ी देर तक खड़े रहे। आलिंगन झूठा हो तो ढीली पकड़ को पहचानने के लिए किसी तीसरे विशेषज्ञ की मदद की आवश्यकता नहीं होती। वह हमारे मन में छिपकर बैठा अविनय, अविश्वास और दुराग्रह का कोई चोर होता है जो बीच में अड़कर खड़ा हो जाता और हमारे सीने की ऊष्मा को उधर नहीं जाने देता और उधर की ऊष्मा को हम तक नहीं पहुँचने देता...

''आज इस भरी सभा में मैं अपना ओछापन स्वीकार करता हूँ कि अगले दिन मैंने ऑफिस पहुँचकर पहला काम किया कि रामेश्वर जी की व्यक्तिगत चरित्र-पंजिका की पत्रावली निकलवाकर देखी कि हो सकता है कि उसमें कभी कोई प्रतिकूल प्रविष्टि दर्ज हुई हो जिसके कारण उन्हें अभी तक प्रमोशन न मिला हो।

''आप जानते ही होंगे कि किसी कर्मचारी की सर्विस-बुक में, कर्मचारी के कार्यालय में जन्म लेने से लेकर उसकी मृत्यु होने, यानी अवकाश प्राप्त करने तक के एक-एक दिन का हिसाब होता है। मुझे यह देखकर घोर आश्चर्य हुआ कि रामेश्वर जी ने नौकरी के लिए जो फार्म भरा था उसमें अपने आपको एक सामान्य अभ्यर्थी के रूप में प्रस्तुत किया था। रामेश्वर जी ने जाति के आधार पर कोई अतिरिक्त छूट नहीं ली थी और नौकरी के लिए सामान्य उम्मीदवारों के लिए निर्धारित मानकों के अनुसार अंक अर्जित करके सफलता पायी थी...।

''उस दिन से मैं रामेश्वर जी की खुद्दारी का कायल हो गया था, लेकिन अपनी छोटी सोच को लेकर मेरे मन में एक तरह की हीन भावना पैदा हो गयी। वह मेरी पदोन्नति को लेकर किस कदर खुश थे और मैं...ईश्वर आदमी को कभी अपनी ही निगाहों में छोटा न बनाए। यह अलग बात है कि मित्रता के बाद के

दिनों में, जब हम दोनों काफी घनिष्ठ हो चुके थे, मैंने उस दिन मन में उपजे संशय, अपनी दुविधा और सर्विस-बुक निकलवाकर देखने की सारी बातें रामेश्वर जी को बता दी थीं जिसे सुनकर वह मुस्करा-भर दिये थे।...

''कभी-कभी जीवन में कोई व्यक्ति इस तरह आ जाता है कि एक भरा-भरापन-सा महसूस होने लगता है, रामेश्वर जी ऐसे ही व्यक्ति थे...

''मुझे तो लगता है कि हर आदमी एक किताब की तरह होता है। कुछ किताबों के आवरण तो बड़े सुन्दर होते हैं लेकिन अन्दर के पन्नों में घटियापन और जुगुप्सा पैदा करने वाले अध्यायों के सिवा कुछ नहीं होता। वहीं कुछ किताबों के आवरण चाहे चित्ताकर्षक न हों लेकिन भीतर के पृष्ठों पर ऐसा कुछ लिखा मिलता है जिसकी कल्पना हम जिल्द देखकर तो नहीं ही कर सकते। यों आवरण के सुन्दर होने या सुन्दर न होने पर किसी का क्या वश? और यों देखा जाए तो हम किसे सुन्दर कहें और किसे असुन्दर? सारी रचनाएँ यों कहें तो सुन्दर ही होती हैं। रामेश्वर जी एक बेहद साधारण जिल्द और आवरण वाली एक बहुत अच्छी किताब थे। वह जिस भाव-लोक में रहते थे, हम यहाँ इतने लोग बैठे हैं, कौन है जो भावना और संवेदना के संसार में उस तरह से रहने के बारे में कभी सोच भी सकता हो। आदमी जितना छोटा होता है, उसका अहंकार उतना ही बड़ा होता है। जिस दिन आप अपने बारे में जान जाते हैं कि आप अहंकारी नहीं हैं, उस दिन से यह तय मानिए कि आप निरभिमानी नहीं रह जाते। वास्तव में निरभिमानी व्यक्ति को अहंकार की कोई जानकारी ही नहीं होती। उस दिन से आप और जो कुछ भी हों, निरभिमानी नहीं होते, क्योंकि अहंकारी न होने का अहसास भी एक अहंकार है। देखिए बात कहाँ से निकलती है और कहाँ जा पहुँचती है। तो, बात शुरू हुई थी उस भाव-लोक से जिसमें रामेश्वर जी रहते थे।...

''आपको एक वाकया सुनाता हूँ।...

''एक दिन मैं रामेश्वर जी के घर पर बैठा हुआ था। वह घर में अकेले थे। तभी उनके पड़ोस में रहने वाले पति-पत्नी आये और अपने घर की चाबी देते हुए बोले, कि बेटा ट्यूशन पढ़कर लौटेगा तो उसको चाबी दे दें। उन्होंने बताया कि वह बेटे के लिए इस बारे में एक स्लिप ताले में अटकाये जा रहे हैं। अब हुआ यह कि पड़ोसी के बेटे के लौटने से पहले बरतन माँजने वाली महरी आ गयी। महरी ने रामेश्वर जी का दरवाजा खटखटाया और पुर्जी दिखायी जिस पर लिखा था कि 'चाबी पड़ोस से ले लो'। रामेश्वर जी जानते थे कि स्लिप पर लिखा सन्देश पड़ोसी के बेटे के लिए है, महरी के लिए नहीं, लेकिन स्लिप महरी के हाथ में थी और वह चाबी माँग रही थी। बड़े धर्मसंकट में रामेश्वर

जी कि पूरा घर खुला हुआ, ऐसे में किसी और के घर की चाबी वह कैसे दे दें। चाबी देने से मना करते हैं तो यह महरी के ऊपर सन्देह करने जैसा होगा। इस बेशर्म और गलीज समय में जब गरीब को चोर समझा जाना लाजमी माना जाता हो, चाबी देने या न देने के असमंजस की स्थिति कुछ ही क्षण रही। रामेश्वर जी के भीतर बैठा जो एक अहिंसक मनुष्य था उसने पड़ोसी के घर की चाबी महरी को दे दी। अब हुआ यह कि महरी काम पूरा करके वापस जाती तभी रामेश्वर जी की पत्नी आ गयी। रामेश्वर जी के यह बताने पर कि उन्होंने पड़ोसी के घर की चाबी महरी को दे दी है, उनकी पत्नी ने रामेश्वर जी को आड़े हाथों लिया। उन्होंने जो कुछ कहा, उसका यही मतलब निकलता था कि रामेश्वर जी अपने आप को समझते बहुत अक्लमन्द हैं लेकिन हैं एकदम मूर्ख। उनकी पत्नी दुनियादारी की बात कर रही थीं जो अपनी जगह ठीक थी। रामेश्वर जी केवल हृदय और भावनाओं से काम ले बैठे थे जिससे और चाहे जो होता हो, दुनिया नहीं चलती।...

रामेश्वर जी को देखकर लगता था कि हम सबके भीतर एक निर्दोष बच्चा रहता है, लेकिन उसकी उम्र बहुत कम होती है। वह जितने वर्ष जीता है, अपने आप जी जाता है। उसे जिलाये रखने में हमारा अपना कोई योगदान नहीं होता। बल्कि आप ध्यान दें तो पाएँगे कि समय के साथ हम उस बच्चे को मार डालने के लिए नये-नये हथियार एकत्र करते जाते हैं। रामेश्वर जी ने उस बच्चे को कभी मरने नहीं दिया। वह बच्चा तब तक जिया, जब तक वह जिये। उन्होंने ऐसी किसी भी धारदार चीज को अपने पास नहीं फटकने दिया जिससे उस बच्चे को जरा-सी खरोंच भी लगने की आशंका होती।...

"लगा करता था कि बीस-बाईस साल बहुत होते हैं किसी को जानने समझने के लिए, लेकिन जब रामेश्वर जी की सोच का कोई नया पहलू सामने आ जाता तो लगता कि अरे, उनको इस रूप में तो कभी सोचा ही नहीं था। ऐसे आदमी के बारे में आप मुकम्मल तौर पर जान भी क्या सकते हैं जो ऊपर-ऊपर से शान्त दीख पड़ता हो, लेकिन जिसके भीतर जैसे तूफान से उठते रहते हों। यों देखने पर लगता था कि रामेश्वर जी को किसी भी बात के लिए आसानी से सहमत किया जा सकता है, लेकिन वास्तव में ऐसा था नहीं। वह एक सख्त इरादों वाले आदमी थे। चीजों के बारे में उनकी अपनी राय थी। किसी पर अपनी राय लादते नहीं थे लेकिन किसी के कहने पर उसे जल्दी बदलते भी नहीं थे। बात कहने का उनका ढंग भी बड़ा अलग-सा था। कभी-कभी अधूरे से एक वाक्य या एक निगाह से वह इतना कुछ कह जाते थे कि उसके सामने पूरे-पूरे वाक्य भी शब्दों का अपव्यय-से लगते।...

''दिल्ली में जब, क्या नाम था उस लड़के का? हाँ, गोस्वामी—जिसने मण्डल आयोग के विरोध में आत्म-दाह किया था, तो रामेश्वर जी ने गहरी उदासी में भरकर कहा था, 'अरे, हमने तो पीढ़ियों तक...' फिर वह कई दिनों तक चुप रहे। उनको देखकर लगता था जैसे उनके भीतर कोई मन्थन चल रहा हो और वह किसी नतीजे पर न पहुँच पाने की बेचैनी में छटपटा रहे हों। अजीब बुझे-बुझे-से, निगाहें चुराते हुए जैसे सारे, कुछ के लिए अपने आप से शर्मिन्दा-शर्मिन्दा-से। मैंने उन्हें समझाया कि, 'रामेश्वर जी, आपने क्या किया है? इसमें आपका क्या दोष?' तो उन्होंने रुँधे गले से कहा, 'हाँ, आप ठीक कहते हैं, लेकिन' फिर जब जीवन-मृत्यु से संघर्ष कर रहे उस लड़के को देखने के लिए प्रधानमन्त्री अस्पताल भी नहीं गये तो रामेश्वरजी ने कहा, 'यह तो और भी' एक अजीब क्षमा-याचना का-सा भाव उनके चेहरे पर पुत गया और उनके चेहरे पर यह भाव मैंने सिर्फ एक ही अवसर पर नहीं देखा। वह हर उस स्थिति में शर्मसार हो उठते थे जब कोई एक उन्माद से भर उठता था और जोर-जबरदस्ती से किसी को झुकाने या उस पर गलबा हासिल करने की कोशिश करता था...

''आपको भूला नहीं होगा वह मंजर जब अयोध्याकाण्ड के बाद माथे पर केसरिया पट्टी बाँधे युवकों के जत्थे के जत्थे स्कूटरों और मोटरसाइकिलों पर दनदनाते सड़कों पर फिर रहे थे। होली का मौसम न होते हुए भी अबीर-गुलाल में नहाये, 'राम-भक्ति' में डूबे, नारे लगाते उन उन्मादी युवकों को हम दोनों सड़क के किनारे खड़े देख रहे थे। वहीं मोहल्ले में एक सज्जन थे जो पैर में फ्रैक्चर होने की वजह से बाहर नहीं निकल पा रहे थे, सो उन्होंने अपने टेपरिकार्डर पर हनुमान चालीसा का कैसेट लगाया, उसका वाल्यूम फुल किया और टेपरिकार्डर को उस तरफ मोड़कर रख दिया जिधर जावेद साहब का घर था। समय का यह एक ऐसा बेशर्म और गलीज चेहरा था, जिसका सामना करने को हम बिल्कुल तैयार नहीं थे। हम दोनों तेज वाहनों पर पता नहीं कहाँ से और पता नहीं कहाँ को जाती पागल भीड़ को बढ़ी हुई धड़कनों के साथ देख रहे थे। अचानक तेज आवाज के साथ हनुमान चालीसा क्या शुरू हुई, जैसे सारे माहौल पर आतंक के जहरीले पंजे गड़ गये। अजीब शोकान्तिका जैसी लगी उस क्षण हनुमान चालीसा। रामेश्वर जी ने किसी बच्चे की तरह मेरी कलाई पर अपनी अँगुलियाँ कस दीं। एक थरथराहट उन अँगुलियों से मेरी नाड़ी में प्रवेश कर रही थी। उन्होंने एक बार आवाज थूकते उस मकान की तरफ देखा और टूटती-सी आवाज में बोले, 'कैसा लग रहा होगा जावेद जी को।' ऐसी हताशा और टूटन मैंने रामेश्वर जी के चेहरे पर पहले कभी नहीं देखी थी। और बात भी ऐसी थी। आपको याद होगा, माहौल में गर्मी तो थी ही। टेपरिकार्डर वाले

घर में मोहल्ले के लोगों की एक बैठक एक हफ्ते पहले ही हुई थी, जिसमें लोगों ने अशान्ति की किसी स्थिति में शान्ति बनाये रखने पर विचार किया था। जावेद साहब एक गायक हैं। उनके घर में काबा शरीफ की तस्वीर है तो वाग्देवी सरस्वती की प्रतिमा भी है। वह नमाज अता करते हैं, रोजे रखते हैं तो कभी कोई शिष्य मंगलवार को हनुमान जी के दर्शन करके आता है तो उससे टीका भी लगवा लेते हैं और श्रद्धा के साथ प्रसाद भी ग्रहण कर लेते हैं। उस दिन की बैठक में उन्होंने लोगों के कहने पर 'ठुमक चलत रामचन्द्र' वाला भजन भी गाकर सुनाया था। एक बेहतर इन्सान से आप इससे ज्यादा और किस बात की उम्मीद रख सकते हैं? टेपरिकार्डर वाला घर एक क्षण में सब कुछ भुला बैठा था, लेकिन रामेश्वर जी उस घटना को फिर कभी भूल नहीं पाये। वह दिन था और अभी परसों का दिन, जब वह चले गये, उन्होंने टेपरिकार्डर वाले घर की तरफ कभी देखा तक नहीं...

"रामेश्वर जी जैसे संवेदनशील आदमी का जाना, संवेदनशून्य होते जा रहे पूरे समय की एक बड़ी क्षति है। यह पूरे समाज का नुकसान है जिसकी भरपाई कैसे होगी, मैं सोच नहीं पाता। एक बात और मैं इस मंच से आपसे कहना चाहता हूँ कि रामेश्वर जी जैसे लोगों की संख्या जैसे-जैसे कम होती जा रही है, यह संकट और गहरा होता जा रहा है क्योंकि उनकी जगह लेने को कोई तैयार नहीं। सोच के दिल दहल जाता है कि आने वाले समय में ये दुनिया क्या सिर्फ चालाकों, मक्कारों और चालबाजों की होगी? कैसा एक खालीपन सामने आ खड़ा हुआ है, उसको कैसे भरूँ, सोच नहीं पाता हूँ। फिराक़ ने कहा है, 'कौन रोता है उम्र भर किसको—आदमी जल्द भूल जाता है।' तो रामेश्वर जी की स्मृति पर भी रोजमर्रा की दुनियावी हलचलों की गर्द पर्त दर पर्त जरूर बिछती जाएगी, जिसमें से कभी-कभी उनकी याद झाँकती-सी दीख पड़ती रहेगी लेकिन अभी तो यह है कि, अभी-अभी मन में आया कि यह सभा जल्दी खत्म हो तो घर पहुँचूँ, कहीं रामेश्वर जी इन्तजार करते न बैठे होते तो फिर ये सभा ही क्यों होती?

"हम दोनों रोज मिलते थे और दुनिया-जहान की बातें करते। रामेश्वर जी को व्यर्थ में किसी की निन्दा करते मैंने कभी नहीं सुना। यह उनके अध्ययन के कारण था, जिसका उन्हें बहुत शौक था। रामेश्वर जी केवल वही नहीं पढ़ते थे जो उनको आसानी से मिल जाता था, वह खोजकर पढ़ते थे। वह चीजों को गहराई से महसूस करते थे, उसको लेकर विचार करते थे और मेरे साथ उनकी लम्बी-लम्बी बहसें हुआ करती थीं। कभी-कभी लगता था कि क्या है। रामेश्वर जी भी जो 'अछूत' और 'जूठन' पढ़कर आँखें भी नम कर सकते हैं और 'मोरी

की ईंट' और 'नाच्यो बहुत गोपाल' पर दो टूक राय भी दे सकते हैं कि सिर्फ कुछ मुहावरे और गालियाँ लिख देने से आप उस वर्ग की तकलीफों का वास्तविक चित्रण नहीं कर सकते। मैं कभी-कभी उनकी इस बात पर उनसे पूछता कि क्या मौत के बारे में लिखने के लिए मरना होगा? तो वह पलटकर पूछते कि मौत के बारे में कौन है जिसने प्रामाणिक लिखा हो, क्योंकि मृत्यु के बिना कौन है जो बता सके कि मरना क्या होता है और जो जानता है वह लिखने और बताने के लिए फिर शेष नहीं रह जाता। अनुमान से लिखना और किसी चीज का आभास देना एक बात है और प्रामाणिकता के साथ किसी चीज को व्यक्त करना बिलकुल अलग। इसी विषय पर एक बार चल रही बहस के दौरान रामेश्वर जी ने मुझसे एकाएक पूछ लिया कि अरहर की दाल या कढ़ी खाते समय कभी मुझे पतले पाखाने का ख्याल आया है? बात एकदम भदेस और घिन उपजाने वाली थी, उनकी बात सुनते ही मेरे चेहरे के भाव बदल गये। उन्होंने कहा, 'बस मेरे इतना कह भर देने से आपकी तबीयत भिन्ना उठी? जरा उनके बारे में सोचकर देखिए जो सवेरे का काम खत्म करने के बाद दिन में खाना खाने बैठते होंगे।' लेकिन फिर वही रामेश्वर जी थे जो जैसे कृतज्ञता से भर उठते थे कि, 'चलो इन लेखकों ने उस वर्ग की तकलीफों को जानने की कोशिश की, यही क्या कम है?' एक बार वह स.ना.नौटियाल का कोई उपन्यास कहीं से ले आये। पुस्तक की पुश्त फटी हुई थी और केवल लेखक का नाम ही सुरक्षित था। उपन्यास के शुरू के पन्ने गायब थे। न उपन्यास के नाम का पता और न प्रकाशक का। कोई बड़ी पुरानी किताब थी जिसका कागज पुराना होकर पीला पड़ चुका था। रामेश्वर जी ने शहर का कोई पुस्तकालय नहीं छोड़ा। अब भला बिना पते के लिफाफे जैसे उस उपन्यास के बारे में कोई क्या बताता?...

''मेरे लिए तो रामेश्वर जी हरि की तरह हैं जो खुद भी अनन्त हैं। मैं जब उन्हें अस्पताल देखने गया तो वार्ड में लोगों ने बताया कि रामेश्वर जी तकलीफ की वजह से रात भर तड़पते रहे थे और उन्हें इन्जेक्शन देकर सुलाया गया है। उन्हें क्या रोग था, कोई जान ही नहीं पाया। इतने डॉक्टर, इतने सारे टेस्ट, इतने सारे उपकरण और शरीर था कि जा रहा था। रामेश्वर जी की मौत को देखकर लगता है कि जिनको बचना होता है उनके हिस्से की दवाएँ भी शायद अलग बनती हैं, जिन्हें जाना होता है उनके हिस्से में वो दवाएँ आती ही नहीं। रामेश्वर जी आँखें बन्द किये लेटे थे, मैं वापस लौट जाने को हुआ तभी उन्होंने पता नहीं कैसे जान लिया कि मैं आया हूँ। उन्होंने बिस्तर पर हाथ थपथपाकर मुझे पास बैठने का इशारा किया। यह सोचकर कि शायद सन्निपात में या पीड़ा की छटपटाहट में वह बिस्तर पर हाथ पटक रहे हैं, मैं चुपचाप खड़ा रहा। लेकिन

जब उन्होंने मेरा नाम लेकर मुझे धीरे से पुकारा तो मैं उनके पास बैठ गया।...

"उन्होंने आँखें खोलकर मेरी तरफ देखने से पहले दृष्टिपथ में आने वाली चीजों को किसी अजनबी की-सी निगाह से देखा। उफ, कैसी थीं वह आँखें...। कैसे बताऊँ उन आँखों में छूट रही दुनिया को एक बार भर निगाह देख लेने की लालसा थी, सारे मेले को विदा कहने की निस्संगता थी और थे खून के आँसू रुला रही तकलीफ के लाल-लाल छींटे। रामेश्वर जी ने मेरे हाथ पर अपना हाथ रखा और पूछा, 'मुनुवा कैसा है?' मैं उनका मुँह ही देखता रह गया। मुनुवा मेरे बेटे का नाम है, तो मुनुवा के बारे में पूछते हुए उनकी जरा देर पहले दर्द से कराह रही आँखों में एक अजीब तरह की तरलता आ गयी। उनकी आँखों के कोरों से वह तरलता बह निकली, 'बड़ा प्यारा बच्चा है। न जाने कितनी तकलीफ बदी थी उस नन्ही-सी जान को।' तब तक तो मैं यही जानता था कि आदमी को अपनी तकलीफ ही सबसे बड़ी तकलीफ मालूम देती है, लेकिन मैं अब एक ऐसे आदमी के सामने था जो अपनी वर्तमान की तकलीफ को भूलकर दूसरे की अतीत हो चुकी किसी तकलीफ को याद करके सिसक रहा था।

"हुआ यह था कि छः-सात महीने पहले मेरे बेटे का हार्निया का ऑपरेशन हुआ था। उसका ब्लड ग्रुप एबी-आरएच निगेटिव है। आप शायद जानते होंगे कि इस ग्रुप का खून जल्दी नहीं मिलता। जो दो-तीन लोग मिले भी वह सब पेशेवर खून बेचने वाले थे और उनका खून लेना नहीं चाहता था। मुनुवा का ऑपरेशन रुका हुआ था, जो कि बहुत जरूरी था। एक दिन ऐसे ही बातों-बातों में मेरी पत्नी ने इस बात का जिक्र रामेश्वर जी के सामने कर दिया। उन्होंने उत्साह में भर कर बताया कि उनका भी वही ब्लड ग्रुप है। वह खून देने के लिए तुरन्त तैयार हो गये। मेरी माँ ने सुना तो भड़क उठी, 'ऊ रमेसरा के खून' लेकिन खून और मिल भी कहाँ रहा था। उनकी तबीयत कुछ अजीब गिरी-गिरी-सी रहा करती थी। सेहत के मामले में वह तंगी में फँसे हुए थे। कोई और होता तो वह उस ब्लड ग्रुप की बात चलने पर चुप्पी साधे रहता या टाल जाता, लेकिन रामेश्वर जी थे, एबी-आरएच निगेटिव खून वाले, जो एक बार कुछ ठान लेते हैं तो फिर उससे डिगते नहीं।...

"उन्होंने दो बोतल खून दिया, बेटे का सफल ऑपरेशन हुआ, लेकिन उसके बाद रामेश्वर जी की हालत फिर सँभली नहीं। वैसे तो रक्तदान के बारे में बताते हैं कि शरीर में कम हुए रक्त की भरपाई अपने आप ही कुछ दिनों में हो जाती है लेकिन कौन जाने रामेश्वर जी में नया खून बनने की क्रिया में ही कोई दोष रहा हो जिसके कारण उनकी हालत लगातार गिरती ही चली गयी। कभी-कभी मन में आता है कि क्या उनका रक्तदान करना ही गलत हो गया?

वही उनकी मृत्यु का कारण बन गया? अकसर देखने में आता है कि मरने वाले को मृत्यु का पहले से कुछ आभास हो जाता है। हो सकता है इसीलिए उस दिन अस्पताल में रामेश्वर जी ने मुनुवा के बारे में पूछा। हो सकता है उन्हें याद आ रहा हो कि उनका खून मुनुवा के शरीर में है और इस तरह वह अपने मित्र के परिवार में किसी रूप में मौजूद रहेंगे, अपने जाने के बाद भी। कौन जाने, क्योंकि रामेश्वर जैसे भावुक ऐसी ही बातों के सहारे जीते और इन्हीं बातों के लिए मर जाने वाले लोग होते हैं।...

''और समय, जिसे कई बार वह बेशर्म और गलीज कहकर धिक्कार चुके थे, ने अचानक इस बार सचमुच अपने आपको शर्मिन्दा और गलाज़त में डूबा हुआ महसूस किया, जब उन्होंने अपनी बात समाप्त करते हुए कहा—

''रामेश्वर जी और मेरे साथ के दिनों की बीस-बाईस वर्षों की इतनी स्मृतियाँ हैं कि कई ग्रन्थ तैयार हो सकते हैं। आपस में इतना प्रेम कि अकसर सगे भाइयों में भी देखने को न मिले, इतनी प्रगाढ़ता कि क्या कहूँ! मैंने अपने और उनके बीच कभी कोई भेद नहीं माना। इस बात का अन्दाजा आप इसी बात से लगा सकते हैं कि वह मेरे घर में जब खाना खाते थे तो उनके लिए कोई अलग बर्तन नहीं होते थे।''

# स्वर्ण जयन्ती गान बतर्ज लांग लिव द किंग

महिमामण्डित ने साग्रह अनुरोध किये जाने के बाद उठने के लिए अँगूठियों से जड़ित अपनी उँगलियों को कुर्सी के हत्थों पर कसा, लेकिन संचालक का 'साग्रह अनुरोध' पूरा होते-होते फिर शुरू हो गया था इसलिए उन्होंने खड़े होने के लिए तनकर सीधे हो गये अपने शरीर को फिर ढीला छोड़ दिया। जरा देर बाद उन्होंने कुर्सी को हत्थों के बल पीछे की तरफ ठेलते हुए जैसे ही उठने की कोशिश की, ललछौंही आभा वाला, सोने के पत्तर जैसा उनका मूँगा सिल्क का कुर्ता, सीट और कुर्सी के फ्रेम में कहीं फँसकर 'चर्र...' की आवाज के साथ फट गया। उन्होंने घूमकर कपड़ा फँसने वाली उस जगह को देखा, जहाँ से दामन चाक हो चुकने के बाद कुर्ते का फँसा हुआ किनारा मुक्त हो चुका था।

महिमामण्डित ने पाया कि फटे हुए दामन के किनारे का एक छोटा-सा, कुछ तिरछा-सा टुकड़ा जुड़ा रहकर अलग-सा झूलता दिख रहा था। उन्होंने सामने बैठे लोगों की तरफ कुछ क्षणों के लिए पीठ की और कपड़े के उस लटक रहे टुकड़े को फाड़कर एक झटके के साथ अपने दामन से अलग कर दिया। कुर्ते के फटते ही मंच पर बैठे और मंच के दोनों किनारों पर खड़े लोग उस ओर दौड़ने को हुए, लेकिन 'कुछ नहीं—कोई बात नहीं' कहते हुए महिमामण्डित ने उन लोगों को हाथ के इशारे से अपनी-अपनी जगह बने रहने को कहा। सब लोग कुछ शर्मसार से यह सारी क्रिया देखते रहे।

महिमामण्डित ने सामने बैठे लोगों पर एक निगाह डाली, कुर्ते के फटने की घटना पर मुस्कराते हुए और यह जताने के लिए कि वह उसी बात पर मुस्कराये हैं, उस स्थान पर निगाह और अँगुलियाँ फिरायीं और बाँहें चढ़ाते हुए माइक्रोफोन के सामने आ खड़े हुए। बाँहें चढ़ाते ही कलाई पर बँधी सोने की घड़ी और उसकी सुनहरी चेन टी.वी. कैमरे के साथ चल रही दूधिया रोशनी में कौंध-सी उठी। माइक से जरा हटकर उन्होंने खाँसकर गला साफ किया, हाथ में पकड़े दामन से अलग हुए उस कपड़े के टुकड़े से होठों के किनारों को पोंछा और तब शुरू किया —

''यह देश, इस देश की माटी और इस देश का बच्चा-बच्चा जिनका ऋणी है, ऐसे मेरे पूज्य स्वाधीनता संग्राम सेनानियो!'' सौ वर्ष पहले, 'ब्रदर्स ऐण्ड सिस्टर्स ऑफ अमेरिका' के सम्बोधन का जो प्रभाव अमरीकियों पर पड़ा होगा, कुछ-कुछ वैसा ही प्रभाव सामने बैठे स्वाधीनता संग्राम सेनानियों पर पड़ा। वह सब हिलती गरदनों और काँपते हाथों वाले वृद्ध लोग थे, जो महिमामण्डित के सम्बोधन पर तालियाँ बजाने लगे...

वह गुजरे जमाने को लेकर बिसूरने वालों की भीड़ थी। उनकी आँखें खुली हुई कब्रों की तरह थीं, जिनमें उनके सपनों की अधनंगी लाशें पड़ी हुई थीं। उन सबको इन्तजार था कि कब उनकी कब्रें बन्द हों और कब उन लाशों को सुपुर्देखाक माना जाय। वह सब उकताहट से भरे पिछले तीन घण्टों से महिमामण्डित की प्रतीक्षा कर रहे थे। उनमें से कुछ का तो भोजन करके आराम करने या दवा लेने का समय हो गया था और वह एक घण्टा राह देख चुकने के बाद धीरे-धीरे चलते हुए अपने-अपने घरों को लौट गये थे। बैठे हुए लोगों में कुछ ऐसे थे जिन्हें समारोह के बहाने घर से निकलकर जिला मुख्यालय तक आने का मौका मिला था। वह वहाँ से उठकर जाते भी तो हद-से-हद अपने ठहरने के स्थान तक, इसलिए वह समारोह के शुरू होने की प्रतीक्षा में बैठे थे और कुछ ऐसे थे जो स्वाधीनता संग्राम सेनानी कल्याण परिषद् के पदाधिकारियों और उससे भी ज्यादा दूर्वादल पाणिग्रही के आग्रह को टाल न सकने की वजह से उबासियाँ लेते हुए बैठे थे।

जिलाधिकारी द्वारा वर्ष में एक बार जिले के स्वाधीनता संग्राम सेनानियों का सम्मेलन शुरू करने के पीछे विचार था कि अनुभव और इतिहास-बोध से सम्पन्न समाज के इन वृद्ध लोगों का सान्निध्य आम लोगों को मिलेगा तो उनमें राष्ट्र, और राष्ट्र के प्रति अपने कर्तव्यों को लेकर एक जागृति पैदा होगी जो समाज के लिए स्वास्थ्यकर होगा। आयोजन का जिम्मा दूर्वादल पाणिग्रही जैसे कर्मठ और उत्साही अधिकारी को सौंपकर वह निश्चिन्त हो गये थे। प्रौढ़ावस्था में पहुँच गये दूर्वादल बहुत-से युवाओं से भी ज्यादा युवा लगते। उनमें गजब का उत्साह था।

अपने विभाग के सामान्य कामकाज निपटाते हुए भी, कोई स्वाधीनता संग्राम सेनानी आमन्त्रित होने से रह न जाय, इसके लिए उन्होंने पूरे जिले का सघन दौरा किया था और हर एक से समारोह में पधारने के लिए करबद्ध प्रार्थना की थी। दूर्वादल के पिता अण्डमान की जेल में यातनाएँ भोगते-भोगते शहीद हुए थे, इसलिए उनके मन में स्वाधीनता संग्राम सेनानियों के लिए एक विशेष प्रकार की तरलता थी। स्वाधीनता संग्राम सेनानी कल्याण परिषद् उन्हें सरकारी

अधिकारी से ज्यादा अपने बीच का आदमी मानती और दूर्वादल को भी उनकी किसी तरह की सेवा करके ऐसा लगता जैसे वह अपने पिता की सेवा कर रहे हों। सम्मेलन में शामिल होने वाले वयोवृद्ध सेनानियों की छोटी-छोटी सुविधाओं का भी उन्होंने पूरा ध्यान रखा था। सम्मेलन के देर तक चलने की स्थिति में पण्डाल में किसी तरफ से धूप आकर देश के जियालों को तंग न कर सके, इस तक के लिए उन्होंने अतिरिक्त पर्दे मँगवाकर पुख्ता इन्तजाम किये थे। ठण्डे पानी, हल्के-फुल्के नाश्ते और पण्डाल से जरा दूर अस्थायी शौचालय आदि की पूरी व्यवस्था थी, ताकि वृद्ध लोगों को देर तक बैठे रहने में कोई दिक्कत न हो।

सम्मेलन के उद्घाटन के लिए महिमामण्डित को आमन्त्रित करने का प्रस्ताव दूर्वादल ने ही रखा था और कहा था कि आप जैसे रत्नों को सम्बोधित करने के लिए महिमामण्डित जैसा खरे सोने जैसा आदमी ही उपयुक्त होगा। जिलाधिकारी और स्वाधीनता संग्राम सेनानी कल्याण परिषद् के पदाधिकारियों ने मणिकांचन के योग जैसे इस प्रस्ताव को सहर्ष अपनी स्वीकृति दे दी थी...

महिमामण्डित ने एक हाथ उठाकर लोगों से तालियाँ बजाना बन्द करने का संकेत किया और डायस पर बैठे लोगों की ओर कुछ विजेता के-से भाव से देखते हुए आगे कहा, ''मेरा मानना है कि आप लोगों ने अपना जो 'कल' दिया था, उसी की बदौलत हम 'आज' जी रहे हैं...''

तालियाँ फिर गूँज उठीं। बहुत से मिचमिचायी आँखों वालों को उस कल की याद दिलाये जाने पर सन्तोष का अनुभव हुआ और उनके झुर्रीदार चेहरों पर कुछ-कुछ गर्व मिश्रित आड़ी-तिरछी लकीरें और उभर आयीं। कई लोगों ने अपने उस बिलखते-बिलखते सो गये बच्चे जैसे कल को भुला दिया था, लेकिन महिमामण्डित ने जिस तरह से उस 'कल' को कुरेदकर जगाया था, उनकी आँखों में धुआँ-धुआँ-सा कुछ उतरने लगा था या उन्होंने अपने उस 'कल' के एवज में न कल कुछ माँगा था और न आज ही कुछ माँग रहे थे, लेकिन उनके दिल भर आये थे कि जिस कल को वह भुला दिया गया मान बैठे थे, उसे आज एक इतना बड़ा आदमी भरी सभा में न सिर्फ शिद्दत से याद कर रहा है, बल्कि उन दिनों के प्रति अश्रुपूरित कृतज्ञता प्रकट कर रहा है।

''आपके ये अधिकारी, क्या नाम है इनका—दूर्वादल पाणिग्रही, ये जब मुझे आमन्त्रित करने गये तो बड़ी खुशी हुई मुझे। मैं भी इसी मिट्टी से जनमा हूँ, आपकी तरह मैंने भी जीवन में संघर्ष किया है। मैंने भी बुरे दिन देखे हैं। लेकिन मेरा मानना है कि आदमी को अपना अतीत कभी नहीं भूलना चाहिए,'' महिमामण्डित ने कहा और जरा तिरछे होकर डायस की तरफ देखा जहाँ बैठे लोग सहमति प्रकट करते हुए सिर हिला रहे थे। पशु के शरीर से निकलते समय

गोबर में किसी किस्म के कीड़े नहीं होते मगर कुछ समय बाद न जाने कहाँ से उसी गोबर में गोबरैले रेंगने लगते हैं। मिट्टी से पैदा होने की अलंकारिकता के प्रति लोग अभिभूत थे, मगर सचमुच गोबरैले की तरह न जाने कहाँ से अस्तित्व में आने के बाद भी यह महिमामण्डित के संघर्ष और लगन का ही नतीजा था कि आज शीर्ष पर पहुँचकर वह एक समारोह को सम्बोधित करने के लिए आमन्त्रित किये गये थे। महिमामण्डित ने अपने जिन दिनों को बुरा कहा था, वह बुरे नहीं—बहुत बुरे दिन थे। महिमामण्डित सात साल के थे जब उनके माता-पिता गाँव में फैली किसी अज्ञात बीमारी से अचानक चल बसे थे।

स्कूल में संस्कृत के अध्यापक पिता ने बेटे के भविष्य के अनगिनत सपने बुनते हुए नाम दिया—महिमामण्डित। बहुत दूर के रिश्ते के कोई मामा-मामी, महिमामण्डित को अपने साथ शहर लिवा ले गये। मामा-मामी की अपनी कोई सन्तान नहीं थी इसलिए दूर के रिश्ते की बहिन का बेटा वरदान में मिला। महिमामण्डित के रूप में मिला यह वरदान अभिशाप जैसा लगने लगा, जब दस वर्षों के बाद मामा-मामी की अपनी सन्तान पैदा हुई। वरदान अब मामी की गोद में था, फिर अभिशाप को सीने से लगाये रखने की क्या जरूरत थी? महिमामण्डित दूसरी बार अनाथ होकर सड़क पर आ गया। शुरू-शुरू में होटलों की डस्टबिन और बाद में सदाशयी लोगों की उदारता का परिणाम था कि महिमामण्डित जीवित रहा। उसके मन में पढ़ने की चाह बराबर बनी रही, और जब चाह बनी रही तो राह भी निकलती गयी। महिमामण्डित की आर्थिक स्थिति इतनी ज्यादा खराब थी कि कॉलेज के समृद्ध छात्रों को उसके सामने पड़ने में झिझक-सी महसूस होती। महिमामण्डित की दरिद्रता उसे जरा भी परेशान नहीं करती थी, लेकिन साथ के पैसे वाले छात्रों को उनकी समृद्धि उसके सामने पानी-पानी कर देती। एक बार कॉलेज में किसी मित्र ने एक सूट सिलवाया था, लेकिन आधा जाड़ा बीत जाने के बाद भी महिमामण्डित की जड़ाती काया के सामने वह उसे पहनने का साहस नहीं जुटा पाया। वह तो एक बार जब महिमामण्डित कहीं गया हुआ था और दिन बीतने से पहले उसके वापस आने की कोई सम्भावना नहीं थी, तब उस मित्र ने वह सूट ऐसे पहना था, मानो कोई चोरी कर रहा हो। महिमामण्डित की गरीबी ललकारती-सी जान पड़ती थी।

'आज महिमामण्डित नंगा-नंगा खेलेगा'—हॉस्टल में दो-तीन हफ्ते बाद सुनाई देता। इस 'नंगा-नंगा के खेल' का मतलब था कि महिमामण्डित आज हॉस्टल के गुसलखाने में अपना कुर्ता-पायजामा धोएगा और उसके सूखने तक गुसलखाने में ही बन्द रहेगा। वह बाहर तभी निकलेगा जब उसके कपड़े सूख जाएँगे क्योंकि उसके पास बदलने के लिए दूसरा जोड़ी कपड़ा नहीं था।

महिमामण्डित किसी छुट्टी वाले दिन, सबके नहा चुकने के बाद हॉस्टल आता और वहाँ किसी लड़के से उसके बचे हुए साबुन का पतला-सा रह गया टुकड़ा लेकर कई घण्टों के लिए गुसलखाने में बन्द हो जाता। कई बार मित्रों ने महिमामण्डित को कपड़े सिलवाकर देने चाहे, मगर वह स्पष्ट रूप से मना कर देता—'नहीं साथी, यह मेरा समय है, और हर आदमी को अपना समय खुद ही काटना पड़ता है।' जितना साबुन लेना वह स्वीकार करता था, उससे कपड़े साफ होने की बजाय कुछ और चीकट जैसे हो जाते। हल्के से नम रहने की हालत में ही कपड़े पहन लेने की वजह से महिमामण्डित कुछ दिनों के लिए जुकाम का शिकार हो जाता। सिकुड़े हुए कुर्ते-पायजामे में जब वह बाहर निकलता तो उसे देखकर लगता जैसे किसी पुरातात्विक अवशेष में जान पड़ गयी हो।

गुसलखाने में कपड़े सूखने तक के लिए बन्द होकर महिमामण्डित उतने समय तक भाषण देने का अभ्यास करता रहता। वह जोर-जोर से पूरी गम्भीरता से बोलता जैसे रेड स्क्वायर जैसे किसी स्थान पर खड़े होकर वह विशाल जनसभा को सम्बोधित कर रहा हो। बोलने के लिए वह अन्तराष्ट्रीय, राष्ट्रीय, प्रादेशिक या बिल्कुल ही स्थानीय स्तर की किसी चर्चित घटना को चुनता। पहले वह घटना के पक्ष में बोलता फिर उसी घटना के विरोध में बोलता। वह घटना की पक्षधरता के लिए जितने मजबूत तर्क रखता, उतनी ही जोरदार दलीलें देकर वह उस घटना का विरोध करते हुए उसकी धज्जियाँ उड़ाता। और बाहर गुसलखाने के दरवाजे पर खड़े लड़के कल्पना करते रहते कि नंगा खड़ा महिमामण्डित हाथ हिला-हिलाकर भाषण देता हुआ कैसा लगता होगा? महिमामण्डित की हालत को देखते हुए उसकी फीस माफ थी और कापी-किताबों की व्यवस्था भी स्कूल के 'पूवर ब्वायज फण्ड' से कर दी जाती थी। पूँजी के समान बँटवारे के सिद्धान्त को लेकर उसमें अक्खड़पन की सीमा तक बढ़ा हुआ अधिकार-भाव था, जो सबको कहीं पर भला लगता।

'साथी, आज का मेरा खाना आपके साथ रहेगा'—वह हॉस्टल में किसी के भी कमरे में जाकर ऐलान करता और लोग उसके प्रस्ताव का स्वागत करते। 'पुरुष को स्त्रियों की तरह सुन्दर दिखाई देने की कोई जरूरत नहीं', के सिद्धान्त पर उसने दाढ़ी बढ़ा ली थी जो उसके सीने के बालों से जाकर मिलती थी। सेण्ट और पाउडर लगाने वाले लड़कों को वह स्त्रैण कहकर हिकारत से देखता—'जिस पुरुष के शरीर से पसीने की गन्ध न आए, उसे मैं मादा समझता हूँ।'

उस 'बाथरूम अभ्यास' का ही परिणाम था कि महिमामण्डित का भाषण सुनने के लिए कॉलेज के दिनों से भीड़ उसके आसपास इकट्ठी होनी शुरू हो गयी थी। महिमामण्डित जब लाइब्रेरी में न होता तो या तो क्लास में होता या

हॉस्टल के किसी कमरे में साथियों के साथ बहस करता मिलता। वह इतनी ऊँची आवाज में बोलता कि वह हॉस्टल के किस विंग में है, दूर से ही पता चल जाता। लोग किताबें पढ़ते थे, महिमामण्डित ने किताबों को पचा लिया था। साधारण समझ या अध्ययन वाले छात्र उसको धारा-प्रवाह बोलते हुए मुग्ध-भाव से देखते-भर रह जाते थे। जो जरा अपने को काबिल लगाते थे वह भी महिमामण्डित के सामने जरा देर बाद निरुत्तर ही रहते। महिमामण्डित को लोग हमेशा अपने साथ रखना चाहते थे। साथ के लड़के जब बड़ी-बड़ी प्रतियोगी परीक्षाओं की तैयारी में व्यस्त रहते तब महिमामण्डित लोगों को यह समझाने में अपने को खपाता रहता कि भौतिक स्वाधीनता यों तो नैतिक स्वाधीनता की पहली शर्त होती है लेकिन नैतिक स्वाधीनता को अंगीकार किये बिना हम भौतिक स्वाधीनता के सही अर्थों तक पहुँच ही नहीं सकते। विचारों को अपने जीवन में उतार लेने वाले महिमामण्डित का स्पष्ट मत था कि दास-प्रथा को समाप्त करने के पीछे वर्चस्ववादियों की कोई उदारता नहीं थी, दरअसल उसमें भी उनका स्वार्थ था। वह तर्क देता कि वर्चस्वशाली वर्ग के लिए दास-प्रथा का निश्चित उपयोग था। दास अतिरिक्त मूल्य पैदा करते थे और उसके बदले में कुछ माँगते नहीं थे। जब सम्पन्न वर्ग ने अतिरिक्त मूल्य के नये और बेहतर स्रोत खोज निकाले, तो दास उसे अपने ऊपर बोझ नजर आने लगे। ऐसे में दासों से मुक्ति न लेते तो और क्या करते? महिमामण्डित अपने गहन अध्ययन के कारण धीरे-धीरे आत्मविश्वास में भरता गया था और बहसों में, 'मनुष्य का मूल उत्स यौन चेतना से अनुप्राणित है' जैसे सिद्धान्त के लिए मेज पर मुक्का मारकर फ्रायड को उल्लू का पट्ठा कहते हुए एडलर के साथ जा खड़ा हो सकता था कि, 'अपने आपको प्रमाणित करने की चेष्टा ही चेतना का मूल उत्स है।' मार्क्स और एंजिल्स उसकी जीभ की नोक पर बैठे रहते। वह सबके लिए न्यूनतम शालीन जीवन की व्यवस्था का प्रबल पैरोकार बन गया था।

महिमामण्डित सचमुच धीरे-धीरे महिमामण्डित होता गया था।

"मैंने अपनी माँ को देखा जरूर है लेकिन अब मुझे सिर्फ एक ही माँ याद है और वह है, भारत माँ"—महिमामण्डित ने कहते हुए देखा कि अगली कतार के दो वृद्ध आपस में कुछ खुसुर-पुसुर कर रहे हैं। उन्होंने अचानक बोलना बन्द कर दिया और बातें करते वृद्धों को एकटक देखने लगे। महिमामण्डित ने इतनी देर के बोलने के दौरान कुर्ते के दामन से फटकर अलग हुए उस टुकड़े को अँगुलियों से मसल-मसलकर गोली जैसा बना लिया था। कुछ क्षण उन वृद्धों की बातचीत खत्म होने की प्रतीक्षा करने के बाद महिमामण्डित ने कपड़े की वह गोली पूरी ताकत लगाकर उन वृद्धों की ओर फेंकी। गोली एक वृद्ध के

सामने कुछ दूरी पर जाकर गिरी। कान में पड़ता भाषण एकदम से सुनाई देना बन्द हो जाने और फिर महिमामण्डित द्वारा हाथ लहराकर अपनी ओर कुछ फेंके जाने से सकपका उठे वृद्धों ने मंच की ओर देखा।

''या तो मुझे सुन लीजिए या फिर आपस में बातें ही कर लीजिए''— महिमामण्डित ने क्रोधित होते हुए कहा तो दोनों वृद्धों ने शर्मिन्दा होते हुए सिर झुका लिये।

''हाँ, तो मैं कह रहा था कि मैंने अपनी माँ को देखा जरूर है, लेकिन अब मुझे सिर्फ एक ही माँ याद है और वह है—भारत माँ।'' महिमामण्डित ने रुँधे गले से फिर कहना शुरू किया—''मेरा मानना है कि जन्म देने वाली माँ का स्थान दूसरे नम्बर पर आता है, पहले स्थान पर है यह भारत माँ। मैंने आप लोगों की प्रेरणा से इस माँ की सेवा करने का प्रण लिया है। इस माँ का मस्तक ऊँचा रखने, इसे प्रसन्न रखने और इसकी रक्षा के लिए अगर प्राण न्यौछावर करने की बात आ जाए तो बलिदानियों की कतार में आप सबसे आगे मुझे खड़ा पाएँगे।'' पण्डाल तालियों से एक बार फिर गड़गड़ा उठा।

किसी स्वाधीनता संग्राम सेनानी के साथ आये एक बच्चे ने कुछ देर पहले महिमामण्डित द्वारा फेंकी गयी कपड़े की गोली उठा ली थी और उसे खोलकर मूँगा सिल्क के उस छोटे से टुकड़े को अपने गालों से छुआ रहा था।

''जब मैं राष्ट्र की अस्मिता की बात करता हूँ तो मेरा सबसे पहले मतलब होता है व्यक्ति की गरिमा, उसके सम्मान और उसकी अस्मिता से। राष्ट्र का सम्मान अवश्य ही हमारे व्यक्तिगत सम्मान से कहीं बड़ा है, लेकिन जिस देश के आम नागरिक का सम्मान नहीं होता उस राष्ट्र की भी कोई गरिमा नहीं होती, कोई अस्मिता नहीं होती। मेरा मानना है कि जेठ की दोपहरी की तरह आप तपे थे, तभी तो सावन बनकर स्वतन्त्रता की बरसात इस देश के आँगन में बरसी। वैसे तो इस देश का कण-कण आपका ऋणी है, लेकिन व्यक्तिगत तौर पर मैं कहीं अपने आपको गौरवान्वित अनुभव करता हूँ कि आप, इस देश के इतिहास पुरुष मेरी प्रेरणा के स्रोत रहे हैं। मैंने आप लोगों को ही देखकर जाना है कि सहिष्णुता क्या होती है, अहिंसा के क्या अर्थ होते हैं, दूसरों के सम्मान की रक्षा कैसे की जाती है और कैसे जीवन में अनुकरणीय बना जाता है। मुझ अकिंचन का प्रणाम स्वीकार करें, चिरायु होने की कामना करते हुए मैं आपके सम्पूर्ण जीवन को सलाम करता हूँ'', महिमामण्डित ने कहा और हाथ जोड़ दिये।

तालियाँ देर तक बजती रहीं।

दूर्वादल पाणिग्रही ने सोचा कि महिमामण्डित को आमन्त्रित करने का निर्णय एकदम ठीक रहा क्योंकि लोग उनका भाषण सुनकर अभिभूत थे। उनके

बोलने में जो एक सधाव था, जो इत्मीनान था और आवाज के आरोह-अवरोह का जो सटीक इस्तेमाल था, वह कैसे सीधे दिलों पर असर कर रहा था। उनकी आवाज में बादलों की गड़गड़ाहट जैसी खरज थी और नाभि प्रदेश से उठते उनके स्वर में ईमानदारी की कौंध थी। और सबसे बड़ी बात यह कि अवसर और श्रोताओं को ध्यान में रखते हुए शब्दों का चयन महिमामण्डित के भाषण की एक चमत्कृत करनेवाली विशेषता बनकर सामने आयी थी। उनकी आवाज में एक खास तरह का दाना उभरा हुआ था जो अकसर लम्बे समय तक सिगार पीनेवालों की आवाज में पाया जाता है। दूर्वादल का अनुमान सही निकला। महिमामण्डित का वैयक्तिक सहायक प्लाईवुड का डिब्बा हाथ में पकड़े महिमामण्डित की कुर्सी के पीछे आ खड़ा हुआ था कि कब महिमामण्डित हाथ बढ़ाएँ और वह डिब्बा खोलकर उन्हें सिगार पेश करे।

महिमामण्डित के तीन घण्टा विलम्ब से आने के कारण आयोजन का सारा क्रम गड़बड़ा गया था। उद्घाटन सत्र के बाद, दूसरा सत्र शुरू होने से पहले स्वाधीनता संग्राम सेनानियों के लिए जलपान की व्यवस्था की गयी थी, लेकिन अब तो भोजन का समय हो चुका था। वृद्ध लोगों को समय पर भोजन मिल जाए, इसके लिए दूर्वादल महिमामण्डित का सम्बोधन समाप्त होते ही व्यवस्था देखने के लिए उठ गये। रसोइये, पुराने बताये गये कार्यक्रम के अनुसार चाय का पानी खौलाने में लगे थे और गप्पें हाँक रहे थे। दूर्वादल को चिन्ता हुई कि कब भोजन बनेगा और कब सबको खिलाया जाएगा। वह रसोइये को जरूरी निर्देश दे रहे थे, तभी किसी ने आकर बताया कि महिमामण्डित उसे पूछ रहे हैं और लगता है इस तरह वहाँ से चले आने से कुछ अप्रसन्न भी हैं।

''कहाँ है वह आपका दूर्वादल?'' दूर्वादल जब मंच के पास वापस पहुँचे तो महिमामण्डित सिगार चबाते हुए किसी से पूछ रहे थे।

''यस सर!'' हाथ बाँधे दूर्वादल ने स्वयं को हाजिर किया।

''तुम्हीं हो न इसके इन्तिजामकर्ता? तुमसे एक कायदे की कुर्सी तक का इन्तिजाम नहीं करते बना?'' महिमामण्डित ने दूर्वादल को खा जाने वाली निगाहों से देखते हुए कहा। तभी उनके वैयक्तिक सहायक ने मिनरल वाटर की ठण्डी बोतल से एक गिलास में पानी निकालकर दिया।

''मैं बहुत शर्मिन्दा हूँ सर, मैंने आपके लिए तो...''

''तुम्हारे शर्मिन्दा होने की ऐसी की तैसी। इस कपड़े का दाम मालूम है? कभी जिन्दगी में देखा था यह कपड़ा अपनी आँखों से?'' महिमामण्डित ने अपने कुर्ते का दामन उठाकर दूर्वादल के चहरे के एकदम पास कर दिया।

''मैंने आपसे कहा न सर,'' दूर्वादल ने 'जीवन मस्क' की भारी गन्ध

महसूस करते हुए अपनी सफाई में कुछ कहना चाहा।

"अब तुम चुप भी रहोगे दूर्वादल?" पीछे से वैयक्तिक सहायक ने कहा तो दूर्वादल तेजी से पलटे।

"मेरे और सर के बीच बात हो रही है, आप कृपा करके बीच में मत बोलिए।" अचानक महिमामण्डित द्वारा पानी पीकर डायस पर जोर से गिलास पटककर रखने की आवाज सुनकर दूर्वादल ने बात अधूरी छोड़कर महिमामण्डित की ओर घूमकर देखा।

"तुम्हारा ये जो अक्खड़पन है न, इसकी मुझे बहुत-सी शिकायतें मिली हैं। कितनी सर्विस बाकी है तुम्हारी?" महिमामण्डित ने अपनी तर्जनी को दूर्वादल के चेहरे के सामने नचाते हुए पूछा जैसे मुँह में अँगुली डालकर सर्विस के बाकी वर्षों की गिनती निकाल लेंगे।

"एक साल बाकी है सर!"

महिमामण्डित द्वारा अपने भाषण में उनके नाम का उल्लेख करने से दूर्वादल जितना खुश हो गये थे, वह सारी खुशी जाती रही।

"तो क्या चाहते हो कि एक बरस पहले ही मैं तुम्हें कान पकड़कर बाहर करूँ?" कहते हुए महिमामण्डित ने अपने नथुनों से ढेर सारा धुआँ निकाला जैसे उनके भीतर धू-धू करके कुछ जल रहा हो।

"क्या आप मुझे बताएँगे सर कि मेरे दुर्व्यवहार की किसने शिकायत की है?" दूर्वादल ने अपने क्रोध को दबाने में अपनी सारी शक्ति लगाते हुए कहा।

"अब मैं तुम्हें सबूत दूँ! मैं झूठ बोल रहा हूँ?" महिमामण्डित ने गुस्से से फटते हुए चीखकर कहा।

पण्डाल में बैठे स्वाधीनता संग्राम सेनानी इधर-उधर हो गये थे। आसपास के लोग जरा दूरी बनाये हुए डायस के निकट आ गये।

"नहीं, मैं ऐसा नहीं कह रहा। मैं तो बस इतना जानना चाहता हूँ सर कि—" दूर्वादल ने अपने आपको संयत रखते हुए फिर कुछ कहना चाहा।

"देखो, अब तुम जितना ही बोलोगे, मेरा गुस्सा बढ़ता जाएगा। शाम की ट्रेन से मेरी वापसी है, वहीं देखना चाहता हूँ मैं तुम्हें। इस कार्यक्रम के लिए सरकारी खजाने से कितनी रकम निकाली गयी, पूरा हिसाब लाकर दिखाओ मुझे।" महिमामण्डित ने सिगार को आखिरी बार चूसा और वहीं नीचे बिछी दरी पर फेंकने के बाद उसे अपनी चप्पल से मसलकर आगे बढ़ गया। सिगार का राख से ढका गुल अभी तक पूरी तरह लाल था जो महिमामण्डित की हल्की कोल्हापुरी से दबाये जाने से बुझ नहीं सका था। उनके अपनी जगह से हिलते ही वैयक्तिक सहायक ने अवाक् से खड़े रह गये दूर्वादल को कोहनी से

पकड़कर एक तरफ किया और सिगार के जलते हुए टुकड़े को अपने भारी-भरकम जूते के नीचे मसल दिया।

दूर्वादल जब स्टेशन पहुँचे, तब तक महिमामण्डित चाय पीकर डाक बंगले से नहीं आये थे। वह प्रतीक्षा करने लगे। इतनी लम्बी नौकरी में उनसे कभी किसी ने इस तरह बात नहीं की थी। उनकी पिण्डलियों में थकान उतर आयी थी, उनके पैर बेदम हो रहे थे और गला बुरी तरह खुश्क हो रहा था। अपमानित, दुःखी और हताश दूर्वादल पाणिग्रही काँख में एक पतली-सी फाइल दबाये एक बेंच पर बैठ गये। दूर्वादल की चरित्र-पंजिका ही नहीं सर्वोत्तम की प्रविष्टियों से पटी पड़ी थी, उन्होंने जीवन में भी सब कुछ सर्वोत्तम ही जिया था। उन्होंने सर्वोत्तम से कम की किसी चीज को कभी स्वीकार ही नहीं किया। आयोजन के खर्च को लेकर वह सन्देह के घेरे में डाल दिये गये थे। अपनी ईमानदारी का प्रमाण देने के लिए वह जिस तरह फाइल लिये स्टेशन पर बैठे थे, वह उनके लिए मर जाने जैसी बात थी।

तभी अपने सायरन से आतंक फैलाती पुलिस की गाड़ी ने रेलवे परिसर में प्रवेश किया। एक हलचल-सी मच गयी। महिमामण्डित की फूल-मालाओं से लदी कार पुलिस की गाड़ी के ठीक पीछे आकर लगी। बाहर अगवानी के लिए खड़े लोगों में से एक ने बढ़कर दरवाजा खोला, महिमामण्डित कार से उतरे। उनकी कार के पीछे कारों का लम्बा काफिला था जिनमें से लोग तेजी से उतर रहे थे और दरवाजे बन्द होने की धबा-धब की आवाजें एक के ऊपर एक सुनाई दे रही थीं। देखते-देखते महिमामण्डित के पीछे एक जुलूस-सा बन गया जो महिमामण्डित के आबाद रहने की शुभेच्छा के नारे लगाता वातानुकूलित डिब्बे की ओर बढ़ने लगा। दूर्वादल उस भीड़ में धँस गये और महिमामण्डित के पास पहुँचने की कोशिश करने लगे। जरा ही देर बाद जब कि दूर्वादल, महिमामण्डित से तीन-चार कदम पीछे थे...

अचानक, महिमामण्डित के एक पैर की चप्पल पीछे छूट गयी और उनका पैर आगे निकलकर जमीन से ऊपर हवा में उठ गया। साथ चल रहे लोगों में से कुछ कन्धे उनके बिल्कुल निकट थे, जिनमें से एक का सहारा लेकर महिमामण्डित एक पैर के सहारे खड़े हो गये। दूर्वादल के ठीक सामने महिमामण्डित के पैर से बाहर निकल गयी चप्पल थी, जिसकी वजह से आगे महिमामण्डित रुके हुए थे और पीछे का जुलूस भी थम गया था। दूर्वादल ने अपने पैर से खिसकाकर चप्पल को महिमामण्डित के हवा में टँगे पाँव तक

पहुँचाने की कोशिश की।

"अबे, हाथ टूट गये हैं क्या?" ठीक पीछे चल रहे वैयक्तिक सहायक ने गुर्राकर दूर्वादल से कहा, जो चप्पल को अभी कुछ इंच ही आगे सरका पाये थे।

"तमीज से बात कीजिए। मैं किसी की चप्पलें उठाने की नौकरी नहीं करता, समझे आप! किससे बात कर रहे हैं आप?" दूर्वादल का धैर्य जवाब दे गया। उसने तेज आवाज में वैयक्तिक सहायक को डपटते हुए कहा। जुलूस थम जाने की वजह से नारे भी रुके हुए थे, इसलिए दूर्वादल की आवाज पीछे तक लोगों को साफ सुनाई दी।

"क्या बोला बे? क्या बोला? जरा फिर से तो बोल। अबे, तेरी औकात क्या है?" वैयक्तिक सहायक की आँखें गुस्से में बिज्जू जैसी हो आयीं। वह दूर्वादल के ऊपर हमला करने के इरादे से आगे बढ़ा लेकिन लोगों ने उसे रोक लिया।

"क्या है? क्या बात है?" महिमामण्डित ने सारी बातों से अनजान बने रहते हुए जरा-सा घूमकर वैयक्तिक सहायक से पूछा। उनका चप्पलविहीन एक पैर अभी भी हवा में झूल रहा था।

"मैं यहाँ अपने हाथ में उठाकर चप्पल पहनाने की नौकरी करता हूँ? आपके इस आदमी को बात करने की तमीज नहीं।" वैयक्तिक सहायक के कुछ बोलने से पहले ही दूर्वादल पाणिग्रही ने चीखकर कहा तो आसपास सन्नाटा और गहरा हो गया।

दूर्वादल ने कहने के बाद महिमामण्डित की तरफ आँखें गड़ाकर देखा। महिमामण्डित के सिर पर अचानक, पेट को फाड़ देने वाले दो नुकीले सींग उग आये थे, गुस्से से लाल चेहरा विकृति की हद तक कुरूप हो उठा था, नथुने फूलकर पपोटों तक फैल गये थे और कन्धों पर झूल रहे हाथों में बघनखे दीखने लगे थे।

"अच्छा चल, फूट, फूट साले यहाँ से, अब एक मिनट भी और दिखाई पड़ा यहाँ तो मारे जूतों के तेरी खाल उतरवा लूँगा," महिमामण्डित ने गरजते हुए कहा तो वहाँ से हट जाने के बजाय दूर्वादल महिमामण्डित की आँखों में अपनी डबडबा आयी आँखों को गड़ाये खड़े रहे। दूर्वादल को लगा कि वह किसी हाकिम के सामने आँखों से जलता हुआ लावा बरसाते, करने या मरने के संकल्प के साथ लोहा लेने के लिए डटे हुए हैं। दूर्वादल को एकाएक ऐसा महसूस हुआ कि अभी-अभी पिछले क्षणों में जो कुछ हो गया है, वह सब उन्होंने कभी किसी सपने में देखा था। उनके कानों में साँय-साँय-सा कुछ बजने लगा जैसे उनकी

आँखों के सामने कोई बहुमंजिली इमारत ढह रही हो और बचाव के लिए आर्तनाद करती करुण आवाजें उनके कान के पर्दों को सुन्न किये दे रही हों। प्लेटफार्म नारों से फिर गूँजने लगा। दूर्वादल को धकियाता हुआ जुलूस फिर आगे सरकने लगा। महिमामण्डित के चाहनेवाले उसके जिन्दा रहने और आबाद रहने के नारे लगा रहे थे, लेकिन दूर्वादल पाणिग्रही के भीतर पहुँचकर वे नारे 'क्विट इण्डिया-क्विट इण्डिया' की प्रतिध्वनि बनकर गूँज रहे थे...

बाहर और भीतर के शोर में दूर्वादल जान ही नहीं सके कि किन हाथों ने आगे बढ़कर चप्पल पाँव में पहना दी या चप्पल के लिए पाँव को ही दो कदम पीछे आना पड़ा।

# उस मकान पर छत नहीं थी

"अरे मेरा घर कहाँ खो गया?" उसने कार की रफ्तार एकदम धीमी की और जैसे अपने आपसे पूछा, 'खो गया' के साथ उसके चेहरे पर उदासी की एक धूमिल-सी परछाईं उतरी और लौट गयी।

"धन्य हो तुम भी!"

"हम लोग शायद आगे निकल आये हैं, है न?" उसने उससे पूछा जैसे उसके साथ वह पहले भी वहाँ आ चुकी हो।

"हद करती हो तुम!" उसने सिर हिलाते हुए कहा और रास्तों की पहचान करती उसकी, कुछ परेशान-सी हो उठी आँखों की तरफ देखने लगा।

"मेरे मकान के रास्ते में यह पेड़ तो नहीं पड़ा करता था, कितना कुछ तो बन गया है यहाँ।" उसने अपनी अँगूठी स्टियरिंग व्हील पर बजाते हुए बुदबुदाकर कहा और कार एक दूसरे रास्ते पर मोड़ दी।

"कार चलाती लड़कियाँ इसीलिए सुन्दर लगती हैं मुझे।" उसने सीट से कुछ आगे सरककर झाँकने के-से अन्दाज में उसको देखा और कहा।

"लड़की नहीं, औरत।" उसने टोका।

"आदमी सिर काट ले लेकिन बात न काटे।" उसने कहा।

"आदमी नहीं, औरत।" उसने उसे खिजाते हुए फिर टोका।

"तुम्हें अपनी उम्र को लेकर इतना काम्प्लेक्स क्यों है?" उसने पूछा।

"यह जानने के लिए प्रभु से प्रार्थना करो कि तुम्हें अगले जन्म में औरत बनाए। तुम अपनी बात कहो," उसने उसकी ओर देखे बगैर कहा। वह रास्तों में पड़ने वाले मोड़ों को गौर से देख रही थी।

"लड़कियाँ जब स्टियरिंग सँभालती हैं तो ऐसा लगता है जैसे सड़क पर चल रहे सारे लोगों को जिन्दा रखने की जिम्मेदारी उन पर आ पड़ी हो। कार चलाते समय वह जो एक चौकन्नापन, अतिरिक्त एकाग्रता और हाय, अब लड़ी कि तब लड़ी की चिन्ता के जो मिले-जुले भाव चेहरे पर आकर जम जाते हैं,

उनसे वह बड़ी सुन्दर दिखाई देने लगती हैं।'' उसने बिण्ड-स्क्रीन पर शीशे के सहारे झूल रहे रूई के कुत्ते को थपकी देते हुए कहा, जो जरा-सा हिलते ही चूँ-चूँ की आवाज निकालने लगता था।

''सड़क पर चलते समय अच्छे बच्चों की तरह सड़क और ट्रैफिक पर ध्यान रखना चाहिए, औरतों को ताकते चलोगे तो एक दिन हाथ-पैर तुड़वा बैठोगे।'' उसने शरारत से कहा।

''हाँ-हाँ, बस इसी पर तो है,'' उसने अचानक रास्ता पा लिया था और खुशी से चहकते हुए बोल पड़ी थी। कुछ दूर चलकर उसने कार जहाँ रोकी, वह एक अधबना मकान था।

मकान की दीवारों पर जगह-जगह पीपल और बरगद के छोटे-छोटे पौधे झाँक रहे थे। ईंटों पर सूखी काई का मटमैलापन था जिसने दीवारों को चितकबरा बना दिया। दरवाजों और खिड़कियों पर पल्लों के न होने की वजह से किसी तरह की रोकटोक नहीं थी, लेकिन वह अभी तक घर जैसा नहीं लग पा रहा था। ईंटों को आपस में जोड़े रखनेवाला मसाला बरसातें सह-सहकर अधिकतर जगहों पर बह गया था जिससे ईंटों के बीच का हिस्सा, हिले हुए दाँतों और मसूढ़ों के बीच का हिस्सा दीख पड़ता था।

शहर से काफी दूर उस नयी कालोनी में मकानों की लम्बी कतारें थीं। कई मकान थे जो बनकर तैयार थे लेकिन अभी आबाद नहीं थे, लेकिन कई घरों पर एण्टिना लगे होने और लॉन में बँधी डोरियों पर सूखने के लिए डाले गये कपड़ों से पता चलता था कि उन घरों में लोग रहते हैं। सामने के पार्क में गोल बनाकर बैठी औरतों ने रुकी हुई कार की ओर देखना शुरू कर दिया। सड़क पर कुछ बच्चे क्रिकेट खेलने के लिए ईंटों के विकेट खड़े कर रहे थे...

उनकी कार जिस मकान के सामने रुकी थी उसकी चारदीवारी खिंची हुई थी। चारदीवारी के एक खम्बे पर नामपट्टिका लगाने के लिए एक बड़ा-सा आयताकार खाँचा छोड़ा गया था, जो खाली था। चारदीवारी पर लगे फाटक पर ताला बन्द था, फाटक पर जमा हुआ जंग का पीलापन दूर से नजर आ रहा था।

''तशरीफ लाइए, साहिबे जायदाद!'' कार के रुकते ही वह उतरा और ड्राइविंग सीट की तरफ का दरवाजा खोलने के बाद अदब से सिर झुकाता हुआ नाटकीय अन्दाज में एयर इण्डिया के महाराज की तरह खड़ा हो गया।

उसने कार के शीशे चढ़ाये, बैग उठाया और उसके नाटक का जवाब नाटक से ही देने के लिए सचमुच किसी महारानी की तरह कार से उतरी और फाटक की ओर बढ़ गयी।

''जंग लगा ताला खुल जाए तब समझो साहिबे जायदाद!'' उसने हँसते

हुए कहा और बैग से एक चाबी निकाली।

''खुल गया,'' ताला खुलते उसने बच्चों की तरह किलकते-से स्वर में कहा। 'खुल गया' कहते हुए उसका शरीर एक मोहक लय में लहराया जो उसे पचास वर्ष से घटाकर बीस वर्ष का बना गया।

दोनों फाटक के अन्दर गये। लॉन वाली जगह में बेतरतीब झाड़ियों और अनचाही वनस्पतियों का फैलाव था। उसने पैर से एक तरफ सरकाकर झाड़ियों के बीच निकलने का रास्ता बनाया। जंगली वनस्पतियों की हरी गन्ध उन दोनों के नथुनों में समा गयी।

''इसी को देखने की इतनी जिद थी? हो गयी तसल्ली?'' उसने कमरे में घुसते हुए कहा और अपना बैग एक दीवार से टिकाकर खड़ी हो गयी।

फर्श वाली जगह पर मिट्टी भरी थी जिस पर जगह-जगह अनाम पौधे उग आये थे। किसकिसी धूल की इतनी मोटी पर्त थी कि मिट्टी दिखाई नहीं दे रही थी। दीवारों पर काफी ऊँचाई तक लोना लग गया था जिससे उनके ऊपर सफेद धारियाँ बन गयी थीं। कुछ रद्दों के गिर जाने के कारण एक दीवार अपनी ऊँचाई तक उठी हुई नहीं रह गयी थी।

''पिछली बार जब मिला था तब तो तुमने कहा था कि बन रहा है,'' उसने गहरे अविश्वास से चारों ओर देखते हुए उसे याद दिलाया।

''हाँ कह दिया था। ये दीवारें कब से खड़ी हैं अब तो मुझे भी याद नहीं। छह-सात साल बाद आयी हूँ यहाँ,'' उसकी आँखें कुछ खोजती हुई-सी चारों ओर घूम गयीं, ''इस लाइन में सबसे पहले मेरा काम शुरू हुआ था...तब लगता था सबसे पहले यही बनकर तैयार होगा, लेकिन...'' उसने कहते हुए ऊपर देखा। नम आँखों में नीले आसमान के विस्तार की छाया उतर आयी।

मकान पर छत नहीं थी।

''क्यों नहीं बना?'' उसने पूछा।

''घर ऐसे ही बन जाते हैं क्या?'' उसने हाथ में पड़े अपने कंगन को घुमाते हुए उससे उल्टा सवाल किया।

''पैसे की समस्या?'' उसने कुछ संकोच से पूछा।

''हाँ, समझ लो कोष खाली हो गया था,'' उसने जैसे अपने आप से कहा।

कार में आते समय वह उसके बायें हाथ में पड़े कंगन को जरा देर देखता रहा फिर उसे शरारत सूझी। उसने कंगन उसके बायें हाथ से निकालकर दाहिने हाथ में पहना दिया, जिससे उसने स्टियरिंग पकड़ा हुआ था। स्टियरिंग के घुमाने में बार-बार उसका कंगन उसके कोट की चौड़ी बाँह के अन्दर जाकर छुप

जाता। वह बार-बार कंगन को बाँह से बाहर निकालकर उसकी कलाई की ओर सरका देता। उसने भी उसके इस खेल में मजा लेते हुए अपने कन्धों को जरा आगे झुकाकर उसके दाहिने हाथ को अपनी दाहिनी कलाई तक पहुँचने का रास्ता दे दिया था। वह इससे पहले उसके इतने निकट कभी नहीं आयी थी।

''लोग देखें तो सही कि मोटरवाली के पास सोने का इतना मोटा कंगन भी है,'' उसने कहा, तो उसने खुद बाँह झटककर कंगन को सामने लाते हुए अपनी कलाई कार की खिड़की से बाहर हवा में लहरायी और बच्चों की तरह खिलखिलाकर हँसती रही।

खँडहर के बीच खड़े उन दोनों के बीच के सारे खेल खत्म हो चुके थे और जाड़ों के तीसरे पहर की उदास धूप की एक लकीर खिड़की के लिए बने चौखटे को पार करती हुई दीवार की टेक लगाकर उन दोनों के पास आ खड़ी हुई थी। मकान बनते समय वहाँ रहने वाले मजदूरों ने जिन तीन ईंटों के चूल्हे पर कभी खाना बनाया होगा, उसकी कालिख उसी दीवार पर थी जो सूरज की इस किरण में और भी स्पष्ट दीख रही थी।

''तुमने चिट्ठी में लिखा था कि तुम्हें मुझसे बहुत कुछ कहना है, अब कहो,'' उसने बोझिल हो गये वातावरण को सहज बनाते हुए कहा।

''तुम सुनना पसन्द करोगी?'' उसने कहा तो आवाज कहीं जैसे लरज गयी।

''ऐसा भी क्या?'' आँखें बड़ी-बड़ी करके जब वह यह वाक्य बोलती तो बहुत अच्छी लगती।

''उसी के लिए तो तुमसे मकान दिखाने के बहाने यहाँ आने की जिद की। वहाँ घर में इतने सारे लोग...,'' उसने अपनी झिझक एक झटके में तोड़ने की कोशिश करते हुए कहा।

''ओह, यहाँ तो मामला कुछ सीरियस दिखता है,'' उसने मजाकिया लहजे में कहा और हँस पड़ी।

''हाँ, मेरे लिए तो सीरियस ही है। तुम्हारे लिए अगर नहीं होगा तो मेरी बात तुम्हारे घर की उन दीवारों में जज्ब हो जाएगी या फिर आसमान में उड़कर हवा में खो जाएगी,'' उसने गम्भीरता से कहा।

''अच्छा डायलॉग बोलना बन्द करो और बात बताओ,'' उसने हँसते हुए कहा।

''मैं तुम्हें प्यार करता हूँ,'' उसने कहा और कंगन वाला उसका हाथ अपने हाथों में ले लिया।

एकाएक जैसे ऋतु परिवर्तन हो गया हो, या जैसे सँभलने का मौका दिये

बगैर किसी ने पीछे से औचक दबोच लिया हो। एक छोटा-सा वाक्य था जो सारी दिशाओं से लौट-लौटकर उसके कानों में बजने लगा। घटित क्षण की साक्षी के रूप में खड़ी दीवारें उसी एक वाक्य को दोहराती-सी लगने लगीं। उसकी हँसी थम गयी और चेहरे पर ताँबई-सा कुछ उतर आया।

"अब आये हो। इतने बरस जब मैं तपते रेगिस्तान में अकेली नंगे पाँव चल रही थी, तब कहाँ थे?" उसने कंगन वाला अपना हाथ उसके हाथों में ही रहने दिया।

"क्यों, इस आने को आना नहीं मानोगी?"

"अब क्या?"

"क्यों?" उसने उसकी अँगुली में पड़ी अँगूठी को घुमाते हुए पूछा।

"समय बीत गया," उसने अपना सिर उसके सामने झुकाते हुए कहा।

"प्रेम करने का समय तो हमेशा आगे खड़ा प्रतीक्षा करता है," उसका वाक्य अधूरा छूट गया।

बाहर सड़क पर क्रिकेट शुरू हो गया था। बैट से चोट खायी गेंद आकर चारदीवारी के अन्दर गिरी और एक-दो टप्पे खाने के बाद झाड़ियों में गुम हो गयी। गेंद के गिरने की आवाज उन दोनों ने भी सुनी। अभी गेंद उठाने कोई बच्चा आएगा, सोचकर दोनों अलग हटकर खड़े हो गये। एक बच्चा आया और गेंद खोजकर निकाल ले गया।

बच्चे के जाते ही उसने उसे बाँहों में जकड़ लिया। उसके कोट में नैफ्थिलीन की हल्की-सी गन्ध थी। उसका ऊष्म स्पर्श उसे भला लगा। उसने अपनी एक हथेली पर उसका चेहरा उठाया। उसकी मुँदी हुई पलकें प्रतीक्षा करती-सी जान पड़ीं। उसने अपने होठ, उसके होठों पर रखे और एक क्षण जैसे स्वीकृति के स्पन्दन की प्रतीक्षा-सी की...

'ये किस ऋतु में आये तुम मेरे आँगन!' उसने सोचते हुए न तो अपना चेहरा हटाया और न प्रत्युत्तर में उसे चूमा।

उसने कुछ क्षण उसे ऐसे ही बाँधे रखा।

"हम दोनों दोस्त ही बने रहें तो कितना अच्छा हो।" उसने पलकें खोलीं और उसके चेहरे की ओर एक लाचारी के साथ देखा।

"दोस्ती? मतलब बन्धनविहीन प्रेम?" उसने उसे अपनी जकड़न से कुछ-कुछ मुक्त-सा करते हुए पूछा।

"शायद!" लेकिन अब उसने मुक्त नहीं होना चाहा और तेजी से उसे अपने निकट ले लिया। उसने अपना चेहरा उसके चेहरे के सामने कर दिया— आह्वान करते होठों के साथ।...

हल्की लिपस्टिक की नामालूम-सी मीठी गन्ध उसके होठों से उतरकर उसके होठों पर आ बैठी। एक हल्का-सा कम्पन उसके सीने में उभरा और उसके सीने में समा गया। उन दोनों के संवाद की अचानक बदल गयी भाषा का अनुवाद-सा करता हुआ तोतों का एक झुण्ड तेज उड़ान भरता हुआ कमरे के ऊपर से निकल गया।

''मैंने तुमको हमेशा याद रखा,'' उसने उसके कानों के पास फुसफुसाकर कहा, ''शायद इसी दिन के लिए।''

''मैं भी तुम्हें कभी भूला नहीं,'' उसने कहा।

''तो फिर अब तक कहाँ थे?'' उसने अपनी उनींदी आँखों पर से पलकें उठायीं तो एक लहराता हुआ सागर-सा सामने दिखा। प्रेम में पड़ जाने की सुखद पीड़ा उसके पूरे चेहरे पर लिखी हुई थी।

''इनकी आँखें देखे कोई जरा,'' उसने दुलार-सा करते हुए कहा और उसकी पलकों को छुआ।

बाहर लॉन में गेंद फिर आ गिरी थी। वो दोनों एक-दूसरे की ओर देखकर हँस पड़े और अलग हटकर खड़े हो गये।

''ये बैरन गेंद!'' उसने माथे पर हथेली मारते हुए हँसकर कहा और मकान के किसी दूसरे वैसे ही अधबने हिस्से में अन्दर चली गयी। वह खड़ा-खड़ा दीवार के ऊपर आकर बोलने लगी गौरैया को देखने लगा।

एक बच्चा गेंद उठाकर ले गया।

''आओ इसी धूल-मिट्टी पर बैठते हैं,'' वह भीतर से सीमेण्ट की दो खाली बोरियाँ लेकर लौटी, उन्हें बिछाते हुए उसने कहा। बोरियाँ जगह-जगह से फटी हुई थीं और कुछ कड़ी पड़ गयी थीं। वे दोनों बोरियों को जोड़कर आमने-सामने बैठ गये। उसने एक पैर को सीधा किया और पैण्ट की जेब से सिगरेट का पैकेट और लाइटर निकाला।

''ओह, धुआँ-धक्कड़। आज से पहले तो कभी नहीं देखा तुम्हें सिगरेट पीते,'' उसने सिगरेट के पैकेट को उठाकर देखते हुए कहा।

''तुम्हें नहीं पसन्द है? तो नहीं पीता। वैसे आज से पहले हम लोग इस तरह अकेले कभी मिले भी तो नहीं,'' कहते हुए उसने सिगरेट का पैकेट और लाइटर वापस जेब में डालने के लिए अपना पैर सीधा किया।

''नहीं-नहीं, इतने फर्माबरदार मत बनो और न मुझे वैसा बनाओ।'' उसने पैकेट से एक सिगरेट निकालकर उसकी ओर बढ़ायी।

उसने सिगरेट सुलगा ली।

होठों के गीले होने और सिगरेट के जलकर गर्म होने के कारण फिल्टर

उसके होठों से चिपक गया, जिसे होठों से अलग करने के लिए उसे सिगरेट को थोड़ा खींचना पड़ा। दर्द की हल्की-सी लकीर उसके चेहरे पर उभरी।

''अच्छा हुआ, बहुत अच्छा हुआ। भगवान ने ये होठ इनको सिगरेट पीने के लिए दिये हैं,'' उसने वाक्य के पीछे छिपे अर्थ से अपने आप को बचाये रखने के लिए कहीं और देखते हुए कहा।

उसने उसे अपने पास खींचकर होठों को चूम लिया।

''भलाई का तो जमाना ही नहीं, जिसे मिठास दो वही मुँह में कड़वाहट भर देता है,'' उसने अपने होठ पोंछते हुए बनावटी रोष के साथ कहा।

''कभी सोचा था तुमने कि किसी दिन हम-तुम यूँ एक साथ होंगे?'' उसकी आँखों में निश्चित रूप से कुछ घटित हो चुकने का सुख फैला हुआ था।

''नहीं, ऐसा तो नहीं सोचा था लेकिन हमेशा याद रहता था कि तुम हो और यह 'तुम्हारा होना' भले ही मुझसे एक हजार किलोमीटर की दूरी पर था लेकिन वह था, और उसका होना मेरे लिए एक बड़ी आश्वस्ति थी,'' उसने कहा।

''तुमने शादी नहीं की?'' उसने अचानक पूछ लिया।

''दरअसल, सिर्फ शादी कर लेने भर के लिए शादी कर लेने में मुझे कोई तत्त्व नजर नहीं आया...और फिर तुम जैसी कोई मिली ही नहीं,'' उसने कहा।

''अब रहने भी दो,'' उसने तमककर कंगन वाला हाथ नचाते हुए कहा, हालाँकि चेहरे पर छा गयी लालिमा ने उसकी तमक का जरा भी साथ नहीं दिया।

''नहीं, सच,'' उसने उसके हाथों को छूते हुए यकीन दिलाया।

''अरे हाँ, एक रात मैंने सपना देखा कि मेरी शादी हो गयी,'' उसने उतावली के साथ कहा जैसे वह यह बात कब से बताना चाह रही थी।

''ओ, वेरी गुड!'' उसने हँसते हुए कहा।

''सुनो तो, फिर मैंने देखा कि मैं अपने पति के साथ कहीं गयी हूँ। कोई नदी है जिसमें हम दोनों तैर रहे हैं। फिर पता नहीं कहाँ से तुम भी आ जाते हो और मेरे पति के साथ तैरने लगते हो। एकाएक देखती हूँ कि तुम और मेरे पति एक तेज धार में फँस जाते हैं। मैं तेजी से तुम दोनों के पास पहुँचने की कोशिश करती हूँ। मैं जब भी सोचती हूँ कि अब मैं तुम दोनों के पास पहुँच जाऊँगी, तुम दोनों उस तेज धार को अपने हाथों में उठाकर मुझसे और दूर हो जाते हो। बड़ी मुश्किल से मैं तुम दोनों के पास पहुँच पाती हूँ, तभी कोई है जो मुझसे कहता है कि तुम इन दोनों में से किसी एक को ही बचा सकती हो। पता नहीं कैसे मेरा मन करने लगता है कि मैं तुम्हें बचा लूँ...लेकिन फिर मैं सोचने

लगती हूँ कि अगर तुम्हें बचाती हूँ तो सब लोग पूछेंगे कि ये तुम्हारे कौन हैं जिनको तुमने अपने पति को डूब जाने देकर बचाया है? फिर मैं तुम्हारी ओर देखती हूँ। तुम डूब रहे थे, लेकिन तुम्हारे चेहरे की तरफ देखते ही मैं जान गयी कि तुम मरते-मरते भी जान गये हो कि बचाना मैं तुम्हीं को चाहती हूँ लेकिन...तुम मेरी मजबूरी समझ लोगे अपने इसी विश्वास के सहारे मैंने तुम्हें डूब जाने दिया," उसने कहा और पछतावे और अपराध-बोध का धुँधला-सा पीलापन उसके चेहरे पर पुत गया।

उसने उसके कंगन वाले हाथ पर अपना सान्त्वना-सा देता हाथ रख दिया।

"अच्छा, कहाँ से आता होगा यह भरोसा, ऐसा विश्वास भले ही वह सपने में ही क्यों न हो।" उसे इस समय उसका इस तरह हाथ पर हाथ रखना कहीं जैसे हल्का कर गया।

"यह विश्वास कहीं से लाया नहीं जाता। वह या तो होता है या फिर नहीं होता है—भले ही वह सपने में ही क्यों न हो।" उसने उसके हाथ को जरा-सा दबाया।

"एक बात बताओ, तुम्हारा मुझसे बीस-पच्चीस साल पुराना परिचय, तुम इतने बरस तक यह बात कहे बगैर रह कैसे सके?" उसने बीत गये समय की आग पर से राख हटाने के लिए हल्की-सी फूँक मारी।

"एक दिन कहने जा रहा था, लेकिन तभी तुमने किसी सन्दर्भ में कहा कि लड़कों से हेल्दी फ्रेण्डशिप की उम्मीद ही नहीं की जा सकती। मुझे आज तक यह याद है, तुमने कहा था कि उन्हें तो किसी भी लड़की से जरा भी निकट होते ही प्रेम-रोग जकड़ लेता है, और मैंने अपनी बात मुँह में ही रोक ली, क्योंकि तुम मेरे लिए 'कोई भी' लड़की नहीं थीं और मैं अपने आपको 'प्रेम रोग में जकड़ा' हुआ लड़का नहीं मानता था। फिर मुझे कहीं ऐसा लगा कि कहीं तुमने मेरे किसी भाव को भाँपकर मुझे सुनाने के लिए ही ऐसा न कहा हो, और मैंने मुँह की बात मुँह में ही रोक ली। फिर उतनी दूर दूसरे स्टेट में पोस्टिंग हो गयी," उसने अपने उसी पुराने संकोच को जैसे जीते हुए कहा।

"फिर आज कैसे कहा?"

"मैं तुमसे इस बार भी बिना कुछ कहे लौट जाता अपने शहर, लेकिन परसों जब मैं तुम्हारे घर से वापस आ रहा था और तुम दरवाजे तक मुझे छोड़ने आयी थीं तब मैंने तुम्हारी आँखों में अपने लिए कुछ देखा था।"

"ओ हो हो, आये बड़े कहीं के मेरी आँखों में अपने लिए कुछ देखने वाले," उसने उसे चिढ़ाते हुए कहा।

"एक बात और थी, जिसकी वजह से मैं कुछ कहने से अपने आपको

रोकता रहा। मैं सोचता था कि—'' वह कुछ कहते-कहते रुक गया।

''क्या? क्या सोचते थे? बोलो न,'' उसका इस तरह रुक जाना उसे एकदम बेचैन कर गया।

''मैं सोचता था कि मैं तो इतनी दूर रहता हूँ, कितने-कितने दिनों बाद आ पाता हूँ, फिर तुमसे कभी कुछ कहा भी नहीं...क्या अब तक तुम्हारे जीवन में कोई आ नहीं गया होगा,'' उसने कुछ अटकते हुए कहा।

''अब क्या लगता है?'' उसने अपना कंगन कलाई में घुमाते हुए पूछा।

''लगता है कोई नहीं आया।'' उसने उसकी अँगुलियों को अपनी अँगुलियों में जकड़ लिया।

''नहीं, आया था एक।'' उसने अपनी पलकें झुकायीं नहीं। कमरे में व्याप्त सन्नाटा गहरा हो आया।

''अच्छा?'' उसने उसकी अँगुलियों को छोड़ा नहीं।

''वो मेरे जीवन में आ गया था। किसी के जीवन में आ जाने का मतलब जानते हो? कोई जीवन में आता है तो साँस बन जाता है, सीने की धड़कन बनकर धड़कता है जिसके बिना हम एक क्षण भी जी सकने की कल्पना तक नहीं कर सकते।'' कहते-कहते उसकी आँखें उसके आरपार कहीं देखने लगीं।

''कौन था वह?''

''हम दोनों ने एम.ए. एक साथ किया था। मैं बैंक में प्रोबेशनरी अफसर बन गयी और वो पी.सी.एस. में आ गया। उसके पी.सी.एस. बनते ही उसके लिए रिश्ते आने शुरू हो गये। मुझे माँ-बाप को राजी करने के लिए थोड़ा समय चाहिए था। मेरी पहली कोशिश यही थी कि हमारी शादी उनकी सहमति से हो, उनका समझाना था कि प्रेम जाति देखकर नहीं होता,'' उसने कहना जारी रखा।

''फिर?''

''हम लोग रोज मिलते, भविष्य की योजनाएँ बनाते, अपनी-अपनी तनख्वाहों के रुपये एक में मिला देते और घर के खर्चों की मद में अलग-अलग समयों की ढेरियाँ लगाकर घर-घर का खेल खेलते। अपने बेटे के रोज नये-नये नाम चुनते और उसके लिए अच्छे-अच्छे स्कूल चुनते। हम दोनों एक-दूसरे के साथ को लेकर दिन-ब-दिन आश्वस्त होते जाते कि हमारा जीवन सुखों से भरा हुआ होगा। हर प्रेम करने वाले को अपने प्रेम का अनुभव ही सबसे निराला लगता है, मुझे भी लगता था कि ऐसा प्रेम दुनिया में शायद ही किसी ने किया हो...वह मेरे जीवन का पहला अनुभव था जब मैं जान रही थी कि किसी का साथ मिलने से जीवन की छोटी-से-छोटी चीजें भी कितनी अर्थवान हो उठती हैं। जीवन के हर क्षण में उल्लास भर जाने वाला वह समय मेरे पास पहली बार

आया था और मैं उसकी आवभगत करने में जुटी रहती। जीवन का एक बड़ा रहस्य मेरे सामने खुल रहा था कि बड़े सुख छोटे-छोटे क्षणों और छोटी-छोटी बातों में छिपे होते हैं। उसका साथ किसी अच्छी किताब पढ़ने जैसा था। वो बहुत कुछ जानता था। उसके सामने मुझे अपना कम जानना या छोटा होना बहुत अच्छा लगता था। उन दिनों ये गाना खूब चला हुआ था—

प्रतिबिम्ब मेरी आशाओं का तुम सन्तोष हो मेरा।
आलिंगन सुन्दर सपनों का खुशियों का कोष हो मेरा।

वो मेरी खुशियों का कोष था जो हमेशा भरा रहता था, उसके रीत जाने की मैं कभी कल्पना भी नहीं कर सकती थी।''

''घरवालों की इस बारे में क्या प्रतिक्रिया थी? वो जानते थे कि तुम क्या चाहती हो?''

''मैं जानती थी कि इस शादी से घर में तूफान उठ खड़ा होगा। मैं उस तूफान का सामना करने की तैयारी करने लगी। मैंने यह जमीन खरीदी। तय हुआ, यों तय क्या हुआ—एक दिन मजाक-मजाक में ही बात हुई कि घर की नींव और दीवारें उठाने का काम मैं करवाऊँगी और छतें वो डलवाएगा। छत के नीचे ही तो घर होता है। ईंट-गारे की चिनाई को पक्की छत डालकर घर बनाने का काम उसने अपने ऊपर लिया था...यह हमारा घर होने वाला था। हम शादी के बाद इसी घर में रहने वाले थे। मेरे पापा और मेरी माँ मुझे अपने घर से विदा करते उससे पहले ही मैंने उनके घर से एक तरह से विदा ले ली, चुपचाप, बगैर उनको बताये। दीवारें खड़ी करने तक का अपने हिस्से का काम मैंने पूरा कर लिया था। तभी एक दिन उसने मुझसे कहा कि, मैं अपने माता-पिता को शादी के लिए जल्दी राजी करूँ नहीं तो वो अपने आपको अपने घरवालों की मर्जी के हवाले कर देगा। मेरे पापा को कुछ ही दिन पहले दिल का दौरा पड़ा था, मैं उन्हें उनकी हालत सामान्य होने तक किसी सदमे में नहीं डालना चाहती थी।'' उसके चेहरे पर पिछली घटनाओं को याद करते हुए एक तनाव-सा आ गया, जिससे उसने जल्दी ही मुक्ति पा ली।

''फिर?''

''उसके लिए अपने माँ-बाप की मर्जी का महत्त्व था तो मुझे भी अपने पापा की चिन्ता करने का अधिकार था। उसकी इस धमकी-भरी भाषा से मुझे आघात लगा। मैं सोचने लगी क्या यह वही आदमी है जो कहा करता था कि मेरे किसी भी फैसले पर जिन्दगी में बस एक तुम्हारा वीटो ही काम करेगा। जब वो रोज मुझे याद दिलाने लगा तो एक दिन मैंने जरा चिढ़कर उससे कहा कि

मैं एक लड़की होकर अपने घर में मोर्चा लेने को तैयार हूँ और तुम पुरुष होकर कुछ दिन इन्तजार नहीं कर सकते? क्या शादी कर लेना ही सब कुछ है? मैंने उससे कहा कि प्रतीक्षा और दूरी के ये दिन प्रेम की आँच के दिन हैं, इसे हम दोनों सह लेंगे तो बाद में मिलने वाली ठण्डक और भी सुख देगी। मैंने उसे समझाया, बहुत मनाया लेकिन जब वो अपनी ही बात फिर-फिर दोहराने लगा तो मैंने कह दिया कि ऐसा ही है तो तुम जो ठीक समझो करो। एक मानिनी की तरह कहने को तो मैंने कह दिया था, लेकिन मुझे उस पर बहुत भरोसा था, मुझे लगता था कि मैं भी उसके जीवन में वैसे ही आ गयी हूँ जैसे वह मेरे जीवन में आ गया है और वो कुछ भी करके मेरा मान रखेगा।...

''फिर वह मुझसे एक हफ्ते नहीं मिला। मुझे लगा कि मेरी उस दिन की बात से नाराज हो गया होगा। यों उसकी इस तरह की नाराजगियों को दूर करने के लिए उसे मनाना मुझे खूब आता था। इस बार मैं थोड़ा निश्चिन्त-सी थी लेकिन उससे मिले बिना मेरा दिन ही जैसे अधूरा-सा रह जाता था। जिसे एक लम्हे भी अलग रहना भारी मन कर देता था। वह मुझसे मिलने एक हफ्ते बाद आया। उसको देखकर अचानक मन में आया कि इससे तो वह फिर कभी मिलने न आता। वह पता नहीं मेरे किस गुनाह की सजा सुनाने आया था उस दिन। अलग से केवल नयी ब्याहताएँ ही नहीं पहचानी जातीं, नये ब्याहे लड़के भी अलग से निगाह में आ जाते हैं। उसका सूट एकदम नया था। उसी के साथ की मैच करती टाई। कोट की बाँह जरा-सी ऊपर सरकी तो कमीज के कफ पर सोने के कफलिंक्स, कमीज की बाँह ऊपर उठी तो चमचमाती नयी घड़ी, अँगुलियों में दमकती अँगूठियाँ, टेरीकॉट की सफेद कमीज के नीचे से अपने होने का एहसास कराती सोने की जंजीर, जूते एकदम नये चमचमाते हुए...मेरे मुँह से रोकते-रोकते भी अचानक निकल गया, ऐसे बने-ठने चले आ रहे हो जैसे ब्याह करके आ रहे हो। जैसे अच्छे-भले चल रहे मजाक छेड़छाड़ के बीच अचानक कोई जोर से तमाचा मार दे, उसने कहा, ''हाँ।'' वो उसका 'हाँ' मेरे शरीर में करण्ट-सा दौड़ गया। वैसे वह हाँ, एक मजाक भी हो सकता था, लेकिन उस विषय में मुझे कोई मजाक भी पसन्द नहीं था। मैंने अविश्वास से लगभग चीखकर कहा, 'प्लीज, मजाक मत करो।' लेकिन उसने तत्काल ईश्वर की सौगन्ध खाकर दोहरा दिया कि उसकी शादी हो गयी है। मेरा मन रखने के लिए उससे एक बार झूठ भी नहीं बोला गया। फिर मैंने अचानक सोचा कि शादी कोई एक-दो दिन में तो हो नहीं जाती, इसका मतलब तो यह हुआ कि उधर सारी बातें तय हो रही थीं और इधर मुझसे मेरे घर वालों को तैयार करने को कहा जा रहा था। मैं जान गयी कि मैं ठगी गयी हूँ। उसकी आँखें शायद अब इस बात

को लेकर आँसू बहाना छोड़ चुकी थीं लेकिन एक पनियल-सी लकीर साफ दीख रही थी।

''मुझे जब कोई गहरा आघात लगता है तो सबसे पहले मेरे पैर बेदम हो जाते हैं। लगता है जैसे मेरे शरीर की पूरी शक्ति किसी ने निचोड़ ली हो और ऐसे में मैं खड़ी नहीं रह पाती। उस दिन भी ऐसा ही हुआ। मैं उसी जगह गिर पड़ी।'' उसने बताया और अनजाने ही उसका एक हाथ अपनी एक पिण्डली पर चला गया।

''मैं अपनी माँ को मना नहीं कर सका, लेकिन तुम घबराओ नहीं, शादी से कुछ नहीं होता। हम-तुम ऐसे ही दोस्त बने रहेंगे, इसी तरह मिलते-जुलते रहेंगे।'' उसने मेरे गिर पड़ने पर सहानुभूति प्रकट करते हुए एक बिजबिजाता-सा प्रस्ताव रखा, जिसका मैंने कोई जवाब नहीं दिया। वह मुझे हमेशा की तरह अपनी मोटरसाइकिल पर घर पहुँचाना चाहता था, लेकिन मैंने उससे कह दिया कि वह वहाँ से चला जाए क्योंकि अब मुझे उसके साये का भी सहारा नहीं चाहिए। फिर एक-डेढ़ साल तो वह अपनी नयी बीवी में खोया रहा, जैसा कि आमतौर पर लड़कों के साथ होता ही है, फिर जब बीवी का नशा उतरा तो उसे मेरी याद आयी। वह घर आया। मैंने छोटी बहिन से उसे दरवाजे से ही लौट जाने को कहला दिया और यह भी कि वह फिर कभी यहाँ न आए।'' उसने कहा और अपने दोनों हाथों की अँगुलियाँ एक-दूसरे में फँसाकर चट्-चट् की आवाज के साथ चिटकायीं जैसे इस पुराने प्रकरण से खुद को मुक्त करते हुए वह इत्मीनान महसूस कर रही हो।

''एक साल बाद वह फिर आया था। उस बार संयोग से दरवाजा मैंने ही खोला। मुझे सामने खड़ा पाया तो देखते ही रो पड़ा। एक बार कभी मैंने कहा था कि मैं दुनिया हार सकती हूँ पर तुम्हारी आँखों में आँसू नहीं देख सकती। नहीं जानती कि उसे मेरी यह बात याद थी या नहीं, लेकिन मुझे याद थी। उसे रोता देख मैं सचमुच हारने लगी। अपना स्वाभिमान, अपना दुःख और परास्त कर दी गयी अपनी औरत को मैंने ठेलकर एक किनारे कर ही दिया था कि उसने हिचकियों के बीच बताया कि 'बेटा पैदा हुआ था, मर गया।' मेरे मुँह से कसैला-सा कुछ निकला, 'उसके साथ आप भी मर जाते तो अच्छा होता।' और मैंने दरवाजा उसके मुँह पर बन्द कर दिया।'' उसने बताते-बताते अपना चेहरा उसके घुटनों में छिपा लिया।

''उसने सोचा होगा कि बेटे के मरने की खबर सुनकर मुझे उससे हमदर्दी हो जाएगी और दया करके मैं उसके लिए फिर पहले जैसी हो जाऊँगी, मगर मैं क्या करती? मैं अपने दिल-दिमाग से यह बात कभी निकाल ही नहीं सकी

कि मैं छली गयी हूँ। अगर अपनी शादी के बारे में वह मुझे विश्वास में लेता तो मैं उसकी मजबूरी स्वीकार कर लेती और अपने आपको उसके बिना जीने के लिए तैयार कर लेती। आखिर कोई मर जाता है तो लोग उस आदमी के बिना भी जीवित रहते ही हैं लेकिन उसने मेरे प्रेम, समर्पण और अपनेपन को बेदर्दी से कुचलकर मुझे बुरी तरह अपमानित कर डाला था। उसने मुझे असावधान क्षणों में किसी शिकारी की तरह छुपकर मारा था। लेकिन विश्वास करो, इतना कुछ हो चुकने के बाद भी अगर उस दिन वह दरवाजे पर खड़ा रोता ही रहता तो मैं तो सचमुच ही दुनिया हार ही रही थी, क्योंकि औरत के भीतर से प्रेम का सोता भले ही सूखा हुआ दीख पड़ता हो, लेकिन दरअसल वह कभी सूख नहीं पाता और फिर वो तो मेरे जीवन में शामिल था और इतने दिनों में मैं जान गयी थी कि उसके बिना मेरा जीवन अर्थहीन हो चुका है। कोई बड़ी बात नहीं थी कि मैं उसे खींचकर अपने सीने से लगा लेती और उसके बहते आँसुओं को अपने होठों में सोख लेती, लेकिन तभी वह मेरे और अपने बीच अपने बेटे की लाश ले आया था। वह उसके पैदा किये बेटे का मरना नहीं था, मेरे कितने ही अजन्मे बेटों और उनके लिए साथ-साथ देखे गये सपनों की मौत थी वह। उसने मुझे एक बार फिर लहूलुहान कर दिया था। वह मेरा प्रेम अपने बेटे की लाश दिखाकर पाना चाह रहा था। वह मुझे कुछ-कुछ उन मंगतों जैसा लगा जो गाय की कटी हुई पूँछ दिखाते मोहल्ले-मोहल्ले घूमते हैं और गो-हत्या के पाप के प्रायश्चित के लिए पूजा करने के बहाने लोगों की सहानुभूति जगाकर धन एकत्र करते हैं,'' उसने अपना सिर उसकी गोदी में डाले-डाले कहा।

''वह रो रहा था—मेरे लिए नहीं अपने बेटे के लिए। मेरी आँखों के सामने वह तकलीफदेह दिन फिर घूम गया, जब यह जानने के बाद कि उसने शादी कर ली है, मैं किस मुश्किल से घर लौटी थी। लगता था कि इस भरे-पूरे संसार में मेरे लिए कुछ भी शेष नहीं रहा। मैं एकदम अकेली रह गयी थी। हर औरत के भीतर पुरुष को बाँध लेने का आत्मविश्वास होता है और यही आत्मविश्वास उसकी पूँजी और उसके औरत होने की पहचान होता है। उस दिन मुझे लगा कि मैं कंगाल हो गयी हूँ, अपनी पहचान खो चुकी हूँ, अपने जिस प्रेम को मैं अजेय समझकर इतराया करती थी उसे बहुत आसानी से परास्त कर दिया गया है...मैं उसके शादी कर लेने के दुःख से कम, अपनी पराजय से ज्यादा आहत थी। मैं मर जाना चाहती थी। घर आकर मैंने ब्लेड से अपनी कलाई की दोनों नसें कच्च-कच्च काट दीं। लेकिन नहीं जानती थी कि कितनी गहराई तक और कहाँ काटना चाहिए इसलिए...'' नसों को काटने की पूरी निर्ममता उसके चेहरे पर फैल गयी। 'कच्च-कच्च' बोलते समय उसके भिंचे हुए दाँतों ने उसके

चेहरे को विरूपित कर दिया, दाहिने हाथ के अँगूठे और तर्जनी में पकड़ा काल्पनिक ब्लेड उतनी ही बेदर्दी से दो बार चला। उसका चेहरा एकदम अपरिचित हो उठा जैसे विश्वास करने और प्रेम करने के लिए अपने आपको सजा देते समय वह, वह न रही हो कोई और हो गयी हो। उसने अपने कोट की बाँहें चढ़ाते हुए अपनी दोनों कलाइयाँ उसके सामने कर दीं।

दोनों कलाइयों पर नाड़ी वाली जगह के पास कटे के निशान मौजूद थे, जिन पर उभरे हुए 'क्लीनॉयड' बन चुके थे। उसने, उसके दोनों हाथ अपने हाथों में जकड़ लिये। वह अविश्वास से भरा, चुपचाप उन निशानों को देखता रहा, जिसमें से एक को घड़ी के स्ट्रेप ने आधा ढँक रखा था लेकिन दूसरा साफ दिखाई दे रहा था। उन निशानों को देखते हुए उसके चेहरे पर विषाद की गहरी बदली-सी छा गयी।

''बस, बहुत सह लिया तुमने,'' उसने रुँधे गले से कहा और कलाइयों पर उभरे निशानों को चूम लिया।

''ये निशान मेरी कलाइयों पर जिन्दगी-भर रहेंगे।'' उसके चेहरे पर से, कुछ क्षण पहले तक दिखती तरलता एकाएक गायब हो गयी और उसकी जगह निःसंगता आकर जम गयी।

''देखना, बहुत जल्दी तुम भूल जाओगी कि तुम्हारी कलाइयों पर कोई निशान भी हैं।''

''मेरा बीता हुआ कल किसी और पुरुष से गहराई से जुड़ा हुआ था।''

''वह जुड़ना ही क्या हुआ जिसकी जड़ें गहराई तक न पहुँच सकें?''

''यहाँ तक कि मैं उसके बिना जीना तक नहीं चाहती थी।''

''किसी की ईमानदारी का इससे बड़ा सबूत और क्या होगा?''

''मैं जीवन में ऐसी एक भी चीज की कल्पना नहीं कर सकती जिसमें वह शामिल न हो।''

''बदकिस्मत था, जो भी था वह। उसे नहीं मालूम कि उसने क्या खो दिया।''

''मेरा यह मन जिस पर तुम मुग्ध हो गये हो, इसमें कभी उससे टूटकर प्रेम करने का पागलपन रहा करता था।''

''मुझे तरस आता है उस पर, जो अपने भोथरेपन की वजह से तुम्हारे उस मन तक पहुँच नहीं सका।''

''मैं उसे प्रेम करती थी और प्रेम की अभिव्यक्ति देह से भी होती है।''

''मैं जानता हूँ कि प्रेम हवा में नहीं होता।''

''वह मेरे जीवन में आ गया था, अकसर मैं उसके बारे में इतनी बातें

करती थी कि लोग ऊब जाते थे।''

''मैं अपने बारे में जानता हूँ कि मैं एक अच्छा श्रोता हूँ।'' उसने कहते हुए उसकी कलाइयों को मजबूती से पकड़कर उठाया और कोट पर लग गयी धूल को झाड़ने के लिए उसे कन्धे से पकड़कर घुमा दिया।

''अब चलें?'' उसने किसी अच्छी बच्ची की तरह कोट साफ कराने के बाद उसकी ओर ममत्व से देखा। उसके चेहरे पर सिन्दूरी आभा उतरी हुई थी, आँखों में रात्रि जागरण का-सा नशा था और पूरे व्यक्तित्व में एक पूर्णता-सी दीख पड़ने लगी थी जैसे सात फेरे लेने के बाद शर्माकर कनखियों से देखती कोई नव वधू!

दीवार के सहारे रखा बैग उठाकर उसने उसे दिया और ऊपर देखा। उसे अब आसमान दिखाई देना बन्द हो चुका था।

# कुछ मत कहना पीताम्बर साव!

''चाहो तो बाजार भाव मालूम कर लो, वैसे दाम तो जमीन के ही होते हैं,'' धुरन्धर मिसिर ने कहा तो ओंकारनाथ को लगा जैसे इत्मीनान से बैठने के लिए शरीर को शिथिल करके नीचे छोड़ते ही किसी ने पीछे से कुर्सी हटा ली हो।

पिछले दस मिनट से मित्र की कुशल-क्षेम जानने की आतुरता, मित्र की ब्याहने को शेष रह गयी एक बिटिया के लिए प्रकट की जा रही चिन्ता और मित्र की पत्नी की आर्थराइटिस के इलाज के लिए किसी अत्यन्त योग्य वैद्यराज को खोज निकालने से मिली आश्वस्ति की घनी झाड़ियों के पीछे से एकाएक जैसे कानों को सुन्न कर देने वाला एक तेज धमाका हुआ था।

''बाजार भाव ?...जमीन के दाम ?...मतलब ?'' ओंकारनाथ तड़प उठे।

''मतलब ये चच्चू कि इस मकान पर हमारा दिल आ गया है। दाम के मामले में तुम्हें कोई शिकायत नहीं होगी।'' नाटक में अपना संवाद आने पर जैसे कोई अभिनेता मंच पर बोलते हुए प्रवेश करता है, धुरन्धर मिसिर का बेटा छोटू एक हाथ की उँगलियों में अपने जूते लटकाये कमरे में आया और पिता के पास बैठकर, पहनने से पहले सोफे की रैक्सीन पर पटक-पटककर मोजों की धूल निकालने लगा।

जैसे घर-आँगन का दुलार-भरा 'म्याँ' सड़कों पर उतरने के बाद 'मियाँ' में बदल जाता है, ओंकारनाथ को हमेशा के चाचाजी की जगह इस समय दिया गया चच्चू का सम्बोधन मजाक उड़ाने की धारधार बर्छियों जैसा लगा। मोजों से निकली मरे चूहे जैसी दुर्गन्ध आसपास फैल गयी।

''लेकिन भैया, छह महीने बाद मैं रिटायर हो जाऊँगा, मैं रहूँगा कहाँ?'' हमेशा चरणस्पर्श करने वाले छोटे की 'चच्चू' और 'तुम-तुम' से तिलमिला उठे ओंकारनाथ ने लगभग घिघियाते हुए छोटू से ही कहा, जो जूते के तस्मे बाँधने के लिए नीचे झुका हुआ था और झुकने की वजह से कमीज की ऊपरी जेब में रखा सिगरेट का पैकेट बाहर गिरने-गिरने को हो रहा था।

''इट्स योर प्राब्लम, आई काण्ट हेल्प इट,'' छोटू ने तस्मे बाँधने के बाद

ताली-सी बजाते हुए अँगुलियाँ साफ़ कीं और कन्धे उचकाकर कहा।

''ये कोई बात नहीं हुई। तुम लोग दस साल से मेरे मकान में रह रहे हो, मैंने कोई किराया तक नहीं माँगा तुम लोगों से और अब जब मुझे जरूरत है तो ये जबरदस्ती...'' ओंकारनाथ ने छोटू को डपटते हुए कहा।

''नहीं मिस्टर ओंकारनाथ त्रिवेदी! इसको जबरदस्ती नहीं, गुण्डागर्दी कहते हैं। इसे सिर्फ चोरी नहीं, सीनाजोरी कहते हैं,'' छोटू ने ओंकारनाथ की आँखों में सीधे अपनी आँखें डालते हुए कहा।

''लेकिन...'' ओंकारनाथ ने फिर कुछ कहना चाहा।

''मिस्टर ओंकारनाथ त्रिवेदी! तुम्हारी रामायण सुनने का मेरे पास वक्त नहीं है। मेरे तमाम एप्वाइण्टमेण्ट्स लगे हुए हैं, मुझे तुरन्त निकलना है। पैसे के बारे में तुम्हें जो बात करनी हो, बाबू से कर लेना।'' किसी निजी बीमा कम्पनी में घर-घर जाकर रुपये इकट्ठा करने वाले एजेण्ट के तौर पर काम कर रहे छोटू ने कोई बात कहने से पहले हर बार सामने वाले का पूरा नाम बोलने की शैली अमिताभ बच्चन की फिल्मों से सीखी थी। उसने खासतौर पर गरदन घुमाकर दीवार पर टँगी घड़ी की ओर देखा और व्यस्त भाव से कमरे से निकल गया।

''तुम मेरे साथ ऐसा कैसे कर सकते हो?'' ओंकारनाथ धुरन्धर मिसिर को अपने पुराने सम्बन्धों का वास्ता देते हुए उनकी ओर फिर मुखातिब हुए।

''अब मैं क्या करूँगा ओंकारनाथ! अब तो लड़कों का ही राज है,'' धुरन्धर मिसिर ने पीछा छुड़ाने के-से अन्दाज में कहा और गुनगुनाने की कोशिश करने लगे।

''तुम तो मेरे एकमात्र घनिष्ठ मित्र थे, चालीस बरस पुराना साथ, तुमने भी...'' ओंकारनाथ तुमने भी से आगे नहीं बोल पाये। क्लास में वर्षों से 'जूलियस सीजर' पढ़ाते हुए, 'ब्रूट्स यू टू?' के पीछे छिपे जिस दर्द को वह जीवन-भर नहीं जान सके थे, वह जैसे अचानक उनके सामने मूर्त रूप में आ खड़ा हुआ था।

धुरन्धर मिसिर ने अपने चेहरे के सामने अखबार फैला लिया।

''मैंने इस मकान को बनवाने के लिए कितनी तकलीफें सही हैं, तुम तो जानते हो धुरन्धर!'' ओंकारनाथ को उम्मीद की कोई अदृश्य डोर अब भी दीख पड़ रही थी, जिसके सहारे वह धुरन्धर मिसिर के दिल में उतरकर कोई उलट-फेर कर ले जाने की कोशिश छोड़ नहीं पा रहे थे।

''ये तो बड़ी पुरानी कहावत है कि बेवकूफ मकान बनाते हैं और अक्लमन्द उसमें रहते हैं, तुमने नहीं सुनी क्या?'' धुरन्धर मिसिर के गले को फाड़ती हुई निकली नंगी हँसी कुछ देर कमरे में नाचती रही। उन्होंने अखबार मोड़कर एक ओर रखा और पहने हुए गाउन के रेशमी फुँदने से खेलते हुए ओंकारनाथ की आँखों में निर्लज्जता से देखा, मानो पूछते हों कि, कुछ और कहना है तुम्हें?

ओंकारनाथ की रीढ़ की हड्डी में एक तेज ठण्डापन उठा जो ऊपर की ओर बढ़ते हुए गरदन तक फैल गया।

अचानक फोन की घण्टी बजी। धुरन्धर मिसिर उठकर अन्दर चले गये।

''चाचा जी, चाय!'' धुरन्धर के जाने के जरा देर बाद ही छोटू की बहू चाय की ट्रे लेकर आयी, उसने चाय रखी और सिर पर पल्ला लेकर ओंकारनाथ के पैर छूने को नीचे झुकी।

''सुखी रहो, जीती रहो!'' ओंकारनाथ ने बुदबुदाते हुए बहू के सिर को अँगुलियों के पोरों से छुआ। हमेशा की तरह पूरी हथेली सिर पर नहीं रखी गयी उनसे। अचानक उन्हें अपने छोटेपन का एहसास हो आया। उन्होंने अपना हाथ बहू के सिर पर रखने के लिए आगे बढ़ाया लेकिन तब तक वह सीधी खड़ी होकर उनकी पहुँच से दूर हो चुकी थी।

छोटी बहू वापस अन्दर चली गयी तो ओंकारनाथ ने कमरे में निगाहें दौड़ायीं। दीवारों पर जगह-जगह पलस्तर उखड़ गया था। कोनों में जाले लटके हुए थे और खिड़की-दरवाजों को देखकर लगता था कि महीनों से उनपर झाड़न नहीं फेरी गयी है। अलमारियों के कुछ शीशे टूट गये थे और उनकी जगह फ्रेमों में कापियों के कवर के गत्ते फिट कर दिये गये थे, जो शीशे साबुत थे वह बेहद गन्दे थे जिनके पीछे खानों में रखी चीजें धुँधली नजर आ रही थीं। धुरन्धर के साथ गलबहियाँ डालकर खिंचायी गयी फोटो अपने चिटख गये काँच के साथ दीवार पर लटकी थी, जिसे ओंकारनाथ जब भी आते, बड़े भावुक होकर देखते। लेकिन हमेशा की तरह आज वह इस तस्वीर को देखकर पुराने दिनों की स्मृतियों में नहीं खो पा रहे थे। आज और बीते हुए कल के बीच जैसे टूटा हुआ काँच आ गया था जो खरक रहा था।

चार कमरों के इस मकान को बनवाने के लिए ओंकारनाथ ने अपनी सैकड़ों जरूरतों और परिवार के लोगों की हजारों इच्छाओं की अनदेखी की थी। मकान बनवाने और दो बेटियों के विवाह के लिए, लिये गये कर्ज को पाटने के लिए अथक श्रम किया था। उन्हें याद है कि लगातार बीस वर्षों तक उन्होंने नहीं जाना कि सवेरे पाँच बजे के बाद बिस्तर क्या होता है। स्कूल में पूरे समय काम करने के अलावा सवेरे और शाम छह बजे से दस बजे तक ट्यूशन करने के लिए साइकिल चलाते चलाते उनकी पिण्डलियाँ सख्त पड़ गयी थीं। लगातार बोलते-बोलते गले में दर्द हो जाया करता था और अपने विषय के अलावा भी दुनिया में कुछ होता है, बिसर गया था। उस जमाने में ट्यूशन का इतना चलन नहीं था। अभिभावक बच्चों के लिए अलग से मास्टर रखने की ओर ज्यादा ध्यान नहीं देते थे और अध्यापकों के लिए भी ट्यूशन पढ़ाना कोई बहुत अच्छी बात नहीं मानी जाती थी। लेकिन ओंकारनाथ एक बहुत अच्छे अध्यापक थे, इसलिए प्राइवेट तौर पर प्रवेशिका और विद्याविनोदिनी

जैसी परीक्षाएँ देने वाली लड़कियों के बहुत से ट्यूशन उन्हें मिल जाते थे। साथ के अध्यापक उन्हें मजाक उड़ाते हुए या ईर्ष्यावश 'ट्यूशनबाज' जैसे सम्बोधन से पुकारने लगे थे।

अन्दर के कमरे से धुरन्धर मिसिर की किसी से हँस-हँसकर फोन पर बातें करने की आवाज ओंकारनाथ तक पहुँच रही थी।

धुरन्धर मिसिर और ओंकारनाथ इण्टरमीडिएट में सहपाठी थे। पढ़ने के लिए पास के कस्बे से रोज डेली पैसेंजरी करके शहर आया करने वाले धुरन्धर के पिता शक्कर के आढ़ती थे। पास में खूब पैसा होते हुए भी धुरन्धर के पास वह सलीका नहीं था जो उन्हें शहरी लड़कों की टीपें खाने से बचा पाता। धोती के ऊपर आधी बाँह की बुश्शर्ट, हवाई चप्पलें और गरदन तक लटकती चुटिया देख लड़कों की अँगुलियाँ मचलने लगतीं और नतीजे में कभी-कभी धुरन्धर को तंग आकर बीच में ही स्कूल छोड़कर भागना पड़ जाता। ऐसे में ओंकारनाथ, धुरन्धर मिसिर के सामने ढाल बनकर खड़े हुए थे और उन्हें सताये जाने से छुटकारा दिलाया था।

कैमिस्ट्री के प्रैक्टिकल का इम्तिहान था। 'टाइट्रेशन' के लिए दिये गये 'साल्ट' को वजन करते समय ओंकारनाथ ने देखा कि धुरन्धर ने फिजिकल बैलेंस पर वजन कम रखा है जिसकी वजह से बाद के कैलकुलेशन में गड़बड़ी आने वाली थी।

''थोड़ा वेट और रखो,'' बगल की मेज पर प्रैक्टिकल कर रहे ओंकारनाथ ने, कमरे में चक्कर लगा रहे परीक्षक की निगाहें बचाते हुए फुसफुसाकर कहा।

''होई, का करैक है। थोरा कमै सही,'' धुरन्धर ने बेपरवाही से कहा।

''यू सक्कर न आय जो डण्डी मारिके मुनाफा कमाये लेहौ,'' ओंकारनाथ ने उसी की बोली में कहा तो धुरन्धर ने वजन तो ठीक कर लिया लेकिन कई दिनों तक मुँह फुलाये रखा। अभी दो-तीन बरस पहले तक ओंकारनाथ उस घटना की याद दिला-दिलाकर धुरन्धर मिसिर को छेड़ते रहे हैं और खुद धुरन्धर के साथ उनके लड़के और बहुएँ भी उस बात का मजा लेती रही हैं।

वह ओंकारनाथ ही थे जो धुरन्धर मिसिर को बाजार ले गये थे और उनके लिए पैण्ट और कमीजें सिलने को दी थीं, ओंकारनाथ ही उन्हें समझाते रहते थे कि शाम को घर लौटते समय ट्रेन में तीन पत्ती खेलकर समय नष्ट करने से अच्छा है कि वह उस सवा घण्टे का सदुपयोग उस दिन क्लास में पढ़ाये गये पाठ को दोहराने में किया करे, वह ओंकारनाथ ही थे जिन्होंने धुरन्धर मिसिर के पिता के पैर पकड़ लिये थे कि वह धुरन्धर को आढ़त के अपने पुश्तैनी धन्धे में आने के लिए मजबूर न करें और उसे आगे पढ़ने दें।

उन दिनों ओंकारनाथ एक तरह के घमण्ड में फूले-फूले रहा करते थे कि वह कस्बे से शहर पढ़ने आये एक सीधे-सादे और भले लड़के को अपना मित्र बनाकर उसकी मदद करने का हौसला रखते हैं। तब उन्हें क्या पता था कि वह अपनी कुण्डली में एक दुष्ट ग्रह बिठा रहे हैं।

''अरे, चाय तो एकदम ठण्डी हो गयी, छोटी बहू!'' धुरन्धर मिसिर कमरे में आये और शायद दूसरी चाय बनाकर लाने के लिए उन्होंने बहू को आवाज लगायी।

''नहीं-नहीं, चाय नहीं। देखो यार, तुमने मकान मालिक की इजाजत लिये बग़ैर घर में फोन भी लगवा लिया, फिर भी मैंने तुमसे कुछ नहीं कहा।'' ओंकारनाथ ने उन्हें कानूनी पहलू दिखाकर थोड़ा दबाने और उदारता का परिचय देते हुए थोड़ा मनाने की मिलीजुली कोशिश की।

''लड़के हैं!'' धुरन्धर मिसिर ने जिस ढंग से कहा उसका कोई एक मतलब नहीं निकलता था। दोबारा चाय मँगाने के समय जो स्निग्धता उनके चेहरे पर आ बैठी थी उसे परे सरकाकर काइयाँपन फिर बैठ गया था।

''लड़के कहाँ हैं? बुलाओ उनको, मैं उनसे अभी बात कर लेता हूँ। लेकिन रुको, पहले मैं फ्रेश होना चाहता हूँ,'' ओंकारनाथ ने कहा और अब तक हो चुकी बातों को एक तरफ सरकाने की कोशिश की।

''कहाँ, ठहरे कहाँ हो तुम?'' धुरन्धर मिसिर ने अपना एक हाथ कुछ आगे बढ़ाते हुए ओंकारनाथ को रुकने का-सा संकेत दिया।

''अरे भई, मैं सीधा स्टेशन से ही आ रहा हूँ।'' ओंकारनाथ ने धुरन्धर के सवाल के पीछे दिये मन्तव्य को कुछ-कुछ समझा तो जरूर लेकिन उसे भी नजरन्दाज कर भीतर जाने के लिए आगे बढ़े।

''देखो ओंकार, मेरे लड़के किसी और को अपना बाथरूम इस्तेमाल नहीं करने देते, भई माफ करना,'' धुरन्धर मिसिर ने कहा तो ओंकारनाथ वापस सोफे पर बैठ जाने के बजाय तनकर खड़े हो गये।

''बस, बहुत हुआ धुरन्धर! अपनी औकात में रहो। मैं कोई और नहीं, इस मकान का मालिक हूँ। इतनी देर से मैं सोच रहा हूँ कि अब तुम्हारी ये बदतमीजी बन्द होगी...अब बन्द होगी, मगर तुमने तो हद ही कर दी। ये मकान मैंने ईमानदारी और मेहनत से कमाये एक-एक पैसे को जोड़कर खड़ा किया है, ये तुम्हारी रेलवई की घूस की कमाई से नहीं बना है कि जो चाहे इसे हड़प ले। देखता हूँ मुझे बाथरूम जाने से कौन रोकता है?'' ओंकारनाथ का धैर्य जवाब दे गया। अभी वह अन्दर जाने के लिए कमरा पार कर पाते, तभी धुरन्धर मिसिर का बड़ा और मँझला बेटा अन्दर से निकलकर ओंकारनाथ के सामने अड़ गया।

"किसको घूसखोर कह रहा है बे?" मँझले ने कहा और ओंकारनाथ के सीने पर हाथ मार-मारकर उन्हें धकियाता हुआ आगे बढ़ने लगा।

"नहीं, देखो हाथ मत छोड़ना, देखो मारना नहीं...अरे आप ही उसे रोकिए न बाबू, उसका गुस्सा बहुत खराब है।" धुरन्धर मिसिर का बड़ा बेटा आवाजें भी लगाता जा रहा था और ओंकारनाथ को पीटने के लिए मँझले की पीठ पर टहोके मार-मारकर उकसाता भी जा रहा था।

"छोटू जो बात अभी कह के गया है वह तुम्हारी समझ में नहीं आयी भो...ड़ी के," मँझले ने कहा और एक भरपूर तमाचा ओंकारनाथ के गाल पर जड़ दिया।

गाली और तमाचे से एकदम हदस गये ओंकारनाथ ने अपने को घिरा हुआ पाया। धुरन्धर मिसिर अखबार उठाकर अन्दर के कमरे में चले गये। दोनों लड़कों की आँखों में फुँफकारते हुए साँपों की लपलपाती लाल-लाल जीभें दीख पड़ने लगीं।

"एक बात सुन लो तुम लोग भी कान खोलकर। इतनी आसानी से तुम मेरा मकान हड़प नहीं सकोगे, देखूँगा मैं भी," ओंकारनाथ ने अन्दर जा चुके धुरन्धर मिसिर को सुनाने के लिए अपनी सारी शक्ति बटोरकर ऊँची आवाज में कहा। उनके लिए सारा कुछ अविश्वसनीय और सकते में डालने वाला था।

"देखेगा भंचो? पहले तो तू ये देख," कहते हुए बड़े ने दोनों हाथों से अपनी लुंगी ऊपर उठा दी।

ओंकारनाथ ने गहरी वितृष्णा से अपना चेहरा घुमाया और नीचे गिर गये एयरबैग को उठाकर घर से बाहर निकल गये। घर के भीतर से आ रही बड़े, मँझले और धुरन्धर मिसिर के ठहाकों की आवाजें उनको लुलुहाती-सी दूर तक पीछा करती रहीं।

पता नहीं किस मिट्टी के बने ओंकारनाथ को अचानक सुदर्शन की कहानी 'हार की जीत' का स्मरण हो आया। पीठ में विश्वासघात के भोंके गये छुरे से लहूलुहान होने के बाद भी वह सोच सके कि अगर उनके पास सिर छिपाने की कोई और जगह होती तो वह धुरन्धर मिसिर से यहाँ तक कहने की ताब रखते थे कि मकान तुम ही रखो, लेकिन किसी को यह मत बताना कि तुम्हें यह मिला कैसे है। नहीं तो आगे से कोई मित्र अपने मित्र पर विश्वास नहीं करेगा। उन्हें विक्टर ह्यूगो की 'बिशपत कैण्डलिस्टिक्स' की याद आयी, उन्होंने सोचा कि वह धुरन्धर मिसिर से कहते कि, मैं भी सबसे यही कहूँगा और तुम भी सबसे यही कहना कि यह मकान एक मित्र का दूसरे मित्र को दिया गया प्रेमोपहार है।

ओंकारनाथ के पेट में कोई गोला-सा उठने लगा, जिसने उनके पेट को बुरी

तरह से मथ डाला था। उन्होंने तेज बेचैनी महसूस की। आतंक से अब तक काँप रहे ओंकारनाथ के पेट में मरोड़े उठने लगीं और जरा ही देर में उनके लिए एक कदम भी चलना असम्भव हो गया। कमर के नीचे बढ़ते जा रहे असह्य दबाव की वजह से उनकी चाल बदल गयी थी। वह घुटनों को जरा-सा मोड़कर खड़े थे और किसी तरफ चलने के बजाय इधर-उधर देख रहे थे। वह सड़क पर जहाँ खड़े थे वहीं जरा दूर पर नाली थी। उन्होंने रास्ते पर आ-जा रहे लोगों की कोई परवाह नहीं की और नाली पर ही बैठ गये।

चलते समय पत्नी ने रेल के डिब्बे में सीट साफ करने के लिए कपड़े का एक टुकड़ा रख दिया था, उसे टिशू पेपर की तरह इस्तेमाल करके ओंकारनाथ वापसी की ट्रेन पकड़ने के लिए स्टेशन चल दिये।

जिस ट्रेन की उम्मीद में वह स्टेशन आये थे वह जरा देर पहले छूट गयी थी और दूसरी ट्रेन शाम को थी। ओंकारनाथ को अभी सारा दिन बिताना था। उन्होंने नल पर जाकर हाथ धोये और ठेले से दो पूड़ियाँ लेकर बैठे। उन्हें दवा खानी थी, इसलिए उन्होंने किसी तरह एक पूड़ी गले के नीचे उतारी और चाय के साथ गोली गटककर बेंच पर लेट गये। उनका गला बुरी तरह सूख रहा था, शरीर अभी भी काँप-सा रहा था, कानों में अजीब साँय-साँय-सा कुछ हो रहा था और लग रहा था कि वह कितने महीनों से बिस्तर से लगे हुए हैं। उनके भीतर जबरदस्त टूट-फूट हुई थी। उन्हें विश्वास करने और प्रेम करने के अपराधों की सजा मिली थी। वह सोचने लगे कि कल सवेरे घर पहुँचकर अपनी पत्नी का सामना कैसे करेंगे, जिसको उन्होंने कई बार धुरन्धर मिसिर का पक्ष लेते हुए झिड़का है। वह उन सपनों के बारे में सोचने लगे जो उन्होंने रिटायर होने के बाद के दिनों के लिए देखे थे। बारह वर्षों तक दूसरे शहर में रहते हुए उनकी पत्नी घर वापसी की एक-एक दिन प्रतीक्षा करती रही हैं। उस घर में जिसको बनवाने के लिए त्याग करने में वह अपने पति से जरा भी पीछे नहीं रहीं, उस घर में जो उनके पति के पुरुषार्थ का प्रतीक है, उस घर में जिसकी खिड़कियों से अमलतास के फूल और वर्षा बड़ी सुन्दर दीख पड़ती है।

ओंकारनाथ की पत्नी का नाम तारा था। मकान में उन्होंने अपने और अपनी पत्नी के लिए जो कमरा तय किया था उसे जैसे पत्नी के नाम कर देने के लिए उन्होंने कमरे के फर्श पर सफेद मार्बल का एक तारा बनवा दिया था। अपने नाम और फर्श पर चमकते तारे के निहितार्थ खुलने पर उनकी पत्नी कितने दिनों तक मगनमन मुस्कराती घूमी थीं। रिटायर हो जाने के बाद ओंकारनाथ ने ऐसा बहुत कुछ करने की योजना बनायी थी जो नौकरी और ट्यूशनों की व्यस्तता के कारण वह नहीं कर सके थे। घर को नये ढंग से सजाने की उनकी सारी कल्पनाएँ बिखर गयी थीं।

आज जिस कमरे में उन्हें गालियाँ दी गयी थीं और थप्पड़ मारा गया था उस स्थान के बारे में वह सोचा करते थे कि उसे वह अपना पढ़ने-लिखने का कमरा बनाएँगे। उनकी कल्पनाओं में आलमारियों में सजी हुई खूब सारी किताबें हुआ करती थीं, लिखने की मेज पर टेबिल लैम्प की रोशनी का सफेद कागज पर गिरता हुआ गोल आकार हुआ करता था, दीवार के दो सिरों पर लगाये स्पीकरों से निकलती भीमसेन जोशी की खरजदार आवाज हुआ करती थी और हुआ करती थीं दोस्तों की महफिलें...

दोस्तों का ध्यान आते ही अचानक ओंकारनाथ को रेलवे की हर चीज में धुरन्धर मिसिर के स्पर्श की दुर्गन्ध बसी हुई मालूम होने लगी। वह जैसे रेलवे की हर चीज के स्पर्श से अपने को बचाने की बेचैनी में उठकर बैठ गये।

जिस साल धुरन्धर मिसिर ने इण्टरमीडिएट का इम्तिहान दिया, उसी साल उनके पिता को व्यापार में कोई बहुत बड़ा घाटा हुआ और कुछ दिनों बाद वह उसी सदमे में चल बसे। नौवीं क्लास में ओंकारनाथ के साथ जाकर पैण्ट और कमीज सिलवाने में एक रोमांच का-सा अनुभव करने वाले धुरन्धर मिसिर ग्यारहवीं क्लास में आते-आते अपना चोला पूरी तरह से बदल चुके थे। देखने वाले उनके काया-कल्प को आँखें फाड़-फाड़कर देखते। उन्होंने कई सूट और काम्बिनेशन सिलवा लिये थे, हवाई चप्पलों की जगह चीनी कारीगरों के बनाये काफ लेदर के चमचमाते जूतों ने ले ली थी, उनके हाथ में महँगी सिगरेट का पैकेट रहने लगा था जिसे वह कोट की बड़ी-बड़ी जेबें होते हुए भी हाथ में ही पकड़े रखना सीख गये थे। थर्ड डिवीजन में हाई-स्कूल पास धुरन्धर मिसिर की बोलचाल में उनके हिन्दी के वाक्यों के सिर पर 'बेसिकली' या 'एक्चुअली' की कलगी सजने लगी थी। शहर के सभी महँगे होटलों के बैरे 'डीएम साब' को पहचानने लगे थे क्योंकि धुरन्धर मिसिर उन्हें होटल का दरवाजा खोलकर अदब से सिर झुकाने के लिए सौ-सौ रुपये की बख्शीश दिया करते थे। अपने नाम के एक-एक अक्षर को लेकर वह धुरन्धर मिसिर से डीएम बन गये थे और उसी के अनुरूप अपनी चाल-ढाल में किसी जिलाधिकारी जैसा रुआब लाने की कोशिश करने लगे थे। व्यापार के चौपट होने और पिता के न रहने के बाद एक-एक पैसे को मोहताज हो गये धुरन्धर मिसिर को ओंकारनाथ और उनके परिवार ने ही सहारा दिया था। हर महीने रुपये-पैसे से मदद करने के अलावा, धुरन्धर मिसिर के रेलवे में टिकट कलेक्टर बनने तक, होली में गुझिया बनाने के लिए मैदा, घी और खोवा भी ओंकारनाथ के घर से ही जाता था।

अपनी नौकरी के सिलसिले में धुरन्धर मिसिर कहीं भी-किसी भी शहर में रहे, ओंकारनाथ ने उनसे सगों जैसा सम्पर्क बनाये रखा। उनकी शादी के लिए

लड़की पसन्द करने की जिम्मेदारी धुरन्धर मिसिर की माँ ने ओंकारनाथ को ही सौंपी थी। किसी बड़े भाई के न होने के कारण धुरन्धर मिसिर के विवाह में बड़े भाई की सारी रस्में ओंकारनाथ ने ही पूरी की थीं, क्योंकि वह धुरन्धर मिसिर से पाँच महीने बड़े थे। इन लड़कों के जन्म के समय तक धुरन्धर मिसिर की माँ भी चल बसी थीं। जच्चगी के समय किसी महिला का पास होना जरूरी होगा, यह सोचकर ओंकारनाथ की पत्नी एक छोटू को छोड़ दोनों लड़कों के जन्म के समय धुरन्धर मिसिर की पत्नी के पास मौजूद रहीं। आज सवेरे धुरन्धर मिसिर के जिस लड़के ने ओंकारनाथ को थप्पड़ मारा था, उसे पैदा होते ही सूखा रोग हो गया था। ओंकारनाथ को याद आया कि कैसे उनकी पत्नी सारी रात उस मँझले के सिरहाने जागती रही थीं। धुरन्धर मिसिर के जिस बड़े लड़के ने अपनी लुंगी उठाकर उन्हें अपना गुप्तांग दिखाया था, उसके उसी गुप्तांग की खाल ठीक से खुल न पाने के कारण उसे पेशाब करने में भयानक तकलीफ होती थी। एक छोटा-सा ऑपरेशन करना पड़ा था और बड़े होने पर ओंकारनाथ उस लड़के को यह कहकर छेड़ा करते थे कि तेरा तो खतना हुआ है, फिर तू हिन्दू कहाँ रहा? बड़े लड़के के चिढ़ने और बाकी सबके हँसने के दिनों को याद करके ओंकारनाथ का दिल रो पड़ा।

बारह वर्ष पहले जब ओंकारनाथ का ट्रांसफर दूसरे शहर के राजकीय विद्यालय में हो गया तो वह खुद जाकर धुरन्धर मिसिर को लिवा लाये थे कि रेलवे कालोनी के छोटे से मकान में रहने के बजाय वह उनके मकान में आकर रहें। धुरन्धर मिसिर ने सोचा कि ऐसा करने से मकान किराया भत्ता भी कटना बन्द हो जाएगा और जो किराया वह अभी तक रेलवे के मकान का देते आये हैं वह ओंकारनाथ को देते हुए आराम से रहेंगे। ओंकारनाथ ने सोचा कि आबाद मकान ही खड़ा रह पाता है और फिर जब मकान को मित्र और उसका परिवार आबाद रखेगा तो मकान के साथ-साथ मैत्री भी मजबूत बनी रहेगी। ओंकारनाथ ने बड़ी जबरदस्ती किये जाने पर दो साल धुरन्धर मिसिर से किराया स्वीकार किया और वह भी मनीऑर्डर से भेजे जाने पर। बाद में धुरन्धर मिसिर ने किराया भेजना बन्द कर दिया। ओंकारनाथ को भी जैसे किसी धर्मसंकट से मुक्ति मिली।

अचानक ओंकारनाथ को सवेरे अपने उस घर में 'देख लेने' की फेंकी हुई चुनौती की याद आयी, तो उन्होंने दिमाग को, स्मृतियों और उससे पैदा हो रहे अवसाद के अन्धे कूप से खींचकर बाहर निकाला और उसे जूझने के लिए सक्रिय किया।

ओंकारनाथ ने सोचा तो उनमें आशा का संचार हुआ। उन्हें स्मरण हुआ कि उनका एक विद्यार्थी इसी शहर में उच्च प्रशासनिक अधिकारी है। अपने अध्यापक होने पर वह एकाएक खुश हो गये कि भले ही उनके पास धुरन्धर मिसिर की तरह

रिश्वत लेकर जमा किया गया धन न हो लेकिन उनकी यश-बेल की सुगन्ध उनके विद्यार्थी कहाँ-कहाँ तक पहुँचाते रहते हैं। इस बात की जानकारी उनको भी नहीं होती। धुरन्धर मिसिर जैसे लोगों को यह सुख सात जनम में भी नसीब नहीं होगा, सोचते हुए ओंकारनाथ ने चलने के लिए अपना एयरबैग उठाया। ट्रेन में अभी बहुत समय था।

शाम को ट्रेन समय पर छूटी। ओंकारनाथ की बर्थ के सामने वाली दो बर्थ एक वृद्ध और उसकी सुन्दर युवा बेटी की थी। पूरी ट्रेन के डिब्बों में झाँक लेने के बाद, बैठने के लिए चुने गये सुन्दर लड़कियों वाले डिब्बों में डेली पैसेंजरों की भीड़ उमड़ी पड़ रही थी। रात के आठ बजने तक शायिकाओं को सीटों की तरह प्रयोग में लाये जाने के नियम के चलते वृद्ध अपनी बेटी के साथ बैठे रहने के लिए विवश था और हाथों में टिफिन के डिब्बे लिये आसपास के गाँवों और कस्बों से आकर नौकरी करने वाले बाबुओं और बगल में फाइल कवर दबाये विद्यार्थियों का रेला ओंकारनाथ के सामने वाली सीट की तरफ बढ़ता जा रहा था। उनमें से कुछ लड़की को लेकर अश्लील टिप्पणियाँ कर रहे थे, जिन्हें लड़की का पिता असहाय-सा सुन रहा था। लड़की के ठीक सामने खड़े होकर उसे घूरते हुए वे अपनी जाँघें खुजला रहे थे और पिता अपनी बेटी को बातों में लगाकर इस अशोभन स्थिति को अनदेखा बनाने की कोशिश में लगा था। वृद्ध ने अपनी बेटी को खिड़की के पास बिठा रखा था और खिड़की का पल्ला गिरा दिया था, लेकिन पान मसाले का लुआब गुलगुलाते और सिगरेट फूँकते उन लड़कों में, एक उसी, लड़की वाली सीट पर बैठने की होड़ की वजह से जबरदस्त अड़स पैदा हो गयी थी। भीड़ के सारे दबाव को वृद्ध द्वारा अपने ऊपर झेल लेने के बाद भी लड़की खिड़की से लगकर पिसी जा रही थी।

धुरन्धर मिसिर भी बाद के दिनों में, जब उसका चोला बदल चुका था और वह खासा बेतकल्लुफ हो चुका था, अपनी डेली पैसेंजरी के दौरान सुन्दर लड़कियों को परेशान करनेवाली ऐसी घटनाओं को रस ले-लेकर सुनाया करता था। ओंकारनाथ को, लड़की को भूखी निगाहों से देख रहे डेली पैसेंजरों में धुरन्धर मिसिर के चेहरे दीख पड़ने लगे।

दिन में वह जिस प्रशासनिक अधिकारी से मिलने गये थे उस विद्यार्थी ने अपने गुरु जी की आवभगत तो बहुत की लेकिन मामले में सीधे किसी हस्तक्षेप के उनके अनुरोध को बहाने से टाल गया। चपरासी को भेजकर ओंकारनाथ के लिए वापसी का आरक्षण कराया और कुछ न कर पाने के लिए पैर छूकर क्षमा-याचना

की और बड़ी देर तक शर्मसार-सा चुपचाप उनके सामने हाथ बाँधे खड़ा रहा। किसी अदृश्य को सम्बोधित करके बुदबुदाता रहा, ''मकान में अपने हाथ से आग लगा दें, उसे खड़े-खड़े ढह जाने दें मगर कभी किसी को किराये पर न दें।''

ओंकारनाथ ने मन ही मन उस अधिकारी की बातों को जैसे-जैसे दोहराया; वह गहरे अवसाद में डूबते चले गये। अधिकारी की बातों से धुरन्धर मिसिर और उनके लड़कों को सबक सिखाने का उनका मन्सूबा भहराकर ढह रहा था। उन्होंने अपने आपको हताशा की स्थिति में पाया और फूट-फूटकर रोने लगे। उनके अचानक इस तरह रो पड़ने से सहयात्रियों में सन्नाटा-सा खिंच गया। सवेरे से उन्होंने जिस बाँध को जैसे-तैसे रोक रखा था, वह अचानक सब कुछ तोड़ता हुआ बह निकला।

''क्या कोई मर गया है आपका ?'' एक डेली पैसेंजर ने उनसे पूछा तो ओंकारनाथ ने स्वीकार करते हुए सिर हिलाया और रोता हुआ अपना चेहरा छिपाने के लिए रूमाल चेहरे पर रख लिया।

ओंकारनाथ का सारा सोच मकान की चिन्ता के हवाले हो चुका था। धुरन्धर मिसिर के घर पर हुई बातचीत उन्होंने पत्नी के सामने जस की तस रख दी थी, बस गालियाँ दिये जाने और थप्पड़ मारे जाने की बात दबा गये थे। ओंकारनाथ के लिए यह जीवन की सबसे बड़ी दुर्घटना थी जिसने उनके दिमाग को जबरदस्त ढंग से जकड़ लिया था। उनके लिए यह मामला सिर्फ सम्पत्ति हड़प लिये जाने का नहीं था, इसने उनके मनुष्य के भीतर के सहज विश्वास करने के साफ-शफ्फाफ आईने पर खरोंचें डाल दी थीं। यह सिर्फ उनके बेघर हो जाने की घटना नहीं थी इसने घृणा से घृणा करने वाले निर्मल हृदय वाले ओंकारनाथ के भीतर घृणा की आँधी-सी चला दी थी। वह सीधे थे, सज्जन थे, लेकिन इस तरह मूर्ख बनाये जाने के बाद निरीह और निरुपाय-से बैठे रह जाना उन्हें सहन नहीं हो रहा था। उन्होंने फिर कोई सम्पर्क सूत्र खोज निकाला और नगर के पुलिस अधीक्षक से मिलने पहुँचे।

''आपकी बात मैं समझ रहा हूँ सर, लेकिन पुलिस कार्रवाई का कोई आधार तो होना चाहिए,'' पुलिस अधीक्षक ने सहानुभूति प्रकट करते हुए कहा।

''आधार क्या ? मकान मेरा है, शराफत में आकर मैंने अपने मित्र को रहने के लिए दिया, अब उसकी नीयत में खोट आ गया है, विश्वासघात है सीधा।'' ओंकारनाथ आधार की बात सुनकर बौखला उठे।

''नहीं, आप समझे नहीं। शराफत और विश्वासघात जैसी दलीलें पुलिस को

यह अधिकार नहीं दे देतीं कि वह किसी को किसी मकान से बाहर कर दे। यही अभी आपके पास कोर्ट का आदेश हो तो पुलिस के लिए यह पलक झपकाने जैसा काम है।'' पुलिस अधिकारी ने संयम खोये बिना उन्हें सुना। टूट रहे ओंकारनाथ के लिए यहो बड़ी बात थी।

पुलिस अधिकारी ने कोर्ट की बात की तो ओंकारनाथ की उम्मीदों के फिर पंख जम गये। उन्होंने किसी और दिन पर टाले बिना अपने शहर लौटकर परिचितों से सलाह लेनी शुरू की कि कौन-सा वकील इस तरह के मामले कुशलता से निपटाने के लिए प्रसिद्ध है।

लोगों ने ओंकारनाथ को सलाह दी कि वह मकान खाली करने के एवज में धुरन्धर मिसिर से कुछ रुपये लेने की बात करें और कोर्ट में जाने की गलती भूलकर भी न करें। वह अन्दर से सहम-से गये। जब उनसे किसी ने कहा कि अदालत में न्याय नहीं सिर्फ तारीखें मिलती हैं और यह कि दीवानी के मुकदमे एक पीढ़ी में तो हल होते नहीं और यह कि कोर्ट जाने का मतलब है उन्हें अपना मकान भूल जाना चाहिए—और यह और यह, और यह...

ओंकारनाथ सोते-जागते, उठते-बैठते, खाते-पीते अब मकान के अलावा और कुछ सोचने की शक्ति ही खो बैठे थे। कभी सपना देखते कि उनके मकान की तरफ जाने वाली सड़क इतनी लम्बी हो गयी है कि वह चलते-चलते पस्त हो गये हैं और मकान है कि उसकी दूरी उतनी ही बनी हुई है। कभी देखते कि धुरन्धर आये हैं और अपने पीछे मकान भी लेते आये हैं और कह रहे हैं कि 'ले भई ओंकार, मैं ऐसा कर सकता हूँ, यह तूने सोच भी कैसे लिया। तेरा मकान तेरे हवाले, अरे मैं तो मजाक कर रहा था।' कभी-कभी अचानक सोते से छटपटाकर जाग उठते और अपनी पराजय को याद करके चुपचाप आँसू बहाते रहते। सारा दिन इस अधिकारी से उस अधिकारी और इस आदमी से उस आदमी तक दौड़ते-दौड़ते उनका रंग काला पड़ गया था, आँखों के नीचे गड्ढे बन गये थे और चेहरे पर निरीह होने का एक स्थायी भाव आकर जम गया था। अपने आपसे बातें करने लगे ओंकारनाथ अब हर उस आदमी के पैरों पर गिरने लगे जो उन्हें मकान वापस दिलाने की उम्मीद दिलाता। दो साल बीतते-बीतते ओंकारनाथ के बोलने का ढंग किसी दवा कम्पनी के रिप्रेजेण्टेटिव जैसा हो गया था। उन्हें अपनी बात शुरू करने के लिए शब्दों की तलाश नहीं करनी पड़ती थी। निश्चित शब्दावली और निश्चित स्वर में वह अपनी कहानी सुनाना शुरू कर देते। बोलने के साथ-साथ वह एक-एक प्रार्थना-पत्र भी सामने रखते जाते कि कैसे वह दो साल से भटक रहे हैं और कोई उनकी तकलीफ को नहीं समझता और यह भी कि वह अन्तिम उम्मीद रखते हुए आपके पास आये हैं। यह सब कहते हुए वह ऐसे लगने लगे थे जैसे वह किसी

कमजोर पर किये गये अन्याय और अत्याचार से उत्पादित करुणा का खरीदार खोज रहे हों। कॉलेज और परिचितों के बीच ओंकारनाथ के मकान का मामला चर्चा का विषय बन गया। कोई सहानुभूति प्रकट करता और कोई बिना किसी लिखा-पढ़ी के इस तरह मकान दे देने के लिए परोक्ष रूप से ओंकारनाथ को मूर्ख ठहराता। लोग अब उनसे कतराने भी लगे थे क्योंकि वही एक मकान का रोना कोई कितना सुन सकता था! तभी किसी ने कहा कि वह जिस ढंग से मकान में रह रहा है, उसी ढंग से उसे खाली भी करेगा।

ओंकारनाथ की आँखों के सामने बातचीत के क्रम में पीताम्बर साव का चेहरा स्पष्ट होता जा रहा था।

तब तक ओंकारनाथ का ट्रांसफर नहीं हुआ था। सतरह-अठारह वर्ष पहले, दसवीं क्लास में देखा पीताम्बर साव का चेहरा अचानक उनके सामने आ उपस्थित हुआ। कुछ-कुछ हब्शियों जैसा काला-मटमैला-सा रंग, निकलता हुआ बलिष्ठ शरीर, बाँहों और पुट्ठों पर तड़पती मांसपेशियाँ, निचला होठ कुछ मोटा और नीचे को लटका हुआ-सा, खूब तेल चुपड़कर माथे पर गिरायी गयी बालों की फुलफुलिया।

ओंकारनाथ यह बात क्लास में बार-बार कहते कि कामचोर छात्रों से उन्हें बेहद चिढ़ है, बल्कि लगता तो यह था कि उन्हें हर कमजोरी से चिढ़ थी। वह मानते थे कि छात्रों की बुद्धि कम नहीं होती, वे कामचोर होते हैं और ऐसे विद्यार्थी उनको सहन नहीं होते। क्लास में अव्वल, खेल के मैदान में अव्वल और अपने जीवन में अव्वल छात्रों का वह सपना देखते रहते। अरविन्द, अरुण प्रकाश और पीताम्बर साव तीन लड़के थे जो कमजोर, लेकिन ओंकारनाथ के हिसाब से, कामचोर लड़के थे। ओंकारनाथ क्लास में सबसे पीछे तीन कुर्सियाँ खाली रखवाया करते थे जिन पर वह इन तीनों विद्यार्थियों को बैठाते। उन्होंने अरविन्द को ब्रह्मा, अरुण को विष्णु और पीताम्बर साव को महेश नाम दिया हुआ था। सहमा-सहमा-सा रहा करने वाला पीताम्बर साव अगर कभी किसी सवाल में बारे में कुछ पूछना चाहता तो ओंकारनाथ उसकी खिल्ली उड़ाते हुए कहते, 'अरे देखो भई देखो। अब तो देवाधिदेव महेश को भी पढ़ाई समझ में आने लगी है।' ओंकारनाथ की बात पर सारा क्लास हो-हो करके हँस पड़ता और आँखों में तैर आये पानी की लकीरों को पोंछता पीताम्बर खिसियाकर अपनी जगह पर बैठ जाता। फिर बहुत दिनों तक वह कोई सवाल पूछने की हिम्मत न कर पाता। दो-तीन महीने बीतते न बीतते सारे स्कूल को अरविन्द, अरुण प्रकाश और पीताम्बर साव नाम भूल गये थे और याद रह गये थे—ब्रह्मा, विष्णु और महेश।

"जब तक मैं नहीं कहूँगा तब तक तुम रोज दिन में बारह बजे से दो बजे तक क्लास के सामने फील्ड में मुर्गा बनोगे।" ओंकारनाथ ने, उनके सामने पेश किये गये एक मामले में निर्णय सुनाते हुए पीताम्बर साव को सजा दी थी। पीताम्बर साव ने राघवेश नामक एक लड़के को मारा था जिससे उसका होंठ फट गया था। उसकी हालत देखने के बाद, पीताम्बर साव से पहले से ही चिढ़े बैठे ओंकारनाथ ने सजा सुनायी और लगातार पाँच दिनों तक उसका कठोरता से पालन करवाया। ओंकारनाथ ने क्लास के एक लड़के के हाथ में सण्टी देकर बरामदे में बिठा दिया कि अगर आराम पाने के लिए पीताम्बर अपनी मुद्रा जरा भी बदले तो वह उसकी पीठ पर सण्टियाँ बरसाये। वह लड़का अपनी ड्यूटी बड़ी मुस्तैदी से निभाता रहा। पीताम्बर साव ने सारे मामले की सफाई देनी चाही, अपने किये की माफी माँगी लेकिन सनक की हद तक अनुशासन के पक्के ओंकारनाथ ने कुछ नहीं सुना और सजा बहाल रखी। पीताम्बर साव भी सजा के डर से न तो एक भी दिन स्कूल से गैरहाजिर हुआ और न उसने फिर ओंकारनाथ से कोई रिआयत माँगी। क्वार की धूप, जिसमें कहते हैं हिरण का रंग भी काला पड़ जाता है, में पीताम्बर साव को मुर्गा बनने की इस सजा से पाँचवें दिन छुटकारा मिला, जब ओंकारनाथ को बुलाकर प्रिंसिपल ने ऐसा करने का आदेश दिया।

पीताम्बर साव और उसका परिवार राघवेश के मकान में रहता था। पीताम्बर के पिता एक कारखाने में खलासी थे और राघवेश के पिता ठेकेदार थे। मुर्गा बनाये जाने की घटना से कुछ दिन पहले की बात थी कि राघवेश के पिता ने पीताम्बर के पिता को बुलाकर डेढ़ कोठरी का वह मकान चौबीस घण्टे के अन्दर खाली कर देने का अल्टीमेटम दे दिया, जिसे पीताम्बर साव के पिता तमाम कोशिशों के बाद भी पूरा नहीं कर सके थे। राघवेश के पिता के बड़े-से मकान के सिर के ऊपर से, न्योछावर की तरह उतरी उन कोठरियों को ठेकेदार राघवेश के पिता के बाहुबली कारिन्दों ने मियाद पूरी होते ही जबरन खाली करवा लिया था। शाम का समय था, घने बादल घिरे हुए थे। पीताम्बर के पिता ने राघवेश के पिता से थोड़ी मोहलत और देने की प्रार्थना की थी, लेकिन उन कोठरियों को तोड़कर दुकानें बनवाने की कमाऊ योजना और प्रतीक्षा नहीं कर सकती थी। पीताम्बर, उसके माता-पिता और दो बहनें अपने सामान के साथ एक पेड़ के नीचे भीगते रहे थे सारी रात...जिस तरह अशक्त, लाचार और बेबस पिता की सारी कमजोरियाँ बेटे में आ जाती हैं, उसी तरह दबंग और शक्तिशाली बाप का अहंकार भी बेटे में आ समाता है। उस दिन पीताम्बर साव ने राघवेश को इसलिए पीटा था क्योंकि वह किसी से कह रहा था कि 'मैंने अपनी खिड़की से देखा था भीगी खड़ी पीताम्बर की बहन बहुत अच्छी लग रही थी।'

पीताम्बर साव के स्कूल छोड़ने की भूमिका शायद तभी बन गयी थी, क्योंकि सजा की मियाद पूरी होने के बाद वह अगले दिन से स्कूल में दिखाई नहीं दिया।

बात पीताम्बर साव की चली तो उसके बारे में बताने के लिए सभी के पास कुछ न कुछ था। लोग बताते कि वह शक्ति का नया केन्द्र बन गया है और अब उसके सीने पर कसा हुआ था राजनीति का जिरहबख्तर और हाथ में था न्याय दण्ड, जिससे वह लोगों की तकदीरें बदलने की सामर्थ्य रखता था। कानून अब उसके हाथ में था। जिसे पीताम्बर साव ठीक माने, वही ठीक था। उसके दरबार में लोग न्याय की गुहार लगाते पहुँचते। पीताम्बर का न्याय अन्तिम न्याय। मानने या न मानने का कोई विकल्प नहीं।

लोग बताते और ओंकारनाथ को अपने सिर पर दोपहर का आँखें काढ़े सूरज महसूस होने लगता। लगता जैसे कोई सपना है जो भूला हुआ था और अचानक नये सिरे से याद हो आया है। अपराध-बोध और शर्मिन्दगी उनके पाँवों को पीछे खींचती लेकिन बेघर होने की पीड़ा उनका हाथ पकड़कर आगे खींचती। खुद किराये के मकान में रहते हुए जब कभी ओंकारनाथ का उस सड़क से गुजरना होता तो अपना मकान उन्हें अपनी पराजय की याद-सी दिलाता मालूम देता। आखिर उन्होंने निर्णय कर ही लिया।

सड़क की पटरी के किनारे-किनारे दूर तक चली गयी लगभग पच्चीस फुट ऊँची दीवार के उस पार के संसार की कोई जानकारी बाहर सड़क पर खड़े होकर नहीं पायी जा सकती थी। ग्रेनाइड के चिकने काले पत्थरों वाले कुछ छज्जे दीख पड़ते थे जिनसे अन्दर की किसी अट्टालिका के वैभव का अनुमान-भर लगाया जा सकता था। दीवार का ओर-छोर जानने के लिए निगाहों को दीवार के सहारे दूर तक चलाते जाने के बाद आँखों को सिर्फ थकन ही हाथ लगती थी। एक जगह पर दीवार के उस पार जाने के लिए दीवार की ही ऊँचाई का लोहे का एक फाटक लगा था जो अपनी भव्यता में किसी किले के प्रवेश-द्वार जैसा लगता था। फाटक के ऊपर दोनों किनारों पर दो बड़ी-बड़ी 'फ्लड लाइट्स' लगी थीं, जो रात के समय फाटक के सामने आने वाले की आँखों को भीतर देख पाने में असमर्थ बनाती हुईं चकाचौंध कर देतीं और आने-जानेवाले लोगों पर निगाह रखने के लिए तैनात आदमी का काम आसान कर देतीं। मजबूती से बन्द रहने वाले फाटक सिर्फ कारों के निकलने के समय खुलते। फाटक के एक पल्ले पर एक छोटा-सा फाटक था, जिससे होकर दीवार के उस पार जाने के लिए आदमी को सिर झुकाकर जाना पड़ता था। दीवार के उस पार हथियारबन्द लोगों के अलावा राट्सविलर, डावरमैन और

बॉक्सर जैसी नस्ल के कुत्ते भी निगरानी के लिए टहलते रहते।

छोटे फाटक से भीतर जाने के बाद ओंकारनाथ ने पाया कि वह एक बहुत बड़ा अहाता था, जिसे पार करने के बाद वह कोठी थी जिसके छज्जे सड़क से दीख पड़ते थे। अहाते में कई कारें खड़ी थीं, जिन्हें कुछ लोग धोने और चमकाने में जुटे हुए थे। सभी कारों के काले शीशे चढ़े हुए थे और धुल-पुँछकर तैयार होने के बाद एक आदमी मैटल डिटेक्टर से कारों की गहन जाँच कर रहा था।

पीताम्बर साव से न्याय पाने की याचक भीड़ अहाते में धीरे-धीरे बढ़ने लगी। ओंकारनाथ भी उसी भीड़ का हिस्सा बनकर एक कोने में बैठ गये। पहुँचे तो वह वहाँ सबसे पहले थे, लेकिन सिकुड़कर एक किनारे बैठे ओंकारनाथ अपनी बारी पीछे और पीछे करते जा रहे थे। एक आदमी बारी-बारी से एक-एक आदमी को अन्दर के कमरे में भेजने के काम को अंजाम दे रहा था, जहाँ पीताम्बर साव बैठा था।

ये तुमने मुझे कहाँ पहुँचा दिया धुरन्धर मिसिर, ओंकारनाथ के सीने में जैसे कोई हूक-सी उठी। उनके जीवन की संचित सारी पूँजी जैसे उनके हाथों से फिसली जा रही थी। किसी भी तरह की कमजोरी से चिढ़ा करनेवाले ओंकारनाथ की किसी ने सारी शक्ति जैसे निचोड़ ली थी। उनके पैर काँप रहे थे, और भीतर से वह इतने कातर और कमजोर हो गये थे कि लगता था जैसे उन्हें कोई जरा-सा सहला भी देगा तो वह फूट-फूटकर रो पड़ेंगे। जो कभी खुद अनुशासन की कसौटी हाथ में लिये अनुशासनहीन लड़कों को कसते फिरा करते थे, आज वह खुद पीताम्बर साव के दरबार में हाजिरी देने के लिए विवश थे। आज पीताम्बर साव का ऐसा होना उनके लिए लाभकारी हो सकता था तो क्या, ओंकारनाथ ने उसे इस रूप में कभी नहीं देखना चाहा था। उन्होंने अपने किसी विद्यार्थी को इस रूप में नहीं देखना चाहा था। सोलह-सतरह वर्ष पहले जब उस घटना के बाद ओंकारनाथ को पता लगा था कि मारपीट के पीछे पीताम्बर साव से ज्यादा उस राघवेश नामक लड़के का दोष था, तो उनको अपने किये पर बेहद पछतावा हुआ था। वह प्रतीक्षा करते रहे थे कि पीताम्बर साव स्कूल आये तो वह अपनी भूल के लिए उसके सामने खेद प्रकट करेंगे, लेकिन पीताम्बर साव फिर कभी स्कूल नहीं आया। और धीरे-धीरे वह घटना भी ओंकारनाथ के दिमाग से विस्मृत होती चली गयी।

गहरे पश्चाताप और शर्म में डूबे ओंकारनाथ सोच रहे थे कि हो सकता है कि क्लास में जब पीताम्बर साव कोई सवाल पूछने के लिए खड़ा होता था तब वह नये सिरे से पढ़ने और चीजों को समझने की शुरुआत करता रहा हो और उनकी टिप्पणियों की बर्छियों से किसी भ्रूण कोशिश की हत्या की जाती रही हो...उन्होंने

अपने आपको सवाल के घेरे में खड़ा करके पूछा कि सबसे पीछे बिठाकर जिसको सारे क्लास के मनोरंजन का साधन बना दिया गया हो, उससे किसी उत्कृष्ट परिणाम की उम्मीद करना एक पाखण्ड नहीं है ? उन्होंने अपने आपको चीरकर रख दिया, 'ओंकारनाथ, आज तुम्हारे मकान की समस्या तुम्हारे सामने है और पीताम्बर साव उसे हल कर सकता है, इसलिए तुम अतीत को याद करके इस कदर कातर हो रहे हो, नहीं तो ऐसा भी क्या था कि घटना की असलियत और पीताम्बर साव के दोषी न होने की बात मालूम हो जाने पर भी तुम चुपचाप बैठ रहे। क्या तुम चाहते तो किसी लड़के को भेजकर पीताम्बर साव को बुलवा नहीं सकते थे? मगर नहीं ओंकारनाथ, उस समय तुम्हें अपने किये न्याय पर किसी प्रकार का प्रश्नचिह्न लगाना स्वीकार नहीं था। तुम्हारे और पीताम्बर साव के न्याय में कोई अन्तर नहीं है। तुम्हारे कल के इसी अहंकार की उपज है आज का पीताम्बर साव। अन्याय से कभी न्याय नहीं पैदा होता, उससे जब भी पैदा होगा अन्याय ही पैदा होगा...'

ओंकारनाथ ने अपने आपको एक नयी मुश्किल में फँसा पाया। अपने आपसे एकदम घबरा उठे ओंकारनाथ उठकर चल देने को हुए, तो पीताम्बर साव कमरे से निकलकर बाहर आ गया। मजबूत सुरक्षा घेरे में छह फुट से भी कुछ ज्यादा ऊँचाई वाला पीताम्बर साव, एक काली चट्टान की तरह कुछ दूरी पर खड़ा था। चेहरे पर करीने से कटी दाढ़ी, पीछे की तरफ खींचकर काढ़े गये बालों की वजह से अपनी ओर ध्यान खींचता चौड़ा माथा, सीधे देखती बेधती-सी चौकन्नी निगाहें, गले और एक कलाई पर झूलती सोने की मोटी-मोटी सीकड़ें। एक नया पीताम्बर साव सामने खड़ा था, जिसका निचला मोटा होठ अगर लटका हुआ-सा न दिखाई देता तो ओंकारनाथ के लिए भी उसे एकदम से पहचान पाना मुश्किल होता।

"पीताम्बर साहब..." अपने अन्दर से जूझते हुए वे कठिन क्षण थे, जब ओंकारनाथ ने खसखसे गले से आवाज दी। पीताम्बर साव बरामदे से निकलकर एक कार में बैठने के लिए उसके खोल दिये गये दरवाजे की ओर बढ़ चुका था।

ओंकारनाथ पुकारना पीताम्बर साव ही चाहते थे, लेकिन अनजाने ही पीताम्बर साहब बोल गये थे।

पीछे से इस तरह नाम लेकर पुकारा जाना पीताम्बर साव के लिए एक कोई भूली हुई बात हो चुकी थी। उसने ठिठककर देखा। पहचान की परछाईं उभरने से पहले कुछ क्षणों तक उसकी आँखों में भयानक खालीपन मँडराता रहा, फिर उसके चेहरे पर मुस्कान तैर गयी, "अरे, माट्साब, आप?" वह पास आया और उसने ओंकारनाथ के पैर छुए।

ओंकारनाथ अन्दर से भरभरा उठे।

"क्या बहुत देर से बैठे हैं? किसी से कहला देते, आइए!" पीताम्बर साव

आग्रह सहित ओंकारनाथ को सहारा देकर वापस अपने कमरे में चला गया।

"अब तो रिटायर हो चुके होंगे। कब आये आप ? आपका सामान कहाँ है ?" पीताम्बर साव के सवाल थे कि एक के बाद एक निकलते आ रहे थे और ओंकारनाथ थे कि उनकी जीभ जैसे तालू से चिपकी हुई थी।

अचानक ओंकारनाथ किसी भी क्षण उस बात के सामने आ खड़े होने की आशंका से ग्रस्त हो उठे जिसके सामने आते ही वह पीताम्बर साव के सामने अपराधी की तरह सिर झुकाकर खड़े रह जाने पर विवश हो जाएँगे। लेकिन फिर उन्होंने कुछ इत्मीनान से सोचा कि अट्ठारह-उन्नीस साल पुरानी घटना अब भला कहाँ याद होगी पीताम्बर साव को। फिर उन्हें अपना ऐसा सोचना मूर्खतापूर्ण लगा क्योंकि एक तो जीवन की राह बदल देनेवाली घटनाएँ भूलतीं नहीं, दूसरे पीताम्बर साव का जिक्र आते ही उन्हें भी तो वह घटना ऐसे याद आयी थी जैसे अभी कल-परसों की ही बात हो। ओंकारनाथ मन ही मन संवाद गढ़ने लगे कि उस घटना की बात उठने पर कहेंगे कि उन्हें मारपीट की घटना की असलियत बाद में पता लगी, कि वह खेद प्रकट करने के लिए पीताम्बर के स्कूल आने की प्रतीक्षा करते रहे, कि आज वह उस घटना के लिए खेद प्रकट करते हैं, कि उन्होंने उस घटना के बाद किसी लड़के को सजा देने से पहले सौ बार तथ्यों की पूरी जानकारी लेना शुरू कर दिया था...

"मकान तो अब वहीं बना लिया होगा आपने ? ठीक भी है जिस शहर में आदमी दस साल से ज्यादा रह ले फिर वही उसका शहर हो जाता है, क्यों माट्साहब ?" पीताम्बर साव जो अपनी सल्तनत में धरती पर धमक-सी पैदा करते हुए लम्बे-लम्बे डग भरता हुआ चल रहा था, जरा-सा रुककर बोला।

मकान की बात कानों में पड़ते ही ओंकारनाथ चौकन्ने हो गये। उनको लगा कि मुख्य बात पर आने से पहले पीताम्बर साव उनसे खेल रहा है, वरना मकान की बात करने की उसे क्या जरूरत थी ? वह प्रतीक्षा करने लगे कि अभी, बस अभी वह घूमेगा और दो टूक शब्दों में गरजता हुआ पूछेगा कि आज मेरी याद कैसे आ गयी माट्साहब ? मेरे लाख अनुनय-विनय करने पर भी आपने मेरी एक बात नहीं सुनी थी, मेरे सीधे-सच्चे जीवन को अपराध के तपते, बेचैन और बदनाम संसार में ढकेलकर अब यहाँ क्या लेने आये हैं ?

ओंकारनाथ ने अपने मन को मजबूत करते हुए तत्काल निर्णय लिया कि कुछ भी हो वह इस लड़के के सामने शर्मिन्दा तो होने से रहे। क्या कोई अध्यापक अपने शिष्य को सजा नहीं देता ? क्या कभी-कभी वह गलत सजा नहीं दे जाता ? तो क्या हर बच्चा पीताम्बर साव की तरह अपराध की राह पर चल पड़ता है ? ओंकारनाथ ने पक्का निर्णय ले लिया कि ऐसी किसी स्थिति के आने पर वह धुरन्धर मिसिर

के विश्वासघात से उपजी सारी यातनाओं को परे सरकाते हुए छिटककर एक किनारे खड़े हो जाएँगे और अपने अध्यापक होने के स्वाभिमान और गौरव की रक्षा करते हुए कहेंगे कि, बस तुम्हारे बारे में पता लगा तो मिलने चला आया, मेरा कोई काम नहीं है तुमसे। उन्होंने सोचा कि इतना कहने के बाद वह तनकर चल देंगे।

"आपने बताया नहीं माट्साब..." ओंकारनाथ को चुप देख पीताम्बर साव ने पास से गुजर रहे किसी कारिन्दे के सलाम का जवाब देते हुए पूछा।

"मेरे पास अब कोई घर नहीं है," अपने से लड़ते-लड़ते थककर परास्त हो चुके ओंकारनाथ ने रुँधी-सी आवाज में कहा।

ओंकारनाथ यह बात कहते हुए और पीताम्बर साव सुनते हुए रुक गये। आमने-सामने खड़े होकर ओंकारनाथ ने पाया कि पीताम्बर साव का कद उनके कद से आज कुछ अलग ढंग से ऊँचा दीख पड़ रहा था। ओंकारनाथ का कन्धा पीताम्बर साव के सीने तक पहुँचता था और यह बात कहने के लिए ओंकारनाथ को अपना चेहरा जरा-सा ऊपर की तरफ उठाना पड़ा था।

"ऐसा क्यों कहते हैं सर! यह सब कुछ आपका ही तो दिया हुआ है," पीताम्बर साव ने हाथ जोड़कर विनयपूर्वक कहा। ओंकारनाथ की आँखों के सामने विक्षिप्त कर देने वाली धूप से चिलचिलाती दोपहरिया कौंध गयी। ओंकारनाथ बात हारना शुरू कर चुके थे। उन्होंने धड़कते दिल से पीताम्बर साव की बात में व्यंग्य की गन्ध लेनी चाही लेकिन वह हाथ जोड़े खड़ा था।

पीताम्बर साव ने बाहर निकलने का अपना कार्यक्रम स्थगित कर दिया। उसने इत्मीनान से बैठकर ओंकारनाथ की पूरी बात ध्यान से सुनने के बाद कहा, "यह काम तो दो मिनट का है माट्साब! बस ये है कि जहाँ इतना सब्र किया है वहाँ दो-तीन महीने और रुक जाइए, बरसात में किसी को बेघर करने को न कहिएगा।"

# अस्वीकार

''क्यों भई, 'मेघदूत' का क्या समाचार है?'' उसने स्कूटर का इंजन चालू रखा और एक पैर सड़क पर टिकाये-टिकाये ही चिल्लाकर पूछा।

सड़क पर गुजर रही सवारियों के कोलाहल, उसके अपने स्कूटर की घड़घड़ाहट और उसी समय अचानक चालू हो गये एक प्रचार-वाहन के लाउडस्पीकर की भाँय-भाँय में उसका सवाल दुकानदार के पास तक नहीं पहुँचा, लेकिन दुकानदार ने उसकी शक्ल देखते ही उसका सवाल समझ लिया और एक उकताहट के साथ इनकार में सिर हिला दिया। वह शहर की सबसे बड़ी दुकान थी, जहाँ से इस शहर के अन्य सभी छोटे बुक-स्टालों को पत्र-पत्रिकाएँ सप्लाई होती थीं। दुकानदार उसका चेहरा अच्छी तरह पहचानता था, क्योंकि साल में एक-दो बार वह इसी तरह किसी एक पत्रिका के बारे में रोज-रोज पूछताछ करके नाक में दम-सा किये रहता था। दुकानदार उस समय अँग्रेजी और हिन्दी की पत्रिकाओं को अलग-अलग लाइनों में करीने से सजा चुकने के बाद ममता कुलकर्णी वाले 'स्टारडस्ट' को किसी ऐसी जगह रखने की सोच रहा था, जहाँ से आने वाले की निगाहें सीधे मैगजीन के कवर पेज पर पड़ सकें।

दुकानदार का इनकार सुनने के बाद वह आगे बढ़ा। यह जानते हुए भी कि रविवार के दिन कोई पत्र, कोई पार्सल या कोई बिल्टी नहीं आती, उसने एक दूसरी सड़क पर एक छोटी-सी दुकान पर स्कूटर रोका और एक-दो पत्रिकाएँ यूँ ही पलटने के बाद पूछ लिया, '' मेघदूत की कोई खबर?'' यह जानते हुए भी कि इस छोटी दुकान की पत्रिकाएँ पीछे छूट गयी उस बड़ी दुकान से ही मिलती हैं, वह अपने को रोक नहीं सका था।

दरअसल 'मेघदूत का क्या समाचार है?' या 'मेघदूत की कोई खबर?' जैसे वाक्य उसने इसी पत्रिका के लिए गढ़े हैं। एक-दो बार उसने दुकान पर पूछा, ''मेघदूत आ गयी?'' यानि मेघदूत पत्रिका आ गयी? लेकिन पत्रिका के नाम 'मेघदूत' के साथ 'आ गयी' के स्त्रीलिंग का प्रयोग उसे बुरी तरह खटका। एक-दो बार उसने पूछा, ''मेघदूत आ गया?'' मगर पत्रिका के सन्दर्भ में 'आ

गया' का पुल्लिंग प्रयोग उसे और भी अटपटा लगा। तभी उसने दो वाक्य बनाये जिनका प्रयोग वह पुरुषवाचक नामों वाली पत्रिकाओं को माँगने या पुकारने में करने लगा। ऐसा सोचते और करते हुए उसे एक सन्तोष का-सा अनुभव हुआ कि भाषा के प्रयोग को लेकर वह आम बातचीत में भी कितना सतर्क रह सकता है।

'मेघदूत' का वह अंक अभी बाजार में नहीं आया है, जानकर उसे एक राहत जैसी महसूस हुई। किसी पत्रिका में रचना स्वीकृत हो जाने के बाद वह इसी तरह शहर की छोटी-बड़ी दुकानों पर पत्रिका के बारे में पूछताछ करता घूमता है। जब तक पत्रिका बाजार में नहीं आती, वह उत्सुक प्रतीक्षा की यन्त्रणा का सुख उठाता है। रचना छपने तक उसके पास, 'और कहाँ छप रहे हैं आप' जैसे सवालों के जवाब में स्वीकृत रचना के आधार पर देने के लिए सूचना होती और रचना के छप जाने के बाद उसके आसपास होती हैं बधाइयाँ और 'कैसे लिख लेते हैं आप?' जैसी विस्फारित नेत्रों वाली मासूम जिज्ञासाएँ, जो उसे सामान्य से कुछ विशेष होने के एहसास से भर जाती हैं।

लेकिन अकसर वह पाता है कि सूचनाएँ और जिज्ञासाएँ जल्दी ही बासी पड़ जाती हैं और वह अपने को अन्दर से एकदम खाली पाता। जैसे, जो कुछ होना था उसकी ताजगी उसके न होने तक ही रहनी थी। पत्रिका के आने में देर होती है तो उसे लगता रहता है कि अभी कुछ ताजा और नया सामने आने को बाकी है। वह कुछ तय नहीं कर पाता कि वह रचना और अपने छपे हुए नाम को देखने की लालसा में यहाँ से वहाँ, इस दुकान से उस दुकान तक भागता फिरता है या बासी पड़ जाने का कोई भय है जो एक बेचैनी बनकर उस पर छाया रहता है...

उसे गाँव में बिताये अपने बचपन के दिन याद आते कि कैसे मेला जाने की तैयारियाँ कई हफ्ते पहले ही शुरू हो जाया करती थीं। बेपेंदी के लोटों में अंगारे भरकर कपड़ों पर प्रेस करने का प्रयोग चल रहा है, खरीदी जाने वाली चीजों की लिस्टें लिख-लिखकर फाड़ी जा रही हैं, घिसी हुई रंगीन बर्फ का स्वाद और ठण्डक जबान पर आकर बैठ गयी, अमराइयों में आँधी से टपके आमों को दूसरे के हाथ से झपट लेने का उत्साह भरा हुआ है क्योंकि दो-तीन हफ्ते बाद लगने वाले मेले की धूम मन में मची हुई है...मगर उसी के साथ मेले से लौटने का वह शाम का खराब समय भी सामने आकर खड़ा हो जाता...उदास, थकन और अवसाद में डूबा हुआ। पीछे छूट गया मेला मन में कहीं बहता रहता। और ऐसे में कोई बुजुर्ग जब ऊबी हुई आवाज में कह बैठता, 'मेला-मेला-मेला, चलो मेला भी हो गया,' तो लगता जैसे अन्दर कुछ रीत गया हो। कुछ दिन मेला

चर्चा में रहता और धीरे-धीरे उसकी चर्चा भी बासी पड़ जाती।

कई बार पत्रिका में छपी रचना देख चुकने और लोगों को दिखा चुकने के बाद वह भी बुदबुदाया है, 'छपे-छपे-छपे, चलो छप गयी।'' लेकिन यह सब तो बाद में होता है। पहले तो अपने लिखे शब्द और छपे नाम को देखकर जी जुड़ाने के दिन होते हैं, किसी अव्यक्त खुशी के गले में झूले रहने के दिन होते हैं, सब कुछ अच्छा-अच्छा लगने के दिन होते हैं।

पिछले वर्ष उसकी दो रचनाएँ सामान्य कन्याओं की तरह देखी जाकर किसी बहाने से अस्वीकार नहीं की गयी थीं, बल्कि मन में हल्दी और उबटन की बन्दनवार सज चुकने के बाद अचानक पता लगा था कि बात किन्हीं नामालूम कारणों से तोड़ दी गयी थी। 'भारत' और 'देश का साहित्य' में उसकी रचनाओं का न छपना उसके लिए गहरा धक्का था। उसे लगता था कि 'भारत' के लिए भेजी गयी उसकी रचना बहुत अच्छी थी और उसे जरूर छपना चाहिए था। कितने दिन तो वह 'भारत' की तरफ से भेजे गये स्वीकृति-पत्र को जेब में डाले घूमता रहा था और जरा-सा मौका पाते ही उसे बार-बार पढ़ता और आनन्दित होता रहा था।

उसे याद है कि जिस दिन उसे किसी ने बताया कि 'भारत' का वह अंक आ गया है, वह ऐसे पिछले हर मौकों की तरह उस बार भी ऑफिस के लिए घर से आधा घण्टा पहले निकल पड़ा था, क्योंकि अपनी रचना को वहीं दुकान पर खड़े होकर देखने के लिए अतिरिक्त समय चाहिए होता है। दुकान पर पहुँचकर उसने देखा कि 'भारत' की प्रतियों को सुतली की अलगनी तान कर आम्रपल्लवों की तरह सजा दिया गया है। उसका दिल धड़क उठा। उसने सोचा कि हवा में लहरा रही इस पत्रिका के पन्नों पर उसके लिखे शब्द भी हैं। उसने स्कूटर खड़ा किया, ताला लगाया और सड़क पर से गुजर रही भीड़ पर एक निगाह डाली। भीड़ उसे उत्सव मनाती-सी जान पड़ी, हर तरफ संगीत बिखरता-सा लगा, जैसे सारा उत्सव और संगीत उसकी रचना प्रकाशित होने के उपलक्ष्य में आयोजित कोई समारोह हो।

'एक कापी 'भारत' की, पैसे काट लीजिए,' उसने ठीक अपने सामने एक महीन आवाज सुनी तो पुलकन उसकी धमनियों में बह निकली।

क्या जब यह घर जाकर मेरी रचना पढ़ेगी तो जान पाएगी कि पत्रिका खरीदते समय उस रचना का रचनाकार उसके इतने पास खड़ा था? उसने सोचा। उसके मन में आता कि वह किसी तरह इस बात को जाहिर कर सके कि पत्रिका की फलाँ रचना मेरी है या यह कि इस विशेषांक में देश के जाने-माने रचनाकारों के साथ उसकी रचना भी है। मगर वह चुप रहा।

उसने 'भारत' की एक प्रति उठा ली। हमेशा की तरह उसने 'आगे के पन्नों पर' का पन्ना देखकर भी नहीं देखा। सामने की चीज को देखकर भी न देखना उसने बड़े अभ्यास से सीखा है। अभी तीन साल पहले जब उसकी पहली रचना प्रकाशित हुई तो उसने बेसब्री से पत्रिका उठायी थी और विषय-सूची में तुरन्त अपना और अपनी रचना का नाम पढ़ा था। उसने पाया था कि ऐसा करने से रचना के छपने को लेकर उसके मन में जल रही फुलझड़ी को किसी ने पानी में डाल दिया हो जैसे। अब वह शुरुआत में ही अपना या अपनी रचना का नाम देखकर उस रोमांच को कभी एक क्षण में समाप्त नहीं करता, जो धीरे-धीरे उसे अत्यन्त प्रिय होता गया है। उस एक 'थ्रिल' को बनाये रखने के लिए वह पत्रिका का एक-एक पन्ना खोलता है और एकदम से किसी पन्ने पर छपी अपनी रचना के सामने आ जाने की 'किक' को महसूस करता है। जैसे 'रमी' या 'ब्रिज' के खिलाड़ी अपने हाथ में आये पत्तों को एकबारगी खोलकर नहीं देख लेते। एक-एक पत्ते को अँगूठे और मुड़ी हुई तर्जनी के बीच लगभग पीसते हुए धीरे-से खोलकर देखने पर लगता है कि इस तरह खोलने से मनचाहा पत्ता सामने आ जाएगा।

उसने एक-एक पन्ना चुटकी में मसलते हुए पलटना शुरू किया। बड़े और प्रतिष्ठित नाम उसकी आँखों के सामने से निकल रहे थे और उसे एक गर्वमिश्रित सन्तोष से भर रहे थे कि इन बड़े नामों की कतार में उसे भी शामिल माना गया है। एक उत्तेजना उसके पोर-पोर में बस रही थी। अभी, बस अभी...बस, इसके अगले वाले पन्ने पर उसकी रचना दिखाई देगी। पत्रिका के चिकने पन्नों का स्पर्श उसके अन्दर एक तरह की स्निग्धता भर रहा था। उसने एक बार ऐसी रंगीन पत्रिका छापने वाली मशीन देखी है। बड़ी-सी मशीन के एक सिरे पर लगे कागज के रिम जैसा लगता जिसके बारे में वह सोचा करता कि कागज पर कौन-सी कथाएँ लिखी जाएँगी यह न तो मशीन को मालूम होता है और न कागज को। उसने मशीन पर होती छपाई देखी तो सहसा आश्चर्यचकित रह गया। उसने देखा कि ऐसे, एकदम कोरे कागज पर पहले सिर्फ एक रंग की आधी-अधूरी, बिलकुल समझ में न आने वाली आकृतियाँ छपतीं और कैसे कागज के आगे बढ़ते ही कुछ और रंग आकर मिल जाते और कैसे पहले वाली उन अस्पष्ट आकृतियों को स्पष्ट आकार मिलने लगता। उसने देखा कि जैसे-जैसे कागज आगे बढ़ता जाता, कई-कई रंग मिलते जाते और तस्वीर साफ होती जाती। उसे यह छपाई मनुष्य के जीवन में घटित होने वाली घटनाओं जैसी लगती, जिनका आपस में कोई सीधा सम्बन्ध तो दिखाई नहीं देता मगर उन्हीं के आपस में मिलने से एक पूरे चरित्र और व्यक्तित्व का निर्माण होता है।

तभी उसने पाया कि 'भारत' के जिन पन्नों को वह ताश के पत्तों की तरह चुटकी में मसलकर धीरे-धीरे खोल रहा था, उन्हें उसने अपना रोल नम्बर न पानेवाले किसी छात्र की हड़बड़ी में तेजी से पलटना शुरू कर दिया था। उसका दिल डूबने लगा।

शायद कोई दो पन्ने मशीन से कटने से रह गये हों, या हो सकता है कि आपस में चिपके होने के कारण एक के बजाय दो पन्ने एक साथ उलट गये हों— उसने सोचा और पूरी पत्रिका एक बार फिर शुरू से अन्त तक तेजी से पलट डाली। उसकी आँखों के सामने आवरण के तीसरे पृष्ठ पर गोल्ड फ्लेक सिगरेट पीकर उत्फुल्लित जोड़े आ बिराजे थे, जिनका छोड़ा हुआ धुआँ कागज से निकलकर उसकी आँखों में कड़वाहट पैदा करने लगा था। उसे लगा जैसे उसे अचानक किसी के मरने की खबर मिली हो। अस्वीकृत का दंश सहलाता वह कुछ देर तक विज्ञापन के खिले हुए चेहरों को अपने अँगूठे के नाखून से गहरी लकीरें खींच-खींचकर विरूपित करता रहा...

'अरे, ऐसा कैसे हुआ'

'क्यों? कैसा हुआ? ऐसा तो होता ही है।'

'लेकिन स्वीकार कर लेने के बाद भी—'

'अरे, स्वीकार कर लिया था तो क्या कोई पट्टा लिख दिया था?'

'नहीं, तो पहले ही लौटा देते—'

'अब आ गयी होगी किसी चहेते या चहेती की बुसाँध मारती रचना, अब सम्पादक बेचारा क्या करे?' उसने सोचा और पत्रिका को जहाँ से उठाया था वहीं रख दिया। सड़क पर गुजर रही भीड़ उसे मातम करती-सी जान पड़ी थी। सारे चेहरे जैसे गहरी उदासी में डूबे हुए थे और घर पहुँचकर अकेले में रोना चाहते थे।

'तुम्हारी रचना नहीं छपी तो क्या हुआ, बड़े और प्रतिष्ठित लेखकों का लिखा पढ़ तो सकते हो—'

'उँह, क्या लिखते हैं ये बड़े लेखक, सब पता है। खुद ही लिखें और खुद ही समझें। सारा अविश्वसनीय, अस्वाभाविक और 'लेबर्ड'। इनकी रचना नहीं छपती, इनका नाम देखा जाता है—' उसने भीतर तक तड़पकर सोचा, फिर भी 'भारत' की एक प्रति खरीद ली। उसे अपने आपको ज्यादा टटोलना नहीं पड़ा था कि उसने पत्रिका, छपी हुई और अपनी नहीं छापी गयी रचना की तुलना करने के लिए ही खरीदी है।

कुछ ही महीनों बाद एक नयी रचना के पूरा होते-होते 'भारत' से मिले घाव पर खुरण्ड जम चुकी थी।

वह लगातार लड़कियों को जन्म देने के कारण अपने पति द्वारा सतायी जाने वाली कुसुम की कहानी थी, जिसे लिख चुकने के बाद वह खुद देर तक उदास रहा था। उसने कुसुम के क्रूर पति का जो चित्रण किया था उससे पूरी तरह सन्तुष्ट था और उसे विश्वास था कि उसकी यह कहानी उसे साहित्य-जगत में चर्चित कर जाएगी। कहानी लिखते समय उसे बराबर लगता रहा कि कुसुम बड़ी-बड़ी आँखों में आँसू भरे सारी रात उसके पास बैठी रही थी। कहानी पूरी होते-होते उसकी कमर दुखने लगी थी, रात-भर जागने के कारण आँखों में धुआँ-धुआँ-सा उतर आया था लेकिन मन में स्फूर्ति और आत्मतुष्टि का सवेरा था।

लगभग एक महीने बाद उसकी वह कहानी 'देश का साहित्य' से वापस लौट आयी थी।

'सब जगह अपने-अपने गुट बने हुए हैं। जो तुम्हारे खेमे में शामिल नहीं है, वह जो कुछ भी लिखेगा रद्दी ही होगा। अपने दरबार में हुक्का भरने वाले की निकृष्ट रचना भी तुम कालजयी बताकर छापोगे। शाम को आधी बोतल गले के नीचे उतार लेने के बाद तुम्हारी डूबती पुतलियाँ और हिचकोले खाती आवाज फैसले सुनाती होगी कि किसको कथाकार बना देना है और किस साले को कथाकार नहीं बनने देना है—' वह तिलमिलाया-सा वापस लौटी कहानी को हाथ में पकड़े खड़ा रह गया था।

'देश का साहित्य' से लौटायी गयी कहानी ने 'भारत' के पुराने हो चले जख्म पर जम चुकी पपड़ी को जैसे फिर नोच लिया था...

'तुम मालिक हो, भाग्य विधाता हो, तुमसे कौन पूछ सकता है कि कृष्ण कुमार से तुम्हारी घनिष्ठ मैत्री के अलावा कौन-सी ऐसी विशेष बात थी उसकी साढ़े तेरह पन्नों की कहानी में, जिसे तुम न छापते तो साहित्य की कोई बड़ी होनि हुई जा रही थी? साहित्यिक आतंकवाद चलानेवालों से कौन पूछ सकता है कि उस सीधी माँ-बहिन की गाली परोसने वाली 'साफ्ट पोर्नो' को छापकर तुमने साहित्य या समाज का कौन-सा भला किया है? नहीं, रचना को स्वीकार करने या अस्वीकार करने के तुम्हारे अलग पैमाने हैं और अपने उन खोटे पैमानों की वजह से तुम एक पूरी पीढ़ी को निराशा और अकर्मण्यता में डुबोने के अपराधी हो...।'

उसने कई महीनों तक कुछ नहीं लिखा, कोई पत्रिका नहीं देखी और सोचता रहा कि क्यों लिखा जाए? किसके लिए लिखा जाए? क्या सिर्फ लौट

आने के लिए, अस्वीकृत होने के लिए लिखा जाए?

मगर कुछ समय बाद वह आश्चर्यचकित था कि वैसे हँसिये से बार-बार काट दिये जाने के बाद भी उसके भीतर कोई पौध है, जिसमें फिर कोंपल फूट आयी है।

उसे अब 'मेघदूत' की प्रतीक्षा थी।

दो सड़कें पार कर चुकने के बाद पत्रिकाओं की फिर एक छोटी-सी दुकान उसे नजर आयी। और नजर क्या आयी, वह जानबूझकर इस सड़क पर आ गया था। उसने स्कूटर किनारे करना चाहा, लेकिन कोई था जिसने न तो स्कूटर मोड़ने दिया और न ब्रेक पर पैर रखने दिया...

'नहीं, बन्द करो अब ये पत्ते खेलना—'

'नहीं, 'मेघदूत' के बारे में पता करने थोड़ी जा रहा था—'

'बन्द करो अपना ये पागलपन। किसको धोखा देते हो तुम? अगर सचमुच रचनाकार हो तो भी नहीं, तुम्हें तो शिकायत करने का वैसे भी कोई अधिकार नहीं है। शब्दों के इस कठिन संसार में अभी पाँच वर्ष पहले पैदा हुए तुम अभी कुछ शब्दों को पहचान-भर सके हो, उनका थोड़ा-सा इस्तेमाल आ गया है तुम्हें और इतने पर ही अपने रँगे हुए कागजों को रचना समझने का भ्रम पाल बैठे हो?' कोई जैसे उसे कठघरे में खड़े होने के लिए ठेल रहा था।

'लिखता हूँ तो क्या कहलाऊँगा? रचनाकार ही न?'

'रचनाकार ऐसा होता है? सुविधाजनक नौकरी, शेयर बाजार में सट्टे पर लगी खूब सारी रकम, अपना मकान और खूब सारे आराम से हद दर्जे के आलसी बन चुके तुम, सुनी-सुनायी बातों के आधार पर मेहनतकश मजदूरों और किसानों की कथाएँ लिखकर समझते हो कि तुम उनके लिए संघर्ष कर रहे कोई योद्धा हो? बन्द करो अपना ये पाखण्ड। कितना जानते हो, या जानने के लिए उत्सुक रहते हो उनके या किसी के भी बारे में? कितने तरह के जीवन देखे हैं तुमने? तीन किलोमीटर का जीवन जीते हुए सोचते हो कि तीन सौ किलोमीटर की कथाएँ लिख लोगे—' कोई था जो उससे इस कदर नाराज बैठा है, वह नहीं जानता था।

'तो मुझे अपने आपको लेखक नहीं समझना चाहिए?'

'लेखक तो बाद में बनोगे, पहले यह बताओ कि तुमने क्या-क्या पढ़ रखा है? चलो इसे भी छोड़ो, यह बताओ कि पिछले एक वर्ष में तुमने कौन-सी किताब पढ़ी?'

'पढ़ता हूँ, जब मिल जाती है तब पढ़ता हूँ। यहाँ इस छोटी-सी जगह में—'

'खोजकर कितना पढ़ते हो? और जगह कोई छोटी नहीं होती। मलयालम के तकषी पिल्लै कभी अपने गाँव से बाहर नहीं निकले और उनके साहित्य पर उन्हें ज्ञानपीठ मिला। प्रसाद ने कहा है न कि 'ज्ञान दूर कुछ क्रिया भिन्न है, इच्छा क्यों पूरी हो मन की।' अपने आपको महान घोषित करवाने के लिए बेसब्र लेखक महाशय, 'जुही की कली' कविता लौटा दिये जाने के बाद अगर तुम्हारी ही तरह सोचते निराला, निराला न होते—'

'.................................................'

'मानता हूँ, सबके अपने-अपने प्रिय होते हैं, सम्पादक के भी होंगे। लेकिन एक अच्छी रचना का इन्तजार हर सम्पादक को होता है। एक उत्कृष्ट रचना को सामने लाने का श्रेय उसे भी तो मिलता है। चुनने का अधिकार उसका है, उसकी कसौटी पर तुम्हें खरा उतरना ही होगा—' उसकी बोलती बन्द हो गयी देख वह कुछ नरम पड़ा।

'कुसुम का पति कितना जल्लाद है। उसका दुःख मुझे अपने दुःख जैसा लगता है। लड़कियाँ पैदा होने का क्या मतलब है कि—'

'फिर झूठ बोल रहे हो तुम। कुसुम का पति उसे लड़कियाँ पैदा होने के कारण नहीं पीटता, उसका गुस्सा तुम्हारे और कुसुम के बीच के सम्बन्धों को लेकर है जो उसकी शादी के बाद भी चल रहे हैं। और कैसे बेईमान हो तुम? कहीं भी कोई अच्छी कहानी छपती है और तुम उसे कागज पर उतार लेते हो और अपनी लिखी हुई बताकर कुसुम को दे आते हो। वह एक सीधी-सादी, तुम्हें मुग्ध-भाव से तकती लड़की तुम्हारी चालाकी को कभी जान ही नहीं सकी। तुमने उन 'अपनी' कहानियों के जरिये कुसुम को रिझाकर वे सारे काम सम्भव कर लिये, जो शायद वैसे असम्भव ही रहते। तुम्हारी वजह से कुसुम का जीवन वैसे ही कौन-सा कम नरक था जिसकी कसर अब तुम उसके पति को लेकर झूठी कहानियाँ गढ़कर पूरी कर रहे हो? क्या तुमको इस बात का एहसास है कि तुम्हारी कहानियाँ कुसुम की परेशानियाँ बढ़ाने वाली साबित हो रही हैं? तुम किसी न किसी तरह वह पत्रिका उसके घर पहुँचा देते हो जिसमें तुम्हारी कहानी छपी होती है। और तुम 'महान शब्दशिल्पी', अपनी कहानियों में संवाद के तौर पर पूरे वही वाक्य धर देते हो जो कुसुम के पति ने उससे कहे होते हैं और जिन्हें कुसुम अपनी व्यथा सुनाते हुए तुम्हें बता देती है। तुम 'महान कल्पनाशील' लेखक, अपनी कहानियों में सारी की सारी घटना ज्यों-की-त्यों उतारकर रख देते हो जो कुसुम और उसके पति के बीच घटित होती है और जिसे

जाननेवाला कोई तीसरा वहाँ मौजूद नहीं होता। तुमने तो नागर जी को बोलते हुए सुना है कि 'बूँद और समुद्र' की एक ताई में उनके मोहल्ले की कम-से-कम दस महिलाओं के चरित्रों की मिलावट है।'

'मैं कुसुम से प्रेम करता हूँ, उसका कष्ट मुझसे देखा नहीं जाता'

'तुम जो कुछ कर रहे हो उसे प्रेम कहते हैं? कहीं से सुन लिया तुमने कि लेखन के लिए अनुभव-संसार का समृद्ध होना आवश्यक है सो तुम अनुभव एकत्र कर रहे हो, प्रेम का अनुभव। कुसुम के पास से लौटकर तुम सब कुछ लिख डालने या उसके नोट्स लेने की ऐसी हड़बड़ी में होते हो जैसे किसी पर्यटन-स्थल से लौटे हो, जिसके बारे में अगर होटल लौटते ही तुरन्त नोट्स नहीं बना लिये तो कुछ चीजें भूल जाएँगी। सच तो यह है कि तुम कुसुम को गन्ने की तरह पेर रहे हो ताकि उससे कुछ गिलास कहानी का रस निकाल सको...यह कलम का राक्षसी इस्तेमाल है। तुम समझते थे कि कन्या जन्म को लेकर की जानेवाली क्रूरताओं को अपनी कहानी का विषय बनाओगे तो वह तुरन्त स्वीकार कर ली जाएगी। इससे तो तुम अपने और कुसुम के बीच चल रहे सम्बन्धों पर एक ईमानदार कहानी लिखते तो उसमें तुम सचमुच अपने को उँड़ेल दे सकते थे। 'देश का साहित्य' का सम्पादक होता या कोई और, गले में फाँस बनकर अटक जाती तुम्हारी वह कहानी। मगर तुम भूल गये कि तुम्हारे संसार की परिधि के बाहर की कल्पित स्थितियों को बयान करनेवाले झूठ में सने तुम्हारे शब्द जरा देर के लिए चमत्कृत तो कर सकते हैं, दिल को मुट्ठी में लेकर मसल नहीं सकते—' वह, उसके झुक गये सिर पर चाबुक फटकारने के बजाय जरा देर बाद हाथ फेरने लगा 'सुनो, यह एक लम्बी तपस्या है। इस तपस्या में पाँच वर्ष तो क्या एक पूरा जीवन भी कम पड़ जाता है। कितनी संवेदनाएँ हम पकड़ ही पाते हैं? अंजुरी में भरे पानी से जितना गीलापन अँगुलियों को मिल पाता है उतना भी तो नहीं। ताज्जुब है कि गाँव का जीवन जी चुके तुम, सम्पादक की आज की स्वीकृति या अस्वीकृति को सब कुछ मान बैठे हो? चरी काटने वाली मशीन तो तुमने देखी होगी? उसकी यह विशेषता भी तुम जानते ही होगे कि उसके घूमने वाले हाल पर लगा फल सिर्फ उन्हीं डण्ठलों को काटता है जो बड़े होते हैं और जो अवरोध बनकर उस फल को आगे बढ़ने से रोकने में समर्थ होते हैं। पतले और नर्म डण्ठलों पर से वह फाल गुजरता तो जरूर है, लेकिन उन्हें काटे बिना ही उन पर से गुजर जाता है। सोचो जरा कि कल जब काल का बड़ा चक्र मूल्यांकन के लिए घूमेगा, तो उसका तेज, धारदार और निर्मम फल आज के न जाने कितने नामी समझे जाने वाले रचनाकारों के ऊपर यूँ ही निकल जाएगा, बगैर उनको काटे, बिना उनकी ओर देखे...काल अपने रथ पर सवार है, चकाचौंध कर

दो उसकी आँखें कि वह तुम्हारे बारे में जाने बिना आगे ही न बढ़ सके। अपनी चीख में वह दम पैदा करो कि वह न सिर्फ दूर-दूर तक पहुँचे, बल्कि सुनने वालों को बेचैन कर दे...लेकिन यह तब होगा जब तुम लिखने के प्रति ईमानदारी बरतोगे, जो जियोगे, देखोगे और भोगोगे—वही लिखोगे। तुम्हें 'मेघदूत' की बड़ी प्रतीक्षा है न? जरा बताओ कि तुम्हारी उस कहानी में तुम्हारा अपना कहने को क्या है? क्या उसके किसी एक पात्र से तुम्हारा कोई मामूली-सा भी परिचय है? किसी मित्र द्वारा दिये गये 'प्लाट' पर कहानी लिखना एक खिलवाड़ तो हो सकता है, रचना-कर्म नहीं। रचना कोई खिलवाड़ नहीं है और तुम कोई गोरकन नहीं जो लाशों के लिए कब्रें खोदता है...'

अभी तक जो उसे फटकार रहा था, ललकार रहा था, समझा रहा था, उसी ने जैसे सहारा देने के लिए उसकी तरफ अपनी बाँह भी बढ़ायी—'इस तरह स्वीकृत होने के बाद भी कहानी को छाँटकर अलग कर दिये जाने को एक चुनौती के रूप में स्वीकार करो। संसार में हर जगह कहानियाँ बिखरी पड़ी हैं, उन्हें पहचानने की दृष्टि पैदा करो, खोजो जीवन के उन पहलुओं को जिनका सामने आना अभी बाकी है, अध्ययन करो मनुष्य के मन की पर्तों के नीचे छिपी उन धधकती सच्चाइयों का, जिनको पढ़कर पाठक मजबूर हो जाए सोचने पर कि यह तो उसी की कहानी है...चलो, अपने निराशा से भरे सोच को एक नया मोड़ दो।'

और उसने बड़ी मुस्तैदी के साथ स्कूटर मोड़ दिया उस गली में जहाँ एक छोटी-सी गुमटी में कुछ थोड़ी-सी पत्रिकाएँ रखे एक बूढ़ा-सा आदमी ऊँघ रहा था। वह स्कूटर का इंजन बन्द किये बिना, एक पैर जमीन पर टिकाये, टेढ़ा-सा खड़ा चिल्लाकर पूछ रहा था, 'क्यों भई, मेघदूत की कोई खबर?'

# आप कहाँ हैं, अंकल?

मनोहर काचरु से कोई पूछे कि ऑफिस के बाद शाम को वह क्या करते हैं तो उनके लिए जवाब देना जरा भी मुश्किल नहीं होगा। दिन-भर के बाद जब शाम को वह अपने दो कमरों वाले किराये के मकान में लौटते हैं तो दरवाजा खोलते ही दिन-भर प्रतीक्षा करके उकता-सी गयी एक गन्ध उनका स्वागत करती है...वह गन्ध उनके आने के जरा देर बाद ही न जाने किस काम में व्यस्त हो जाती है कि फिर पास ही नहीं आती। कपड़े बदलने के बाद पन्द्रह-बीस मिनट चाय की तलब और 'अब छोड़ो कौन उठकर बनाए' के आलस्य के बीच कशमकश रहती है। कभी तलब की जीत होती है और कभी आलस्य की। सितार पर आधा पौन घण्टा अँगुलियाँ चलाना, खाने के लिए उलटा-सीधा कुछ बनाना, अकेले बैठकर टेलीविज़न देखते हुए या टेपरिकार्डर पर कुछ सुनते ही खाना और आखिर में कुछ पढ़ते-पढ़ते सो जाना।

दोस्तियाँ, मेल-मुलाक़ातें और मटरगश्तियाँ बहुत पीछे छूट गयीं। अब वह है और है एक सन्नाटा जो उनके कमरों से ज्यादा उनके अन्दर बजता है। शुरू-शुरू में कुछ कोशिशें उन्होंने कीं, लेकिन अपनापे के मखमली गिलाफ के जरा-सा हट जाने पर, 'कौन है?', 'वास्तव में है कौन?' 'मकसद क्या है?' की आशंकाओं के सफेद-सफेद बिलबिलाते हुए कीड़े, बातों की असावधानी से छूट गयी दरारों से बाहर आ निकलते जिन्हें सामने वाला किसी तरह बड़ी मुश्किल से वापस गिलाफ के नीचे ले जा पाता। मगर तब तक वह सफेद कीड़े मनोहर काचरु को छू चुके होते और उस छुअन की गिजगिजाहट उन्हें कई दिनों तक परेशान रखती। बस पड़ोस में रहनेवाली चार-पाँच साल की एक गौरा थी जिसके पास न कोई गिलाफ था और न उसके नीचे छिपे कीड़े। कभी-कभी उसी से बातें हो जाया करती थीं...

रीमा उनके लिए बने-बनाये सूप के कुछ 'पाउच' छोड़ गयी थी। उन्होंने पानी गर्म किया और एक 'पाउच' फाड़कर सूप तैयार किया। टेपरिकॉर्डर पर भजन सौपोरी के सन्तूर का कैसेट लगाया और सूप लेकर डाइनिंग टेबल पर बैठ

गये। मनोहर काचरु ने सितार और भजन सौपोरी ने सन्तूर की शिक्षा एक ही गुरु से ली थी। उनके लिए सितार शौक से आगे नहीं बढ़ सका, लेकिन भजन के लिए सन्तूर उसका कैरियर बन गया। सौपोरी का कैसेट बजता है जो जरा ही देर में लगने लगता है कि मनोहर काचरु अभी हाथ बढ़ाएँगे और अखरोट की लकड़ी के बने 'स्ट्राइकर्स' को अपनी अँगुलियाँ रखकर जाम कर देंगे जिनको आन्दोलित करते हुए एक सुर से दूसरे सुर तक ट्रैवेल कर जाने में भजन महारत हासिल कर चुका था। सीखने के दिनों में वह बनावटी ईर्ष्यावश ऐसा किया करते थे और भजन के लिए, मनोहर का ऐसा करना उसकी तरफ से की गयी एक तरह की प्रशंसा होती थी।

मनोहर काचरु ने सूप खत्म किया और होठों के किनारों को पोंछने के लिए आदतन डाइनिंग टेबल की दराज को बाहर की ओर सरकाया। यह रीमा की ही जिद थी कि डाइनिंग टेबल के पतले वाले किनारों पर एक-एक दराज बनवायी गयी थी ताकि छुरी-काँटे और चम्मचों के अलावा तह किये हुए नैपकिन भी हाथ बढ़ाते ही मिल जाएँ। अचानक उन्हें ध्यान आया कि दराज में रखे सभी नैपकिन वह निकाल चुके हैं और धुला हुआ नया सेट उन्होंने दराज में रखा नहीं है। अगर उन्हें सन्तूर के खत्म हो गये साइड को पलटने के लिए उठना न होता तो वह अभी कुछ देर होठ पोंछे बिना भी मेज पर अँगुलियों से ताल देते बैठे रह सकते थे। उठने से पहले ही जगह बनाने के लिए उन्होंने दराज को वापस पीछे की ओर सरकाया। तभी दराज के बन्द होते-होते उन्हें साफ नैपकिन की तहों की एक गुलाबी झलक दीख गयी जो मेज़पोश के लटके होने के कारण आँख से ओझल थी। उन्होंने दराज फिर आगे सरकायी और मुस्कराते हुए एक नैपकिन निकाल लिया।

होठों को पोंछने के लिए नैपकिन के पास आते ही रीमा के हाथों की सुगन्ध ने उनके नथुनों को घेर लिया। उस सुगन्ध ने टी.वी. विज्ञापन में दीख पड़ने वाली उस माडल की तरह जरा तिरछे घूमते हुए जैसे इत्मीनान के भाव से कहा हो—'मैं हूँ न, उनकी वाइफ...'

मनोहर काचरु ने कैसेट पलट दिया और कालीन पर बैठ गये। नैपकिन को गालों पर फिराते हुए वह परसों शनिवार की शाम रीमा के आने और आज सोमवार की सुबह आठ बजे की बस पकड़ने के लिए घर से निकलने के बीच उसके द्वारा बिताये गये एक-एक पल का 'रि-प्ले' देखने लगे जब दराज में, नैपकिन न पाकर उसने धुले हुए नैपकिन का सेट रखा होगा। सोमवार की सवेरे से शनिवार की शाम तक रीमा और मनोहर काचरु के बीच दो घण्टे की दूरी रहती है। इस दूरी को कभी-कभी रीमा और ज्यादातर मनोहर काचरु लाँघते हैं

फिर हफ्ते-भर तक दो घण्टे दूर हो जाने के लिए रीमा माँ को लेकर उस शहर में रहती है अपनी नौकरी के लिए और मनोहर काचरु रहते हैं इस शहर में अकेले, अपनी नौकरी के साथ।

किसी राजघराने के सीधे उत्तराधिकारी मनोहर काचरु ने भी सुनी हैं कहानियाँ कि उनके पूर्वज चाँदी के भी नहीं सिर्फ सोने के बर्तन इस्तेमाल में लाते थे। लाल चौक में गाइड आज भी उनके पूर्वजों के महल के अवशेषों के सामने से गुजरते हुए बताते हैं कि महाराजा पुष्पराज जैसा फराखदिल फिर दूसरा श्रीनगर में पैदा नहीं हुआ। एक-आध बचे रह गये कलात्मक जालीदार लकड़ी के दरवाजे आज भी पुराने वैभव की कथा कहते से जान पड़ते हैं। महल जो जमीन पर उठा था, जमीन में समा रहा था। पुराने वक्तों का पता देती कुछ दीवारें थीं जो जाते-जाते जा रही थीं। महल के एक हिस्से को मनोहर काचरु ने सँभाले रखा था जो उनकी विरसे की पहचान को बचाये रखने और रिहाइश की जरूरत को पूरा करने के लिए काफी था।

दास्तानें खत्म हो गयीं, उनकी यादें भी धुँधला गयीं लेकिन आभिजात्य की अपनी छाया जैसे मनोहर काचरु पर छोड़ गयी। पाँच फुट ग्यारह इंच के उनके कद्दावर शरीर पर राजसी आनबान का एक झीना-सा आवरण आज भी दीख पड़ता है। गोरा रंग, ऊँचा माथा, यूनान के देवताओं जैसी उन्नत नासिका, हमेशा कुछ कहने को आतुर पानी की गहरी लकीरों वाली बड़ी-बड़ी आँखें, सामने वाले को कुछ भी माँग लेने के लिए प्रेरित करती-सी मुस्कान, काले-सफेद बालों की करीने से कटी दाढ़ी, सिगरेट जलाने के लिए माचिस की तीली को अपने घेरे में ले लेने वाली, ऊपरी पोर से पीछे की ओर कुछ मुड़ी हुई-सी कलात्मक अँगुलियों वाली बड़ी-सी हथेली और इस सबके ऊपर चेहरे पर शरमायी-शरमायी-सी एक ललछौंह...

श्रीनगर के चार मौसम क्या छूटे, मनोहर काचरु का जीवन एकरस बेरौनक मौसम में बँधकर रह गया। नौकरी के सिलसिले में वह जिन शहरों में गये, वहाँ कश्मीरी तो कई मिले लेकिन ज्यादातर ने उन्हें निराश ही किया। वह सब हिन्दी या अँग्रेजी बोलने वाले थे, उन्हें अपने रीति-रिवाज याद नहीं रह गये थे, उन्हें अपने पहनावों में कोई दिलचस्पी नहीं रह गयी थी, विवाहिताओं को कानों में अटेरु पहनने में शर्म-सी महसूस होती थी। अपनी भाषा में बात करने को तरस रहे मनोहर काचरु को उन लोगों से मिलकर लगता है कि जैसे वह विलुप्त हो रही किसी प्रजाति के जीव हैं, जिसके बारे में कल सिर्फ किताबों में पढ़ने को मिलेगा...जब सब लोग बहुत कुछ भूले जा रहे थे तब मनोहर काचरु के आसपास थी प्याली में बादाम की कटी हुई कतलियाँ डालकर बनाये गये

कहवा की केसर सुगन्ध...नून चाय का स्वाद और उसके साथ चिचौर को कुतरते हुए खाने का मज़ा अब भी उनकी स्वाद कलिकाओं के लिए ताजा था। खैयाम चौक, बुलवार्ड, नौहट्टा, सउरा, हबल, गाव कदल, जीरो इन, बढशा चौक और डल गेट मनोहर काचरु के लिए भूले हुए नाम थे, जो उनके सपनों में आया करते थे। बस एक आबी गुज़र था जो हमेशा साथ-साथ रहता था, जहाँ उन्होंने रीमा जुत्शी को पाया था, जिसे छेड़ने के लिए कभी-कभी वह रीमा झुट्ठी कहा करते थे। कभी-कभी वह रीमा को लेकर फतह कदल की तरफ निकल जाते थे और चार नहीं जैसे सिर्फ दो आँखों से सबसे नीचे मखदूमशाह की जियारतगाह, उससे ऊपर रणजीत सिंह के गुरुद्वारे और सबसे ऊपर भवानी के मन्दिर के दर्शन एक साथ निगाहें उठाते हुए करते। हब्बा कदल पर सवेरे खड़े होकर उन दोनों ने इन तीनों सिद्धपीठों से न जाने कितनी बार जुदाई की बीमारी से अपने दोनों को बचाये रखने की प्रार्थना की होगी...वो दिन, वो जगहें और वो बातें अब बस मनोहर काचरु के सीने में घुमड़ती रहती हैं जिन्हें वह किसी को दिखा नहीं सकते। रीमा को तो बिल्कुल नहीं जो अब चुप-चुप-सी रहती है, सूर्योदय के उछाह वाले जिसके चेहरे पर सूर्यास्त की उदासी छायी रहती है जिसकी खिलखिलाहटें चारचिनारी में कहीं कैद हो गयी हैं जहाँ से उनको निकाल पाना नामुमकिन है उसके लिए चिनार के सूखे पत्तों पर चलने के कारण पैदा होने वाली 'चर्र-चर्र' की चीत्कारों में तब्दील हुए जमाना गुज़र गया। चिनार के पीलापन लिये हुए सुर्ख पत्तों को देखकर आसमान में आग लगे होने जैसा दृश्य देखने वह दोनों चारचिनारी तक चले जाया करते थे। केसर के मौसम में उसके आसमानी रंग के फूलों के खिल उठने पर लगता था जैसे नीला आसमान धरती पर आ गया हो। पामपुर जाकर उन दोनों ने यह दृश्य आँखों ही आँखों न जाने कितनी बार पिया है...श्रीनगर की बात चलते ही रीमा की आँखों में उस मनहूस दिन की डरावनी परछाइयाँ उतर आती हैं जिस दिन वह आतिशी चिनार उनके घर में आ गयी थी और आसमान भी जैसे सचमुच धरती पर टूट गिरा था।

पौ फटने को थी। रात सोये हुओं को उनके हिस्से के सपने दिखाकर जाने को थी, तभी जैसे निशात बाग के हजारों चिनार के पेड़ों के पत्ते, एक तेज धमाके के साथ मनोहर काचरु के घर पर आग लगने जैसा दृश्य उपस्थित करने के लिए नहीं, सचमुच आग के शोले बनकर टूट पड़े। कान को सुन्न बनाने और दिल की धड़कन जरा देर के लिए रोक देने वाले धमाके का होना, मकान का काँप उठना और फिर सब कुछ धू-धू करने लगना एक साथ ही हुआ जैसे, क्योंकि

मनोहर काचरु ने आँख खुलते ही देखे अपने बुजुर्गों के आदमकद तैल-चित्रों के परखचे, सैकड़ों किताबों के जले-अधजले पन्नों की चिनगारियों के साथ हवा में तैरती चिन्दियाँ और घूम-घूमकर रिकार्ड किये गये संगीत के पचासों कैसेट, जो आग में झुलसकर टेढ़ी-मेढ़ी, काली प्लास्टिक भर रह गये थे। उधर भागते तो पाते कि पितामह का चेहरा झौंस गया है, इधर निगाह जाती तो दीख पड़ता कि किसी कवि द्वारा भेंट की गयी ताड़-पत्र पर तैयार पाण्डुलिपि राख का ढेर बन गयी है जिसके पन्नों पर प्राकृतिक रंगों से तैयार रोशनाई से लिखे अक्षर अभी भी चमक रहे हैं। किसको बचा लें और किसको जल जाने दें, के सिरों के बीच भागते मनोहर काचरु अचानक माँ का विलाप सुनकर ठिठक गये। उन्होंने सबकुछ जल जाने के लिए छोड़ दिया और माँ की तरफ दौड़े। पिता को मरा हुआ समझकर माँ उनके शरीर पर पछाड़ें खा रही थी। उन्होंने पिता को गोद में लिया तो पाया कि धड़कन चल रही थी। बम का एक टुकड़ा उनके सिर पर पीछे की तरफ से गहरा गड़ा हुआ था। उन्होंने खींचकर उसे सिर से अलग किया तो गर्म खून का एक फव्वारा उनके सीने से आ लगा। उन्होंने पास खड़ी रीमा की थरथराती हथेली पिता के घाव पर रखकर दबा दी और उसके फिरन के दामन को अपने दाँतों से काटकर पट्टी तैयार की।

...और उसके बाद सब कुछ बहुत तेजी से पीछे छूटने लगा। गोद में था पिता का अधमरा शरीर, साथ में कलपती हुई माँ और ठगी-सी पीछे-पीछे चल रही रीमा...सामने था एक अनिश्चित भविष्य, जिसमें चारों एक साथ छलाँग लगाने जा रहे थे।

मनोहर काचरु उन तीनों को लेकर मेहता ज्वैलर्स की तरफ से होकर कुक्कर बाजार निकल सकते थे, वह बिस्को स्कूल से प्रताप पार्क की तरफ भी जा सकते थे या वह सीधे रेजीडेंसी रोड पकड़कर बादामी बाग पहुँच सकते थे जहाँ सेना का मुख्यालय था...सारे रास्ते खुले हुए थे लेकिन उनके लिए अब कहीं कुछ नहीं था। पीछे जलता हुआ घर था और आगे शरणार्थी शब्द जो अब जीवन-भर उनके साथ जुड़ा रहनेवाला था। जिनके घर होते हैं उन्हें लौटने के लिए रास्तों के बारे में कभी सोचना नहीं होता, लेकिन बेघरों के लिए सारा जीवन घर तक पहुँचा देने वाले रास्ते की तलाश बन जाता है।

पिता के घाव से रिसता हुआ खून, फिरन के मोटे कपड़े को तर करने के बाद मनोहर काचरु के दामन को भिगोने लगा, माँ बैन करते-करते बेहोश हो जाती और रीमा अचानक इतनी जल्दी इतना कुछ हो जाने को आँखें फाड़े देख रही थी। मनोहर काचरु श्रीनगर से जल्दी-से-जल्दी बाहर निकल जाना चाहते थे। किसी डर की वजह से नहीं, मौत जिन्हें खींचे लिये जा रही थी उन पिता

को बचाने के लिए। श्रीनगर में वह किसी से शरण माँगकर उसे किसी परेशानी और धर्मसंकट में नहीं डालना चाहते थे। श्रीनगर का कोई अस्पताल या कोई डॉक्टर उनके पिता का इलाज करके अपने आपको संकट में डालने की हिम्मत रखता होगा, मनोहर काचरु को इसमें सन्देह था। उनका शक सही है या गलत, यह परखने का उनके पास समय नहीं था। वह जल्दी-से-जल्दी जम्मू पहुँच जाना चाहते थे जहाँ खुले आसमान के नीचे रहकर भी पिता का इलाज कराया जा सकता था। श्रीनगर का आकाश इतना रहमदिल नहीं रह गया था जिसके साये में कोई रात गुज़ार ले...

बस के पहियों ने श्रीनगर की धरती छोड़नी शुरू की और मनोहर काचरु को लगा जैसे उनके भीतर से कुछ बाहर को निकला आ रहा है। लगभग एक किलोमीटर आगे जाकर बायीं तरफ़ की खिड़की से देखा तो उनके बर्नहाल स्कूल का गेट विदा देता-सा जान पड़ा। उनका जी करने लगा कि एक बार और निश्चित रूप से अन्तिम बार वह अपने स्कूल के पास उन ढलान वाली सीढ़ियों पर चल पाते जिन पर चढ़ते हुए वह कभी सुलेमान टेंग और उसी रास्ते से और ऊपर शंकराचार्य के चरणों तक चले जाया करते थे...बचपन की तमाम स्मृतियों का साक्षी स्कूल पीछे छूट गया, हजरत ईसा मसीह जहाँ आराम फरमा रहे हैं वह सुलेमान टेंग आँख से ओझल हो चुका था और आदि गुरु का स्थान अब दृष्टिपथ में कहीं नहीं था और जब हब्बा खातून का मायका कहा जाने वाला पन्था चौक भी गुज़रने लगा तो मनोहर काचरु को लगा कि श्रीनगर की सीमा समाप्त होते ही बहुत कीमती कोई चीज उनके हाथों से फिसल गयी है। अभी सब कुछ पीछे छूटे कुछ मिनट ही बीते थे, लेकिन मनोहर काचरु को लगने लगा जैसे वह इन स्थानों, इन दृश्यों और उनसे जुड़ी अपनी स्मृतियों को लेकर युगों से विरही जीवन बिताते आये हों...

अई याद उनकी मदानो
हई मदानो,
वई मदानो...

बिछड़ने का दर्द उन्हें मथे डाल रहा था, उठता हुआ एक आर्तनाद था जो उनके दिल को मुट्ठी में लेकर मसले डाल रहा था, जो कुछ बहुत तेज़ी से अतीत बनता जा रहा था, मनोहर काचरु उस सबको झिलमिलाती आँखों से देखते-भर रह गये।

अचानक पिता का सिर मनोहर काचरु की गोद में लुढ़क गया।

मनोहर काचरु के सामने एक नया संकट आ खड़ा हुआ कि अगर अगल-

बगल की सीटों पर बैठे यात्रियों ने एक लाश के साथ यात्रा करने से इनकार कर दिया और कहीं बस के और यात्रियों ने उनका समर्थन कर दिया तो वह बीच रास्ते में पिता के शव को उतारकर कहाँ ले जाएँगे? उन्होंने लाश के गालों को थपथपाते हुए कहा, ''बस हौसला रखिए, हम जल्दी ही जम्मू पहुँच जाएँगे...'' 'घायल' को सर्दी लग रही है, यह दिखाने के लिए उन्होंने लाश को अपने सीने से और भी चिपका लिया, ''नहीं, घबराइए नहीं। ज्यादा खून निकल जाने से ऐसा हो रहा है, मैं आपको गर्म रखूँगा...'' मनोहर काचरु ने माँ और रीमा को भी नहीं मालूम होने दिया कि जम्मू तक वह पिता को नहीं उनकी लाश को सीने से चिपटाये हुए लाये हैं...कौन जाने मनोहर काचरु की आँखों में छः वर्ष पहले पानी की जमी वही लकीरें आज दीख पड़ती हों जिन्हें उन्होंने श्रीनगर से जम्मू तक यात्रा के बीच अपनी आँखों में ही रोके रखा था।

बेघर, शहरबदर, अपनी जमीन से बेदखल और खानाबदोश हो गये मनोहर काचरु के जीवन में एक कभी न खत्म होने वाला सूनापन भर गया था। झरनों की कलकल, प्रकृति के सुमधुर संगीत और उपत्यकाओं की बनी हरी चादर ओढ़े ढलानों के बीच रहने के आदी मनोहर काचरु अचानक जैसे शरीर की भँवर में आ फँसे थे। एक-दूसरे पर पैर रखकर भागती भीड़, कर्कश ध्वनियों और दूसरों का जरा भी खयाल न रखने वाले असभ्य महानगरों के लिए किसी तरह अपने को तैयार करते गये मनोहर काचरु। माँ और रीमा तो श्रीनगर की गलियों से बाहर ही नहीं निकल पा रही थीं। वे तीनों एक साथ बैठे तो श्रीनगर को सर्पाकार घेरे झेलम को देखते रहते, डल झील में किसी शिकारे पर बैठे हिचकोले खाते रहते। कभी कहीं कोई नुमाइश लगी देखते तो आँखों के सामने मैसूमा घूम जाता। कभी कहीं से कव्वाली की लय कान में पड़ जाती तो भतामालू के उर्स में जा पहुंचते। वे तीनों कश्मीरी में खूब सारी बातें करते, श्रीनगर में बीते दिनों वहाँ के मौसम और छोटी-छोटी महत्त्वहीन घटनाओं को भी गहराई से याद करते। जरा देर बाद उनके बीच बातचीत की भाषा बदल जाती, शब्द खारे पानी में बदल जाते। वे तीनों जब एक-दूसरे से लिपटकर खूब रो लेते तब महसूस करते कि उन्होंने आपस में जी खोलकर कितनी अच्छी बातें की हैं।

मनोहर काचरु का परिवार श्रीनगर के कुछ शक्तिसम्पन्न परिवारों में से एक रहा था। शक्ति और अन्याय का रिश्ता बहुत पुराना है। कौन जाने पीढ़ियों पहले किसी के द्वारा किये गये अन्यायों की कुछ कहानियाँ भी पीढ़ियों का सफर तय करने के बाद आज भी जिन्दा रह गयी हों, जो उनके घर को निशाने पर ला खड़ा करने का बहाना बन गयी हों। संकेत तो उन्हें बहुत दिनों से मिल रहे

थे, लेकिन डरकर भागना मनोहर काचरु ने सीखा ही नहीं था।

फिर भला उस दिन मनोहर काचरु के मन में डर कैसे पैदा हो सकता था, जिस दिन वह माँ और रीमा के साथ दो दिन रहने के बाद अपने शहर लौटने के लिए ट्रेन पर सवार हुए थे। ट्रेन छूटने में समय था और वह खिड़की के पास वाली सीट पर बैठे थे।

"एइ, उठो यहाँ से, कहीं और जाके बैठो," डिब्बे में दाखिल हुई दो वर्दियों में से एक ने हाथ से उठने का इशारा करते हुए उनसे कहा।

"क्यों?"

"हम यहाँ बैठेंगे और क्यों। उठ जाओ यहाँ से," दूसरी वर्दी ने अपनी बन्दूक सीट के पास वाली दीवार पर टिकाते हुए इत्मीनान से कहा जैसे तय हो गया हो कि उसे वहीं बैठना है।

"मैं पहले से बैठा हूँ, दिख नहीं रहा आपको?"

"अबे, जो कहा जा रहा है उसे सुन। बेकार बहस मत कर, उठ यहाँ से," पहली वर्दी ने अपनी चार अँगुलियों को तेजी से आगे-पीछे चलाते हुए कहा।

"और अगर मैं न उठूँ तो?"

"देखो कहीं मेरा माथा खराब हो गया तो," दूसरी वर्दी ने बिफरते हुए कहा।

"माथा तो आपका उसी दिन खराब हो गया था जिस दिन आपने यह वर्दी पहनी थी," मनोहर काचरु ने मुस्कराते हुए कहा।

"तुम शायद जानते नहीं हो कि हम क्या कर सकते हैं," एक वर्दी ने गुर्राकर और दूसरी ने अपनी आँखों को बड़ी और लाल बनाते हुए बानगी-सी पेश की कि वे क्या कर सकते हैं।

वर्दियों की तेज आवाज सुनकर डिब्बे के दूसरे हिस्सों में बैठे लोग आसपास आकर खड़े हो गये और 'अब क्या होता है' की प्रतीक्षा करने लगे।

"आप मेरे साथ जो करना चाहें जरूर करें, मैं न आपके किये का कोई विरोध करूँगा, न आप पर हाथ उठाऊँगा और न ही इस जगह से अपने आप हटूँगा। आप मुझे डिब्बे से बाहर प्लेटफॉर्म पर फेंक दीजिए, मैं मान लूँगा कि इण्डिया में नहीं साउथ अफ्रीका में हूँ। अपनी ये बन्दूक उठाइए और मुझे गोली मार दीजिए, मैं मान लूँगा कि मेरी मौत इसी तरह आनी थी, आपके हाथों ही लिखी थी, लेकिन यह तय है कि मैं यहाँ से उठने वाला नहीं हूँ।"

मनोहर काचरु ने एक-एक शब्द को कुछ इस तरह जमा-जमाकर रखा कि

दबी-दबी हँसी और खुसफुसाहटों की बौछारों से अपने को बचाते हुए दोनों वर्दियाँ वहाँ से खिसक गयीं।

ट्रेन सरकने लगी।

तभी अपनी साँसों पर काबू पाने की कोशिश करती एक ग्रामीण महिला उन्हें गैलरी में खड़ी दीख पड़ी। शायद चल पड़ी ट्रेन को पकड़ने में उस गर्भवती महिला को बड़ा श्रम करना पड़ा था, थकान उसके चेहरे पर उतर आयी थी। गहरे साँवले रंग की उस महिला का सारा शरीर पसीने से नहाया हुआ था। पूरे चेहरे पर पसीने की लकीरें थीं। पसीने की एक धार के साथ माँग के सिन्दूर का लाल रंग माथे पर कुछ नीचे तक उतर आया था। डिब्बे में भीड़ थी, जिसमें एक हाथ के सहारे से उसे अपने आपको खड़ा भी रखना था और दूसरे हाथ से अपने पेट को पेड़ू के पास से सहारा भी दिये रखना था। मनोहर काचरु ने अनुमान लगाया कि वह शायद पूरे दिनों से थी। महिला की थकी हुई आँखें एक मिनट कहीं बैठ सकने के लिए डिब्बे में कोई जगह खोज रही थीं।

''आइए बहन जी, आप यहाँ बैठ जाइए,'' मनोहर काचरु ने उठते हुए कहा और बैठे हुए लोगों से अपने पैर जरा समेट लेने का इशारा किया, ताकि महिला आसानी से उनकी सीट तक पहुँच सके।

महिला के चेहरे पर सीट पर बैठने से पहले ही राहत के भाव उभरे। उसने मनोहर काचरु को कृतज्ञ निगाहों से देखा।

''तू यहाँ कैसे बैठी है? टिकट है तेरे पास?'' दोनों वर्दियाँ फिर न जाने कहाँ से आ धमकीं।

महिला ने टिकट दिखाने के लिए कमर में खुँसा हुआ रूमाल निकाला और कोने की गाँठ खोलने लगी।

''नहीं-नहीं, आप बैठी रहिए,'' मनोहर काचरु ने महिला को रुमाल की गाँठ खोलने से रोकते हुए कहा।

''सरकारी काम में अड़ंगा मत डालो मिस्टर, मुसीबत में पड़ जाओगे,'' एक वर्दी ने चेतावनी देते हुए कहा।

''कौन-सा सरकारी काम? पैसेन्जर को परेशान करने का?''

''मैं तो उसी सीट पर बैठूँगा, देखूँ तुम मुझे कैसे रोकते हो?'' कहते हुए एक वर्दी सीट की तरफ बढ़ी।

''मैंने उस परेशान महिला को अपनी सीट पर बिठाया है। मैं भी देखूँ कि तुम उसे उठाकर कैसे बैठते हो?'' मनोहर काचरु ने बढ़ती हुई वर्दी के आगे अड़ते हुए कहा। उनका कद दोनों वर्दियों के कद से निकलता हुआ था।

''सोच लो, एक बार फिर सोच लो, लफड़े में पड़ जाओगे मियाँ!'' एक

वर्दी ने मनोहर काचरु की दाढ़ी से अनुमान लगाते हुए कहा।

"जरा आगे तो बढ़कर दिखाओ," वर्दी की तरफ से दी गयी चेतावनी पर मनोहर काचरु ने गरजते हुए कहा और अपनी बेल्ट का बकसुआ खोल लिया।

दोनों वर्दियाँ ठिठक गयीं। फिर न वे आगे बढ़ीं और न मनोहर काचरु को अपनी बेल्ट पैण्ट के लूप से बाहर खींचनी पड़ी।

मण्डी में ट्रकों से सेब की पेटियाँ उतरतीं तो मनोहर काचरु को ध्यान हो आता कि फल उनके देश से आ रहे हैं। सेवों की खट्मिट्ठी सुगन्ध उनको श्रीनगर के बाग़ों में ले उड़ती जहाँ दूर तक पेड़ों पर लगे सेब चित्रलिखित-सा दृश्य उपस्थित करते। वह सोचते कि किन हाथों ने इनको तोड़ा होगा, ढेरियों में सहेजा होगा, डिब्बों में पैक किया होगा...उनका जी करने लगता कि कश्मीर से आयी हुई सेब की सारी पेटियाँ खुलवा डालें, उनके सेब जमीन पर बिछा दें और उन पर लेट जाएँ जैसे अपने देश की धरती पर लेटे हों...उनका मन करता कि वह उन पेटियों में बन्द एक-एक सेब को छूकर देखें, उनमें से कोई सेब तो गुलाम रसूल के बाग़ का होगा और सेबों की सही बढ़त देखने के लिए गुलाम रसूल ने कुछ सेबों को तो जरूर ही छुआ होगा।

रीमा के शहर का यह वह स्थान था जहाँ फल मण्डी थी और जहाँ खड़े होकर मनोहर काचरु को लगता कि जैसे वह श्रीनगर के हुजूरी बाग़ में खड़े हों। यह सिलसिला अचानक ही शुरू हो गया। माँ की तबीयत ठीक नहीं थी और वह बहुत अकेलापन महसूस कर रही थीं। मनोहर काचरु कुछ दिनों की छुट्टी लेकर माँ और रीमा के साथ रहने आ गये थे। दिन-भर ऑफिस में रहने के बाद रीमा शाम को घर लौटती तो मनोहर काचरु जरा देर के लिए घर से निकल आते। फल मण्डी के पास वाले चौराहे पर खड़े होने वाले ठेले से एक चाय लेते और फलों से भरे ट्रकों को आते देखते रहते। गर्म-गर्म चाय की चुस्कियों के साथ जे एण्ड के नम्बर की ट्रकों को देखने में उन्हें कुछ अलग किस्म का सुकून मिलता। शाम के समय का यह एक क्रम-सा बनता गया...

"आपको साहब बुला रहे हैं, वहाँ।" पीतल के चमचमाते सरकारी बिल्ले वाली झब्बेदार पगड़ी बाँधे एक आदमी ने सड़क के उस पार नीला मुकुट धारण किये खड़ी सफेद रंग की जिप्सी की तरफ इशारा किया।

"कौन साहब हैं?" मनोहर काचरु ने चाय का गिलास खत्म किया, पैसे चुकता किये और चलने से पहले अर्दली से पूछा।

"अरे, हाकिम हैं, सचान साहब!" अर्दली ने कुछ इस ढंग से कहा जैसे

हाकिम को न पहचानने वाला व्यक्ति कोई मूर्ख ही हो सकता है।

"आप कौन हैं?" मनोहर काचरु के कार की खिड़की के पास पहुँचते ही नीले मुकुट ने सवाल दागा।

मनोहर काचरु को अचानक खलील जिब्रान की उक्ति याद हो आयी— 'मैं जीवन में केवल एक ही बार निरुत्तर हुआ हूँ, जब किसी ने मुझसे पूछा है कि 'तुम कौन हो?'

मनोहर काचरु सोचकर मुस्करा दिये।

"जहाँ तक मैं समझता हूँ, मैंने आपको कोई जोक नहीं सुनाया है जो आप मुस्करा रहे हैं" नीले मुकुट ने मनोहर काचरु को घुड़कते हुए कहा।

"जी मिस्टर सचान, पूछिए!" मनोहर काचरु ने अपनी मुस्कान को जरा देर के लिए स्थगित कर दिया और अर्दली के बताये उपनाम का इस्तेमाल किया।

"आपका नाम?" अपने उपनाम के सम्बोधन और उसमें अपनी लोकप्रियता और प्रसिद्धि की छिपी हुई ऊष्मा ने नीले मुकुट को कुछ नरम कर दिया।

"मनोहर काचरु!"

"ये काचरु-खाचरु क्या होता है?"

"वही जो सचान-मचान हो सकता है," कहते हुए मनोहर काचरु ने अपनी स्थगित मुस्कान को मुक्त कर दिया।

"मेरा मतलब है काचरु कौन लोग होते हैं?" नीला मुकुट जवाब और उसके साथ जुड़ी मुस्कान से तिलमिला तो उठा लेकिन संयत बना रहा।

"मैं कश्मीरी पण्डित हूँ।"

"आप पिछले चार दिनों से यहाँ बराबर खड़े दिखाई देते हैं, क्यों?" नीले मुकुट ने मनोहर काचरु को बेधने वाली निगाहों से देखते हुए पूछा।

"बराबर आता हूँ इसलिए बराबर दिखाई देता हूँ।" मनोहर काचरु ने तुर्की-ब-तुर्की जवाब दिया और अगले किसी सवाल का मुस्कराते हुए इन्तजार करने लगे।

"यहाँ रोज आकर खड़े होने की कोई खास वजह?"

"अच्छा लगता है।"

"क्या अच्छा लगता है? सड़क पर गुजरती खूबसूरत लौंडियों को घूरना?"

मनोहर काचरु ने नीले मुकुट से ऐसी भाषा की उम्मीद नहीं की थी। वह हतप्रभ रह गये।

"लौंडियाँ नहीं जनाब, लड़कियाँ और घूरना नहीं, देखना। हाँ, सुन्दर लड़कियाँ भी अच्छी लगती हैं, ऊर्जा से भरपूर बेफिक्र नौजवान लड़के भी अच्छे

लगते हैं, माँ की गोद में किसी चीज के लिए ठुनकते-मचलते बच्चे भी अच्छे लगते हैं, एक-एक, दो-दो रुपये के लिए मोल-भाव करते बुजुर्ग भी अच्छे लगते हैं, जीता-जागता हलचलों से भरपूर यह जिन्दा शहर भी अच्छा लगता है, और...और ट्रकों में भरकर लायी जा रही सेब की पेटियाँ भी अच्छी लगती हैं। लेकिन लड़कियों के बारे में आपने जिस तरह कहा, मुझे वो उस तरह से अच्छी नहीं लगतीं।'' मनोहर काचरु के दिमाग में 'लौंडियाँ' शब्द घूम रहा था, लेकिन उन्होंने अपना संयम बनाये रखा।

''आप जानते हैं मैं आपको ईव टीजिंग के इल्जाम में दफा 294 में पुलिस के हवाले कर सकता हूँ,'' नीले मुकुट ने मनोहर काचरु की कविता को एक किनारे करते हुए कहा।

''हाँ जनाब, बिल्कुल कर सकते हैं। आपके पास अधिकार है, आप कुछ भी कर सकते हैं।'' मनोहर काचरु कहते हुए फिर मुस्करा दिये।

''वैसे आप करते क्या हैं? शक्ल-सूरत से तो आप एक पढ़े-लिखे, शरीफ आदमी लगते हैं।'' मनोहर काचरु की मुस्कान जैसे कोई धारदार हथियार थी, जिससे अपने आपको बचाते हुए नीले मुकुट ने कहा।

''मैं केन्द्र सरकार में एक अधिकारी हूँ।'' मनोहर काचरु ने कहा और अपना परिचय-पत्र निकालकर नीले मुकुट को दिखाया।

''अरे, तो आपको पहले बताना चाहिए था न मिस्टर काचरु।'' नीले मुकुट ने कुछ देर पहले अपने उपनाम का सम्बोधन करके दी गयी इज्जत के बदले में इज्जत देने के लिए मनोहर के उपनाम काचरु का इस्तेमाल किया और हाथ मिलाने के लिए कार से बाहर आ गया।

''आपने जनाब मुझसे पूछा कि मैं कौन हूँ, तो उसका जवाब यह तो हो नहीं सकता था कि मैं केन्द्र सरकार में गजेटेड ऑफिसर हूँ।'' कहकर मनोहर काचरु हँस पड़े। उन्होंने दो बार हल्का-सा हिलाने के बाद नीले मुकुट का हाथ छोड़ दिया।

''देखिए, आप जैसे अधिकारी का इस तरह सड़क पर खड़े होकर चाय पीना कुछ शोभा नहीं देता। देयर इज़ नो हार्म इन इट, बट यू नो, सम हाऊ इट डसण्ट लुक नाइस!'' नीला मुकुट परिचय पाने के बाद अपनी पिछली कही हुई बातों को अनकहा बनाने की कोशिश करता हुआ किसी तरफ निकल भागना चाहता था, लेकिन उसी के बोले हुए जुम्ले उसे हर तरफ घेर रहे थे।

''आप ठीक कह रहे हैं जनाब, एकदम सही। अब आप मुझे यहाँ कभी नहीं देखेंगे।'' मनोहर काचरु ने कहा। जैसे अपना अपराध स्वीकार करते हुए माफी माँगते हों।

"आपकी तरह मेरी वाइफ भी चाय की बहुत शौकीन हैं। कम ऐट माई प्लेस अलांग विद योर वाइफ। ट्वीनिंग्स वालों की अर्ल ग्रे ही पीती हैं वह...'एस्क बू बुले वेनीर शोमुआ दृय् तें ऐंस्वा', ओ सारी गलती से फ्रेंच बोल गया। मेरा कहने का मतलब है, क्या आप मेरे यहाँ किसी शाम चाय पर आएँगे?" नीले मुकुट ने फ्रेंच में बोले अपने वाक्य का हिन्दी में तर्जुमा करते हुए कुछ इस ढंग से अफसोस जाहिर किया जैसे उसके दिमाग में हिन्दी, अँग्रेजी, उर्दू और फ्रेंच जैसी अनेक भाषाओं के अलग-अलग स्विच हैं और गलती से उसकी उँगली फ्रेंच के बटन पर पड़ गयी हो।

"जी जनाब, किसी दिन हाजिर हो जाऊँगा, इजाजत है? मैं जाऊँ अब?" मनोहर काचरु ने नीले मुकुट से नहीं, फल मण्डी वाले उस चौराहे से विदा ली।

मनोहर काचरु उस जगह चाय पीने फिर कभी नहीं गये। उन्हें लगा कि ऐसे उजड्ड शहर में वह घर से बाहर निकले ही क्यों?

और आज मनोहर काचरु ठण्डे पसीने से नहा गये।

सन्तूर के श्वेत कपोत जैसे नाजुक सुरों पर पुलिस की जीप के 'हाऊ-हाऊ' करते सायरन ने बाज की तरह अचानक झपट्टा मारा तो मनोहर काचरु फुर्ती से उठे और खिड़की का पर्दा सरकाकर देखा। जीप ठीक उन्हीं के घर के सामने वाले मकान पर रुकी थी। जीप की अगली सीट पर सवार 'नी कैप' लगाये पुलिस अधिकारी पीछे की सीट से कूदकर आगे आकर खड़े हो गये। सिपाही को उन्हीं का घर दिखाकर कुछ कह रहा था।

सायरन की आतंक पैदा करनेवाली कर्कश आवाज उनके कानों को न छीलती तो वह दोपहर को ऑफिस में घटी घटना को लगभग भूल ही गये थे। उस समय उन्हें यह नहीं पता था कि उस सफेद झूलती हुई बाँह ने ठीक उनकी नाक के सामने चुटकी बजाते हुए, 'बहुत जल्दी देख लेने' की जो धमकी फेंकी थी, वह पाँच-साढ़े पाँच घण्टे बीतते न बीतते सचमुच इतनी जल्दी सामने आ खड़ी होगी।

मोबाइल फोन पर नम्बर मिलाते समय उस सफेद झूलती हुई बाँह की तर्जनी में पड़ी पुखराज की अँगूठी अलग से चमक रही थी, 'आप फिकर मत करो बॉस, ये काम तो अभी यूँ हुआ जाता है—' उसका यह जुम्ला उस समय मनोहर काचरु के मन में चिढ़ और गुस्सा पैदा कर रहा था, लेकिन इस समय उसका वह कोई अदृश्य 'बॉस' मनोहर काचरु की टाँगों से खड़े रह सकने की ताकत भी छीने लिये जा रहा था।

मनोहर काचरु ने टेपरिकॉर्डर 'ऑफ' किया। कमरे की बत्ती बुझायी और भागकर शौचालय में अपने आप को बन्द कर लिया।

वह प्रतीक्षा करने लगे कि किसी भी क्षण खुलवाने के लिए दरवाजा पीटने की आवाजें आनी शुरू हो जाएँगी। उन्होंने सोचा कि कुछ देर पीटने पर भी जब दरवाजा नहीं खुलेगा तो वे आवाजें लगाना शुरू कर देंगे। आसपास के घरों की खिड़कियाँ खुल जाएँगी और जरा ही देर में मनोहर काचरु नाम का यह व्यक्ति सन्दिग्ध आदमी बन जाएगा। उन्होंने सोचा कि जब आवाजें लगाने पर भी दरवाजा नहीं खुलेगा तो 'नी कैप' लगाये अधिकारी अपने सिपाहियों को दरवाजा तोड़ देने का हुक्म दे देगा...वे जाने किस चीज की तलाश में उसके घर को तहस-नहस कर देंगे और कुछ न मिलने पर शौचालय से सीधी तरह बाहर निकल आने की चेतावनी देने लगेंगे।

'अब जो भी हो—' सोचकर उन्होंने शौचालय का दरवाजा खोलने के लिए हाथ बढ़ाया। लेकिन जैसे किसी ने एक झटके के साथ उनके बढ़े हुए हाथ को पीछे खींच लिया, 'यह बेवकूफी मत करना। इन्तजार करो और देखो...आखिर वे कितने दरवाजे तोड़ेंगे? फिर जब कुछ वश नहीं चलेगा तब की तब देखी जाएगी...' पता नहीं वह सफेद बाँह वाला किसको 'बॉस' कह रहा था? जरूर ही कोई ऐसा आदमी रहा होगा जिसके पास अपना काम न होने पर इस तरह पुलिस भेजने का दम होगा। उस किसी व्यक्ति के इशारे पर आयी हुई पुलिस क्या तुम्हारी कोई बात सुनेगी? ये लोग तुम्हें जीप में डालकर थाने ले जाएँगे और मन चाहा कबुलवाने के लिए तुम्हें पीट-पीट कर अधमरा कर देंगे। तुम एकदम अकेले हो, सन्देह की रस्सियों से जकड़े हुए, अपने वतन और अपनों से दूर—एक शरणार्थी, कौन जाने अब तक तुम उनके लिए सीने पर सजनेवाले तमगे में तब्दील हो चुके हो? अगले शनिवार की शाम जब तुम तय कार्यक्रम के अनुसार माँ और रीमा के पास नहीं पहुँचोगे तो वह यही समझेंगी कि किसी काम में फँस जाने के कारण तुम नहीं आ सके होंगे, उन्हें क्या खबर होगी कि...'

मनोहर काचरु ने अपने आपको पहली बार एकदम असहाय और बुरी तरह डरा हुआ महसूस किया। बड़े से बड़े झंझावात का सामना अडिग रहकर करनेवाले मनोहर काचरु ने आज महसूस किया कि नियम-कानून की कदम-कदम पर धज्जियाँ उड़ाने और सबको बाजार में बैठा हुआ मानने वाले इन अहंकारियों के सामने वह एक मिनट भी नहीं टिक सकते। उन्हें पहली बार लगा कि सारे कायदे-कानून सामर्थ्यहीन लोगों के लिए हैं, जो समर्थ हैं उनके लिए वही कानून है जो उनके अहंकार के आड़े न आए और अहंकार भी कैसा? उनके स्वार्थ की पूर्ति के लिए, उनके मन का न हो, उनका अहंकार आहत। जरा

कोई उनकी बात पर अपनी बात रख दे, उनका अहंकार घायल। बेईमानी के उनके उपकरण में कोई पुर्जा बनने से इनकार कर दे, बस उनका अहंकार चुटियल...उनकी किसी भी बात को आँख मूँदकर स्वीकार कर लिया जाए बस इसी एक और अनिवार्य शर्त पर उनका अहंकार तुष्ट रह सकता है।

...नहीं तो ऐसा क्या हो गया जो उन्होंने आज दोपहर उस सफेद बाँह वाले से कह दिया, 'नहीं जनाब, माफ करें। वह फाइल मैं आपको नहीं दिखा सकता।' ''देखो, तुम मेरा खयाल रखो, बॉस आपका खयाल रखेंगे।'' सफेद बाँह वाले ने चारा फेंका और मोबाइल पर पुखराज की अँगूठी वाली अँगुली से नम्बर मिलाकर कहने लगा, ''आप फिकर मत करो बॉस, अभी हुआ जाता है।''

''देखिए, मैं आपके लिए या किसी के लिए भी नियम नहीं तोड़ सकता।'' मनोहर काचरु ने 'अभी हुआ जाता है' की उठने लगी पतंग की डोर को उछलकर अपने हाथ में लपक लिया और तोड़ दिया।

''किसी को कानों-कान खबर नहीं होगी।'' सफेद बाँह वाला यह बात फुसफुसाकर कहने के लिए मनोहर काचरु की मेज पर लगभग अधलेटा-सा हो आया।

''किसी को पता न चले, लेकिन मैं तो जानूँगा कि मैं बेईमान हूँ।'' मनोहर काचरु ने मुस्कराते हुए कहा।

''अब मान भी जाओ यार, मैं गिनती गिनता हूँ, जहाँ मन आए रोकना। चलो सीधे पाँच से शुरू करता हूँ। पाँच लाख, छः, सात, आठ, नौ, दस, ग्यारह, बारह, तेरह, चलो तुम भी क्या याद करोगे—बीस!'' सफेद बाँह वाले ने मनोहर काचरु की मुस्कान को 'आप इतनी जिद कर रहे हैं तो माने लेता हूँ' कि मुस्कान समझा और उन्हीं के कमरे में जैसे उन्हें नीलामी पर चढ़ा दिया।

''इससे पहले कि मैं कोतवाली फोन करूँ, आप चुपचाप यहाँ से चलते बनिए मिस्टर!'' कहते हुए मनोहर काचरु अपनी कुर्सी से उठ खड़े हुए, उन्होंने दरवाजे की ओर हाथ से इशारा करते हुए सफेद बाँह वाले को जाने का रास्ता दिखाया।

''ईमानदारी की ये सनक तुझको बहुत महँगी पड़ेगी बेटा काचरु! तू अभी मुझे जानता नहीं है।'' सफेद बाँह वाले ने कुर्सी से उठते हुए अपनी बाँहें समेटकर ऊपर कीं।

''यू जस्ट शट-अप ऐण्ड गेट लॉस्ट,'' मनोहर काचरु ने बगैर चीखे मजबूत शब्दों में कहा।

''तुमको तो मैं बहुत जल्दी देख लूँगा काचरु!'' मनोहर काचरु की नाक के ठीक सामने तीन-चार बार चुटकियाँ बजाते हुए सफेद बाँह वाले ने कहा और

तेजी से कमरे के बाहर निकल गया।

अपने आप को इस तरह शौचालय में बन्द करने को लेकर मनोहर काचरु के मन में अपने लिए एक तरह का धिक्कार-भाव पैदा हो रहा था। उनको याद आया एक बार चौराहे पर लाल बत्ती होने पर एक स्कूटर सवार रुका और उसके पीछे-पीछे एक बुलेट सवार भी उसकी बायीं तरफ आकर रुका। बुलेट सवार ने अपना बायाँ पैर जमीन पर टिकाये रखा और दाहिना पैर पास खड़े स्कूटर के डैने पर रखकर उसे आगे-पीछे ठेलने लगा। स्कूटर सवार विश्राम की मुद्रा में था, अचानक ठेले जाने के कारण उसका स्कूटर आगे को सरका जिसको उसने तुरन्त ब्रेक लगाकर रोका। स्कूटर-सवार ने इस ओर कोई ध्यान यह सोचकर नहीं दिया कि अकसर असन्तुलित हो रहा कोई व्यक्ति इसी तरह दूसरों का सहारा लेता है और जिसका सहारा लिया जाता है उसे थोड़ी असुविधा झेलनी ही पड़ती है। मगर बुलेट सवार किसी के सहारे का मोहताज नहीं था, वह स्कूटर के डैने पर पैर रखे बराबर ठेले जा रहा था। लेकिन ब्रेक पर पैर होने के कारण अब स्कूटर अपनी जगह पर स्थिर रहते हुए भी हिल रहा था। असुविधा महसूस होने पर स्कूटर सवार ने बुलेट सवार की तरफ देखा, जो चिढ़ाने के-से अन्दाज में मुस्करा रहा था। शायद स्कूटर सवार बुलेट सवार से कुछ कहना चाहता था, लेकिन उसके डील-डौल को देखकर उसकी बदतमीजी सहने को विवश था। हरी बत्ती होने पर बुलेट सवार ने जिस झटके के साथ अपना पैर स्कूटर के डैने से हटाया उससे स्कूटर सवार लड़खड़ा-सा गया। बुलेट सवार मुस्कराता हुआ दग-दग करता आगे निकल गया। मनोहर काचरु समझ गये कि वह मुस्कान कोई खेल वाली मुस्कान नहीं थी, वह शक्ति के अहंकार की मुस्कान थी, वह एक बलवान की कमजोर पर हिकारत थूकती मुस्कान थी। इस वक्त मनोहर काचरु अपने आपको स्कूटर सवार जैसा निरीह महसूस कर रहे थे जिसे सफेद बाँह वाला एक बुलेट सवार पीछे से ठेल रहा था और वह कुछ नहीं कर सकते थे सिवा इसके कि उन्होंने अपने आपको शौचालय में बन्द कर लिया था।

उस दिन भी तो ऐसा ही कुछ हुआ था, मनोहर काचरु को याद आया। देवी जगराता के लिए पाँच सौ एक से एक भी पैसा कम न लेने पर अड़े, माथे पर 'जय माता दी' की लाल चुनरिया की पट्टियाँ बाँधे 'भक्तों' को उन्होंने किसी तरह एक सौ एक रुपया देकर विदा किया। उनके जाने के बाद दरवाजा बन्द करने और फिर किसी काम के याद आ जाने पर दरवाजा खोलने के बीच हद से हद एक मिनट का समय लगा होगा। उन्होंने देखा कि पाँच सौ एक रुपया न देने की सजा के तौर पर देवी भक्त उनकी नाम-पट्टिका पर पान की पीक थूककर चले गये हैं। बहती हुई पीक की कत्थई बूँदें अब भी टपक रही थीं।

लुआब में सनी चबायी हुई सुपारी और तम्बाकू की लुगदी अब भी उनके नाम पर चिपकी हुई थी। वे सब पास के किसी और घर का दरवाजा खटखटा रहे थे। मनोहर काचरु चाहते तो उस गोल में पान चबा रहे लड़के को पकड़ लेते और कम से कम अपनी नेम-प्लेट तो साफ करवा ही लेते। लेकिन वह कुछ नहीं कर सके थे। 'देवी माँ की सेवा' के 'धार्मिक' कार्य में लगे युवकों के विरुद्ध वह कैसे खड़े हो सकते थे? उन्होंने उनके मन का नहीं किया, जरूर ही यह उनके धर्म के विरुद्ध था जिसकी कुछ तो सज़ा उनको मिलनी ही थी। ऐसे 'अधार्मिक' पर उनका टूट पड़ना भी जायज होता, मोहल्ले से उसे बाहर निकाल फेंकना भी उसके साथ नरमी बरतने जैसा ही होता...मनोहर काचरु इसके सिवा कुछ नहीं कर सके थे कि उसके बाद जगराते की कहीं आहट मिलते ही उन्होंने अपनी नेम-प्लेट उखाड़कर घर के अन्दर रखनी शुरू कर दी।

मनोहर काचरु को शौचालय में कैद हुए लगभग पैंतालीस मिनट होने जा रहे थे। लगातार खड़े रहने से उनके पैर बुरी तरह थक गये थे, अपनी लाचारी पर उनका मन फूट-फूटकर रोने का हो रहा था और वह इस बन्धक की-सी स्थिति के जल्द से जल्द खत्म होने लिए बिलबिला उठे थे।

तभी दरवाजे पर दस्तक हुई।

बुरी तरह चिहुँक पड़े मनोहर काचरु ने एक क्षण में अपने आपको किसी भी स्थिति के लिए तैयार कर लिया।

उन्होंने शौचालय का दरवाजा खोला और घर का मुख्य दरवाजा खोलने से पहले अपना बटुआ डस्टबिन के भीतर छिपाया और कमरे के सामान पर जल्दी से निगाह दौड़ायी। छिपाने लायक कोई और सामान सामने न पाकर उन्होंने दरवाजा खोल दिया।

"अंकल चोट लग गयी है, दवा लगा दीजिए।" गौरा अपना घुटना फोड़े दरवाजे पर खड़ी थी।

उन्होंने गौरा को गोद में उठाया और जोर से अपनी बाँहों में भींच लिया। गौरा को बेतहाशा चूमते हुए मनोहर काचरु कमरे के अन्दर गये और उसे कुर्सी पर बिठा खुद दवा की शीशी और रुई लेने अलमारी की तरफ बढ़ गये।

मनोहर काचरु ने कभी किसी पिछली चोट पर दवा लगाते समय गौरा को बहलाने के लिए कह दिया था कि घाव पर स्प्रिट की छरछराहट से बचने का एक उपाय है कि जब दवा से भीगा रुई का फाहा घाव पर रखा जाने वाला हो उससे पहले ही आँखें बन्द करके बातें करना शुरू कर देना चाहिए।

मनोहर काचरु ने मरकिरोक्रोम का फाहा गौरा के घुटने पर रखना चाहा, तभी गौरा ने आँखें बन्द करके बातें करना शुरू कर दिया।

"कितनी देर लगा रहे हैं, जल्दी दवा लगाइए न," गौरा अपने दोनों हाथों को झटकते हुए कह रही थी। मनोहर काचरु को गौरा की हाथ झटकती यह मुद्रा बहुत मोहती थी। तनाव के जलते किसी रेगिस्तान में पिछले पैंतालीस मिनट तक नंगे पाँव चलने के बाद गौरा की यह मुद्रा किसी घने वृक्ष की छाँव जैसी जान पड़ रही थी, वह कुछ क्षण गौरा को देखकर ठण्डाना चाहते थे।

"अंकल, आपको कभी चोट नहीं लगती? आपको चोट लगती है तो आप दवा लगवाने किसके पास जाते हैं?" तभी गौरा ने पूछ लिया।

मनोहर काचरु जो शौचालय में बन्द रहने के समय किसी तरह अपने पर काबू रखे हुए थे, एकदम भरभरा उठे।

"जब कभी आपको चोट लगे तो आप दवा लगवाने मेरे पास आइएगा, ठीक?" गौरा ने पक्का वादा लेने के लिए अपनी नन्ही-सी हथेली मनोहर काचरु के सामने कर दी।

मनोहर काचरु ने अपनी हथेली उलटकर अपने चेहरे पर रख ली और हिलग-हिलगकर बेआवाज रोने लगे। दबाव पड़ने की वजह से दवा की लाल-लाल बूँदें उनकी आँखों के पास से होकर टपकने लगीं।

हथेली पर मनोहर काचरु की हथेली के न आने और दवा लगने में इतनी देर होने पर गौरा ने आँखें खोलकर देखा तो मनोहर काचरु को रोता हुआ पाया।

"अरे, आप रो रहे हैं? क्या आपको भी कहीं चोट लगी है अंकल?" गौरा ने एकदम परेशान होकर पूछा, लेकिन वह नन्ही-सी जान निर्णय नहीं कर पा रही थी कि ऐसे में उसे क्या करना चाहिए।

# जो नहीं कहा गया

"सुन रही हो?" पति ने अचानक अपनी टूट गयी तन्द्रा में चौंकती-सी आवाज में पूछ लिया। शब्द के पहले अक्षर को बोल चुकने के बाद शेष अक्षरों के सुर को जैसे दबोचकर नीचे कर लिया कि पत्नी अगर सो गयी हो तो उसे सोने दे।

ठहरने की कोई जगह खोजने में वे दोनों दिन-भर घूमते-घूमते बुरी तरह पस्त हो गये थे। यों देखने में वह साथ चलती-सी दीख पड़ती रही थी, लेकिन उन्हें मालूम है कि वह सारे रास्ते उनके पीछे लिथरती-सी रही थी। गठिया की वजह से मुड़ना छोड़ चुके दाहिने पैर को उसे अर्धचन्द्राकार घुमाकर आगे की ओर रखना पड़ता था और बायें पैर को उसके बराबर लाते समय उसके मुँह से 'हुम' जैसी ध्वनि (आवाज) आती थी। बिस्तरबन्द और बकसिया उन्होंने अपने कन्धे पर उठा रखा था, पत्नी के लिए इतना ही बहुत था कि वह जाड़े के मौसम में पसीने में नहायी हुई किसी तरह उनके पीछे-पीछे चलती रहे।

उनका जरा भी मन नहीं था कि वह बहुत जल्दी थक जाने वाले अपने बूढ़े शरीर को ढोते हुए मेले-ठेले की ठोकरें खाते फिरें। लेकिन पत्नी का रह-रहकर एक ही आग्रह कि पता नहीं अगले कुम्भ तक रहें न रहें...उन्हें भी जैसे कुछ दिनों भाग निकलने का बहाना-सा लगा कुम्भ, इसलिए एक-दो बार के कोमल विरोध के बाद वह राजी हो गये। दूर के रिश्ते के एक भाई के शहर में होने की आश्वस्ति ने उन्हें बल प्रदान किया। लेकिन रिश्तेदार के घर पर लटका हुआ ताला देखकर वह थकान से जैसे भहरा गये, हालाँकि तब तक उन्होंने स्टेशन से रिश्तेदार के घर तक की ही यात्रा की थी और वह भी रिक्शे पर।

और उसके बाद इस धर्मशाला से उस धर्मशाला तक भटकते-भटकते वह दोनों थककर चूर होकर यहाँ पहुँचे थे। शाम होने को थी और अगर उन्हें इस धर्मशाला में भी जगह न मिलती तो खुले आसमान के नीचे रात गुजारते दोनों का अकड़ जाना निश्चित था क्योंकि और कहीं जाने के लिए उनके पैरों में ताकत नहीं बची थी। धर्मशाला के व्यवस्थापक के प्रति उनके मन में कृतज्ञता का भाव था, जिसने वृद्ध दम्पती पर तरस खाकर उन्हें धर्मशाला के भण्डारघर

में रहने की जगह दे दी थी। भण्डारघर में आटे-दाल की बोरियाँ और घी के कनस्तर थे, एक कोने में आलू और प्याज बिछे हुए थे और एक कोने में परातें, गंगासागर, चौघड़े और तमाम बर्तन-भाँडे पड़े हुए थे। घी के कुछ कनस्तरों को एक के ऊपर एक रखकर उनके लिए जमीन पर लेटने-भर की जगह बना दी गयी थी।

कोठरी से लगे हुए बरामदे में रोशनी थी जिसका हल्का-सा आभास रोशनदान से मिल रहा था। उन्होंने बकसिया से निकालकर मोमबत्ती जलायी और बाँधकर लायी गयी पूड़ी-सब्जी खाने के बाद बोतल में मुँह लगाकर बारी-बारी से पानी पिया। वह जाकर व्यवस्थापक से दो कम्बल माँग लाये जिनको उन्होंने जमीन पर बिछा दिया। उन्होंने बिस्तर-बन्द से जयपुरी पतली रजाइयाँ और कम्बल निकाले और दोनों को जोड़कर सर्दी का सामना करने को तैयार हुए। कोठरी में घी और अनाज की गन्ध के साथ-साथ ज्यादातर बन्द रहा करने वाली कोठरी की घुटी-घुटी-सी हवा थी और थी इस अभयारण्य में दौड़ लगाते चूहों की सरसराहट।

किसी कमरे के खाली होने तक उन्हें इसी कोठरी में रहना था। यों इस व्यवस्था के होते समय उनको यह सोचकर अधिक परेशानी नहीं हुई कि दिन तो गंगास्नान के बाद तट पर धूप सेंकते बीत जाएगा, सिर्फ रात बिताने-भर की ही तो बात है। यह व्यवस्था होते समय दिन की हल्की ऊष्मा शेष थी शायद इसीलिए वह रात की कल्पना नहीं कर पाये थे। और अब इस समय एक पतली रजाई और एक कम्बल-भर से जाड़ा मान नहीं रहा था।

जरा देर में उनकी थकान ने जाड़े की तरफ से ध्यान हटाकर कमर सीधी की और वह बस सो ही जाने को थे कि अचानक जूथिका राय की वीतरागी-वैष्णवी आवाज ने उनको अपने साथ फिर चल पड़ने के लिए जैसे झकझोर कर जगा दिया। पूरे कुम्भ क्षेत्र में हजारों की संख्या में लगे लाउडस्पीकरों से लगता था जूथिका राय की नहीं, सफेद मोटी धोती पहने, माथे पर चन्दन का छापा-तिलक लगाये, एक कोने में एकतारा लेकर बैठी 'घूँघट के पट खोल रे तोहे पिया मिलेंगे—' की टेर लगाती किसी विधवा की पुकार निकलने लगी।

एकाएक सारा कुछ अजीब से अवसाद में डूबता-सा दीख पड़ने लगा उन्हें। ठिठुरती रात, निस्तब्ध वातावरण, एक धर्मशाला के भण्डारघर में किसी अजनबी की दया के सहारे पड़े वह और चारों दिशाओं से लौट-लौट कर उनके पास आता एक आह्वान...

...अब 'पिया' से मिलने के लिए कौन-सा घूँघट हटाएँ? किस पिया से मिलने की लालसा में उनकी अस्तंगता आयु आज इस क्षण अचानक जैसे

छटपटा-सी उठी है? उस तरह से कभी उन्मुख ही नहीं हो सके उस तरफ। जीवन-भर जितना पास था 'धन-जोबन का गरब भी किया', 'कटुक बचन भी बोले' और प्रलोभनों और वासनाओं के बीच 'आसन से भी डोले'...अब क्या मुँह लेकर जाएँ पिया के सामने? इस एक क्षण में उन्हें अचानक बोध हुआ कि जिन बातों को वह सामान्य जीवन-व्यापार मान रहे थे वे तो उस यात्रा की अपथ्य थीं जिनसे अपने आप को बचा ले जाने पर ही 'पिया' से मिलना हो पाता है। उन्हें इस एक क्षण में पता लगा कि जो एक जीवन उन्हें उस रास्ते की खोज के लिए मिला था, उसे वह व्यर्थ की बातों में गँवा चुके हैं। उन्हें इस एक क्षण में गहरी हताशा का अनुभव हुआ क्योंकि वह जान पा रहे थे कि उस तरफ की यात्रा का मार्ग पहले से मालूम न किया जाए तो एकाएक उस तरफ जाया नहीं जा सकता।

भजन के बोल कानों में पड़ने शुरू हुए तो पहले तो वह अनिश्चय में रहे कि पता नहीं वह वास्तव में सुन रहे हैं या तन्द्रा में डूबते ही कोई स्वप्न शुरू हो गया है, जिसमें उन्हें लग रहा है कि वह सुन रहे हैं।

अब आवाज उन्हें पैंसठ-सत्तर बरस के लम्बे सफर पर उल्टे पैरों चलने पर मजबूर करने लगी तो उन्होंने पास लेटी पत्नी से पूछा, "सुन रही हो?"

"हाँ, जब मुन्नू पैदा होने को थे, तब रेडियो पर ये गाना बहुत आया करता था," पत्नी ने तुरन्त जवाब दिया तो उन्हें सोचकर अच्छा लगा कि उनके 'सुन रही हो' का अर्थ पत्नी ने गाने के सन्दर्भ में ही लगाया।

तभी बाहर बरामदे में जलते हुए बल्ब को बुझा दिये जाने की वजह से भण्डारघर में प्रकाश का जो आभास मिल रहा था, वह भी खो गया।

कोठरी में एकाएक घुप अँधेरा छा गया।

"लेकिन मैं मुन्नू के बारे में नहीं सोच रहा था।"

"फिर?"

"भजन सुनकर मेरे मन में यह विचार आया कि बगैर किसी मकसद के जीते चले जाने का क्या मतलब है?"

"अरे तो, जीना-मरना क्या अपने हाथ में होता है?"

"हाँ, ठीक कहती हो। अपने हाथ-पैर चलते जो सही-सलामत चला गया, वही भाग्यवान है।"

"ये तुमको अचानक हुआ क्या है?"

"नहीं, कुछ नहीं—"

"फिर भी—"

"अचानक ध्यान आया कि किसी एक को तो पहले जाना ही होता है। प्रभु करें कि पहले तुम जाओ। मैं तो जैसे बन पड़ेगा जीवन काट ही दूँगा, लेकिन

तुम्हारा जीवन मेरे बिना एक ऐसा पहाड़ बन जाएगा जो तुमसे उठाते नहीं बनेगा।''

''पहाड़ का क्या है, जो सिर पर गिराता है वही उठाने की ताकत भी देता है। अब जीवन, तुम्हारे साथ या तुम्हारे बिना की बात नहीं है उतनी। आदमी न हो तो औरत कैसे भी हो अपना और अपने बच्चों का जीवन चला ले जाती है, लेकिन...। वैसे तो मेरी चिन्ता करते हुए तुम जो सोच रहे हो उसे मेरा सौभाग्य ही कहा जाएगा, लेकिन जब मुझे तुम्हारा ध्यान आता है तो—'' पत्नी ने वाक्य अधूरा छोड़ दिया जो पति तक पूरा बनकर पहुँचा।

''आज ठण्ड ज्यादा है,'' पति ने प्रसंग बदलने के लिए कहा।

''नदी का किनारा पास में है, इसलिए और ज्यादा—''

''कुछ इन्तजाम नहीं हो पाया था तो इससे अच्छा था वहीं पड़े रहते।'' जूथिका राय की आवाज का हाथ छूट चुका था। पति ने पैर फैलाने की कोशिश करते हुए कहा। कम्बल के जितने हिस्से में उनका शरीर था वह कुछ गर्म हो गया था, लेकिन उसके बाहर का हिस्सा अभी तक वैसा ही शरीर पर 'चप्प' से लगने वाला ठण्डा बना हुआ था। उन्होंने पैर वापस सिकोड़ लिये।

''नहीं, इससे अच्छा कैसे कहते हो?'' पत्नी की आवाज में ठण्ड की कँपकँपाहट थी, लेकिन उसने पति की बात को झपटकर काट दिया।

''अरे, रिक्शा भी नहीं कर सकते थे हम। सारा दिन चलते-चलते इतना थक गये, अब ठीक से सोने को भी नहीं,'' पति ने उठायी जा रही परेशानियों की याद दिलाते हुए अपनी बात को उचित ठहराया।

''अब तीर्थ करने आये हैं थोड़ी तो परेशानी होती ही है। रात-भर की ही तो बात है। सवेरे चलकर कहीं और देख लेंगे और नहीं होगा तो सूरज तो निकलेगा ही,'' पत्नी ने ठण्डक के अत्याचार सहते हुए कुछ इस तरह कहा मानो उसे धमकाती हों कि, रुको, कल आने दो सूरज को।

''मुन्नू को देखो जरा! कौन कहेगा कि मैं इतने बड़े अधिकारी का पिता हूँ!'' पति ने बेटे के प्रति अपना असन्तोष जाहिर किया।

''आजी कहा करती थीं कि औलाद न होने का एक लेकिन होने के हजार दुःख होते हैं, तब उनकी बात समझ में नहीं आती थी,'' पत्नी ने भी बेटे के दुर्व्यवहार के मंझे की चरखी ढीली की।

''उस दिन उसके ऑफिस के कुछ लोग आये हुए थे। मेरी तो आदत है मुन्नू पुकारने की, सो मैंने मुन्नू कहकर आवाज दी। बस, ऑफिस के लोगों के सामने ही डाँटने लगा, 'क्या मुन्नू-मुन्नू लगाये रहते हैं।' मैं तो एकदम खिसियाकर रह गया।'' पति की आवाज में मंझे की रगड़ से छिल गये पोरों

से खून का रिसाव जैसा हो आया।

''जब से दो बार विदेश घूम आया है तब से उसे यहाँ की हर चीज गँवारू लगने लगी है, हम दोनों भी,'' पत्नी ने कहा।

''कुछ नहीं, मुझे तो लगता है बुढ़ापा चीज ही खराब है,'' पति ने हताश स्वर में कहा।

''अभी परसों, नहीं कल रात, नहीं कल रात तो हम लोग चले ही हैं, हाँ, अभी परसों ही तो,'' पत्नी किसी बात को याद करने की कोशिश में कल या परसों में जरा देर को उलझी।

''हाँ परसों, क्या हुआ परसों?'' पति ने उसे उलझन से निकाला।

''परसों वह निकला बाथरूम से। मैंने कहा, आँख की दवा खत्म हो गयी है, ऑफिस से लौटते हुए लेते आना। मैंने सोचा बाहर जाने से पहले दवा मँगवा लूँ। इस पर बड़े अजीब ढंग से दोनों हाथ जोड़कर कहने लगा, अब इस बात को पाँच बार दोहराना मत प्लीज! मैंने सुन लिया है और मुझे याद रहेगा। मैं तो उसके इस उजड्डपन को देखती ही रह गयी,'' पत्नी ने जिस टूटी आवाज में कहा उससे लग रहा था कि उसे इस बात से बहुत चोट पहुँची है और परसों से अब तक उसके सीने में घुमड़ती रही है।

''वैसे, तुम्हारी आदत भी है एक बात को कई बार कहने की, कभी-कभी मुझे भी लगता है।'' पति ने कुछ विनोद के-से भाव से कहा कि पत्नी के मन का आक्रोश कुछ कम हो जाए।

''तुम भी मुझे ही दोष दे रहे हो?'' पति की बात सुनकर पत्नी का आक्रोश कम होने के बजाय थोड़ा बढ़ ही गया। उसकी ऊँची हो गयी आवाज भण्डारघर के बाहर बरामदे में उतर आये सन्नाटे की वजह से कुछ ज्यादा ही तेज सुनाई दी।

''नहीं, दोष नहीं दे रहा। मैं तो सिर्फ जानना चाहता हूँ कि तुम ऐसा क्यों करती हो?'' पति ने कुछ मनाने के-से अन्दाज में कहा।

''एक बार बोल चुकने के बाद तो शायद मुझे यही लगता रहता है कि यह बात मैं कहना चाहती थी और अभी तक सोच ही रही हूँ, कह नहीं पायी हूँ। फिर एक बार यह सोच कर बोलती हूँ कि यह बात मैं पहली बार कह रही हूँ, फिर एक बार शायद यह सोचकर बोल जाती हूँगी कि पता नहीं सुनने वाले तक मेरी बात पहुँची भी या नहीं और हो सकता है एक बार मैं अपने आपको यकीन दिलाने के लिए बोलती हूँगी कि यह बात मैंने वास्तव में कह दी है।'' पत्नी ने अपनी अजीब-सी मजबूरी बतायी।

''लेकिन—'' पति ने उससे जुड़ी शायद कोई और बात कहनी चाही।

''मेरा बहरापन बढ़ रहा है। मन में ऐसी खीज और उलझन भरी रहती है कि अपने बोले पर भी यकीन नहीं रहता, मगर तुम इसे क्या समझोगे।'' पत्नी ने अपनी मजबूरी तो बतायी लेकिन अपनी तकलीफों को पति की तकलीफों से अलग करते हुए बीच में एक विभाजन रेखा-सी खींच दी।

''लेकिन तुमने मुझसे बातें करते हुए इतनी देर में एक भी बात एक बार भी नहीं दोहरायी।'' पति ने स्वयं को विभाजन रेखा से बाहर कर दिया गया शायद महसूस नहीं किया।

''हाँ, नहीं दोहरायी। क्योंकि यहाँ मैं जानती हूँ कि मैं बोल रही हूँ और तुम सुन रहे हो। यहाँ मैं जानती हूँ कि तुम्हारी बात एक बार में सुन और समझ नहीं पाऊँगी तो तुम चिल्लाने नहीं लगोगे। वहाँ घर में सिर्फ बहरेपन का ही दबाव नहीं रहता, उपेक्षित होने पर भी वहाँ पड़े रहने की लाचारी, कोई गलत शब्द मुँह से निकल जाने पर उठ खड़े होने वाले तूफान का डर और सोचते-सोचते थक जाने वाले दिमाग पर से उठ गये विश्वास के बीच चुप भी रहती हूँ तो लगता रहता है कि कितनी देर से बकबक किये जा रही हूँ,'' पत्नी ने कहा तो पति का मन भर आया।

''तुमको तो मशीन इसीलिए लाकर दी थी, तुम लगाती ही नहीं हो,'' पति ने उलाहना से देते स्वर में कहा।

''उस मशीन से तो मुझे बड़ी उलझन होती थी। उसको लगाने पर लगता था जैसे दुनिया-भर की आवाजें मेरे ही कानों में बेरोकटोक घुसी आ रही हैं। फिर बबुआ ने उसके 'इयरफोन' को अपने 'वाकमैन' में लगाने की कोशिश में तोड़ दिया।'' पत्नी की आवाज में आवाजों को लेकर समाया हुआ भय उतर आया।

''तुमने शिकायत नहीं की मुन्नू से?''

''तुम भी अजीब हो, मैं पोते की शिकायत करने जाती?'' पत्नी ने झिड़की-सी दी।

''लगाती दो हाथ, भूल जाता सारी बदमाशी।'' पति ने बबुआ पर क्रोधित होते हुए कहा।

''नहीं, बदमाश नहीं है, बड़ा होनहार बच्चा है। हमेशा जोड़-गाँठ कर कुछ नया बनाने की कोशिश करता रहता है। अब नया कुछ बनाएगा तो पुराना टूट भी सकता है।'' पत्नी पूरी तौर पर बबुआ के पक्ष में खड़ी हो गयी, पता नहीं मोहवश या सुनने वाली मशीन से छुटकारा दिलाने के लिए धन्यवाद देने के लिए।

''वैसे तुम मानोगी नहीं, लेकिन आजकल के माँ-बाप अपने बच्चों की

तरफ से आँखें मूँदे रहते हैं। बबुआ को देखता हूँ, वह चाहे जो करे, मुन्नू या उसकी बहू कभी टोकते ही नहीं।'' पति ने अपनी बात का सिरा पकड़े रखा।

''अरे तो हम ही आँखें नहीं मूँदे रहे तो क्या हो गया? देखते तो हो घर से भागे रहने के बहाने खोजते रहते हैं।'' पत्नी भी जैसे अपनी बात पर अड़ी रही।

''शादी के बाद मुन्नू एकदम बदल गये,'' पति ने बेटे के व्यवहार में आये बदलाव को याद करते हुए कहा।

''शादी को क्या दोष देना! बदलता वही है जो बदलने के लिए पहले से तैयार बैठा होता है,'' पत्नी ने कहा तो पति, बेटे की शादी से अब तक के दिनों का 'रि-प्ले' देखने लगे।

''लेकिन शुरू-शुरू में तो बहू तुम्हारे आगे हमेशा चुप ही रहा करती थी, तुम भी उसकी बहुत तारीफ करती थीं,'' पति ने कहा।

''शुरू-शुरू के दिनों में मैं वह सोचकर निहाल हो रही थी कि शील-संकोच के कारण बहू मेरे सामने चुप रहती है, लेकिन जल्दी ही पता लग गया कि वह मुझे बात करने के लायक ही नहीं समझती,'' पत्नी ने उदास स्वर में कहा।

''ये कैसे जाना तुमने?'' पति ने पूछा।

''कोई खास बात नहीं हुई थी। खाना खाते समय मैंने बस इतना कह दिया था कि जिस हाथ से खा रही हो उसी हाथ से पानी का गिलास पकड़ना अच्छा नहीं लगता। बस, खाना छोड़कर झनकते हुए उठ खड़ी हुई। कहने लगी, 'ये अपनी सीखें आप अपने ही पास रखें।' फिर जब बबुआ पेट में आ गया तब थोड़ा-थोड़ा बोलने लगी थी क्योंकि तब उसे मेरी जरूरत थी,'' पत्नी ने बुझे स्वर में कहा।

''बबुआ के समय तो बराबर माँजी-माँजी करती रहती थी,'' पति ने पत्नी को याद दिलाया।

''हाँ, करती रहती थी क्योंकि उसे डॉक्टर के बताये अनुसार बिस्तर पर ही पाखाना-पेशाब करवाने वाली दाई या नर्स जो चाहिए थी उस समय।'' पत्नी ने बहू के सद्व्यवहार की असलियत खोली।

''मुझे याद है, तुमने उसकी बहुत सेवा की थी।'' पति के स्वर में सराहना थी।

''अरे, इन जैसियों के लिए सेवा-भाव जैसा कुछ नहीं होता। ये अपने पैसे से सेवा भी खरीद लेने के घमण्ड में रहती हैं। कोई नर्स या दाई रखती तो उसे मेहनताना देती, सास हूँ तो दो जून रोटी और कपड़ा मिल रहा है।'' पत्नी ने

बारह-तेरह बरस पुरानी बात न जाने कहाँ से खोदकर निकाली जिसकी चमक अपनी पूरी तमक के साथ ज्यों-की-त्यों बनी हुई थी।

"खाना क्या उसके पैसे से खाते हैं? पूरी पेंशन लाकर दे देता हूँ। कभी-कभी लगता है पता नहीं गलती कहाँ हो गयी?" पैसे और खाने का हिसाब मुँह से निकलते ही पति को शर्म-सी महसूस हुई। फिर उन्हें वह दिन शिद्दत से याद हो आये जब डॉक्टर ने बताया था कि बहू 'सरवाइकल-इन्काम्पीटेंसी' की शिकार है और बच्चा गर्भ में तभी रुका रह सकता है जब जच्चा को बिस्तर से एकदम उठने न दिया जाए।

"गलती तो तभी हो गयी जब तुमने इतने पैसे वालों की बेटी से शादी की हामी भर दी। सम्बन्ध तो बराबर का ही ठीक रहता है," पत्नी ने कहा।

"तुम तो ऐसे कह रही हो जैसे मैं मना कर देता तो वो शादी नहीं करते। मैं मना कर देता तो वो कोर्ट में कर लेते, तब मेरा क्या मुँह रह जाता?" पति ने अपनी मजबूरी बतायी।

"बेटा-बेटा-बेटा, मार बेटे के लिए मरी जाती है दुनिया!" पत्नी के स्वर में तिक्तता उतर आयी।

"छोड़ो, तुम्हारा किया तुम्हारे साथ, उनका किया उनके साथ। तुमने अपना कर्तव्य किया बस!" पति ने पत्नी को शान्त करने के लिए कहा।

"नहीं, सोचो जरा, हफ्तों हो जाते हैं दोनों बात तक नहीं करते। जरा पता तो लगे कि मेरी गलती क्या है? क्या यही कि किसी बात को एक बार में समझ नहीं पाती हूँ, एक पैर घिसटाकर चलने से खसर-खसर की आवाज आती है या खाते समय चबायी हुई चीज होठों के किनारों से बाहर निकलने लगती है? किसी पर तो अपना वश नहीं।" पत्नी ने दुःखी स्वर में कहा।

"अरे, आजकल के बच्चे ऐसे ही होते हैं।"

"कैसे? किसी की चाल की नकल उतार कर उसकी तकलीफ का मजाक बनाने वाले?" पत्नी की आवाज में क्रोध का कम्पन था।

"क्या मतलब? मैं समझा नहीं।" पति को उत्सुकता हुई।

"एक दिन अपने कमरे में दोनों थे। बहू मेरी तरह लँगड़ाकर चलते हुए मुन्नू से कह रही थी, 'अभी आ रही होंगी लेडी तैमूर लंग।' तब तक मैं अपने कमरे से निकलकर उनके कमरे के सामने आ गयी। दोनों हँस रहे थे, पता नहीं मेरे उसी समय कमरे के सामने आ खड़े होने पर, किये जा रहे स्वांग पर या लेडी तैमूर लंग पर," पत्नी ने आहत स्वर में कहा।

"ये तो बड़ा ओछापन है।" पति के मुँह से निकला।

"आज इतनी बात हुई तो मुँह से निकल भी गया, वरना मैंने कभी किसी

से कुछ नहीं कहा। वैसे तो दोनों के बीच हमेशा तलवारें ही खिंची रहती हैं, लेकिन उस दिन जब अपनी खिल्ली उड़ाकर दोनों को हँसते देखा तो पहले तो बहुत गुस्सा आया लेकिन फिर यह सोचकर शान्त हो गयी कि चलो, दोनों साथ हँस तो रहे हैं भले ही उस हँसी का कारण मेरा कष्ट है।'' पत्नी के स्वर में रो चुकने के बाद की आँखों की स्वच्छता थी।

''अच्छा, कितना भी कुछ क्यों न हो, बहू से मैं इस तरह की हरकत की उम्मीद नहीं करता था,'' पति ने ऐसे कहा जैसे उसे पत्नी की बात पर अभी भी विश्वास न आ रहा हो।

''अरे, कहाँ तक बताऊँ! एक दिन मैंने ऐसे ही सलाह लेने के लिए पूछ लिया कि बहू, क्या बात है मुझे भूख बहुत लगती है। तो पता है क्या बोली? कहने लगी, 'अब आपका शरीर और किसी भूख के लायक तो रहा नहीं, इसलिए सारी भूख आपके पेट में सिमट आयी है,' '' पत्नी ने कुछ झिझकते हुए बताया।

''छि: !,'' पति के मुँह से निकला।

''मैंने तो साधारण-सी एक बात पूछी थी कि कभी-कभी पेट में केंचुए हो जाएँ तो ऐसा होने लगता है, उस पर ये सुनने को मिला,'' पत्नी ने जैसे फिर शर्मिन्दा स्वर में अपनी बात स्पष्ट की।

''हद है बेहूदेपन की,'' पति ने फिर कहा।

''हमारे मुन्नू अपने ससुर के पैसे के नीचे दबकर रह गये। एकदम ऐसे निरीह-से बन गये जैसे वह कुछ हो ही नहीं।'' पत्नी के स्वर में बेटे के लिए अफसोस का भाव था।

''अरे, जो इतना सामान और इतना सारा पैसा बराबर लाती रहेगी घर से, उससे दबना तो पड़ेगा ही,'' पति ने कहा।

''शादी से पहले दो-तीन बार घर ले-लेकर आये मुन्नू उसे, पर मुझे तो शुरू से ही कुछ बहुत जँची नहीं। सुन्दर तो बहुत है लेकिन लड़की की आँखें सलज्ज न हों तो सारी सुन्दरता फीकी पड़ जाती है,'' पत्नी ने बहू को याद करते हुए कहा।

''कैसा आते ही मुट्ठी में बन्द कर लिया मुन्नू को,'' पति ने कहा।

''अरे, राम का नाम लो, पहले तो किसी की मजाल थी कि उसकी बीवी को कोई एक शब्द बोलकर निकल जाता। मैंने भी एक बार काम के सलीके को लेकर कुछ कह दिया था तो एकदम लड़ने पर आ गया।''

''लेकिन अब तो दोनों में घमासान छिड़ा रहता है,'' पति ने कहा।

''प्रेम विवाह जो था। आठ-नौ साल प्रेम करते रहे फिर विवाह किया।

अब प्रेम तो रहा नहीं सिर्फ विवाह ही विवाह रह गया।''

''और तुम कहती हो कि मैंने शादी के लिए हामी क्यों भरी? अरे, ऐसे में आँखों पर पर्दा पड़ जाता है, क्या मेरे मना करने से मुन्नू मान जाते?''

''हाँ भाई, आँखों के आगे खिंच जानेवाले इस पर्दे के बारे में मुझसे ज्यादा और कौन जान सकता है,'' पत्नी ने गहरी साँस भरकर कहा।

''तुम कहना क्या चाहती हो?'' पति के स्वर में उभर आयी आशंका का स्वर दबाने की कोशिश के बावजूद साफ सुन पड़ रहा था।

''कुछ नहीं। आँखों के आगे पर्दा पड़ने और मना करने पर भी न मानने की बात याद कर रही थी,'' पत्नी ने पति की शायद पटा-सी गयी लगती किसी चोट को अचानक अँगूठे से दबा दिया जैसे।

''तुम भी विचित्र हो, कहाँ की बात कहाँ जोड़ रही हो!'' पति को पहली बार कोठरी का अँधेरा भला लगा।

''हाँ, विचित्र हूँ तभी तो आज भी तुम्हारे साथ हूँ। कोई सामान्य होती तो—'' पत्नी ने वह कहना फिर रोक लिया जो पति तक बिना कहे भी पहुँच गया था।

''इतने दिनों बाद फिर कहाँ से याद आ गयी वह बात?''

''इतने दिनों में भूली ही कब थी वह बात?''

''मैं तो कब का भूल गया!''

''झूठ बोलते हो तुम।''

''अच्छा छोड़ो, हटाओ पुरानी बातें!''

''छोड़ देने से क्या बातों के होने को न होना बनाया जा सकता है?''

''अब क्या रखा है बेकार की बातों में!''

''जिन्दगी के तेईस बरसों तक तो सब कुछ उन्हीं बेकार की बातों में ही रखा हुआ करता था।'' पत्नी ने पति को उसी के जुमले से जकड़ दिया।

''अच्छा तो अब क्या करूँ?'' पति ने अपनी आवाज को पति जैसी धारदार बनाकर जकड़न को काटना चाहा।

''क्या करोगे? करने को अब रहा क्या?''

''वैसे एक बात कहूँ, तुमने मुझे कभी समझा नहीं।'' पति ने अपने आरोप-पत्र की पहली लाइन पढ़कर सुनायी।

''हर आदमी को यही भ्रम रहता है कि वह कोई एक बहुत बड़ी गुत्थी है, और उम्मीद कि दूसरों की यह जिम्मेदारी बनती है कि वे इस गुत्थी को सुलझाएँ।'' पत्नी ने आरोप की ग्राह्यता पर ही सवाल लगा दिया।

''न मुझे अपने बारे में ऐसा कोई भ्रम रहा और न मैंने तुमसे ऐसी कभी

कोई उम्मीद की।'' पति के स्वर में बेगानापन-सा सुन पड़ा।

''जब तुमको पहेली मानकर सुलझाने वाला मिल गया फिर—'' पत्नी ने फिर कुछ अनकहा छोड़ दिया।

''हाँ, मेरा वह सम्बन्ध टूटा नहीं, मैं उसको तोड़ ही नहीं सका।'' पति ने धीमे स्वर में कहा मानो हथियार डाल दिये हों।

''मैं यह बात हमेशा से जानती रही हूँ।'' पत्नी की आवाज में मौसम से भी ज्यादा ठण्डक थी।

''मगर तुमने—'' पति ने अचानक जैसे सीधे किये गये अपने पैर में ठण्डे फर्श की छुअन महसूस की।

''हाँ, कभी कुछ कहा नहीं।'' पत्नी ने बात पूरी की कि जैसे ठण्ड में पति के खुल गये पैर को अपने हिस्से के कम्बल से ढँकती हो।

''हाँ, लेकिन—'' पति ने कुछ कहना शुरू तो किया लेकिन शायद उसे खुद नहीं पता था कि उसे क्या कहना है।

''दो-तीन बार का कहा जब काम नहीं आया तो फिर बार-बार क्या कहती? तूफान खड़ा करके भी पाया कि जो मैं रोक पायी हूँ वह तुम्हारा शरीर ही है, घर से बाहर छूट गये मन को तो वापस ला नहीं पायी। बेटे की आँखों के आगे तो पर्दा शादी से पहले पड़ा था।'' पत्नी ने ऐसे कहा जैसे वह किसी और के बारे में अपनी राय जाहिर कर रही हो।

''तो सुनो, मैं बाहर जाने के लिए विवश हो गया। किसी ऐसी जगह जहाँ मुझे देखा जाए मेरी गरीबी को नहीं, वहाँ जहाँ यह हिसाब न लगाया जाए कि मैं कितने सारे लोगों की तुलना में कम पैसे कमाता हूँ, वहाँ जहाँ मेरे लिए निगाहों में प्रशंसा का भाव हो, दया का नहीं,'' आँखों के आगे पर्दा पड़ने की अपनी ही बात के आघात से तिलमिला उठे पति ने जरा देर पहले हथियार डाल देने की निरीहता छोड़ते हुए सोचा कि जब बात आ ही पड़ी है तो अपराधी की तरह सिर झुकाकर रह जाने के बजाय उसे अपना पक्ष रखना चाहिए।

''मुझे समझ लेना चाहिए कि इस तुलना में मैं कहाँ खड़ी की गयी हूँ। आदमी को बाहर जाने के लिए कोई बहाना चाहिए होता है, वह अलग बात है, लेकिन विश्वास कर सको तो करो कि न मैंने कभी तुम्हें गरीब समझा, न कभी किसी से तुम्हारी तुलना की और न कभी मेरे मन में तुम्हारे लिए दया करने जैसा कोई भाव आया। विश्वास कर सको तो करो कि मैंने हमेशा तुम्हें देखा है, तुमसे और सिर्फ तुमसे मिली हूँ और झूठ नहीं बोलूँगी, बाहर जाने से पहले तक मेरी निगाहों में तुम्हारे लिए सिर्फ प्रशंसा थी,'' पत्नी ने असम्पृक्त भाव से कहा जैसे उसके लिए अब इन बातों को कहने या न कहने का कोई अर्थ न बच रह

गया हो।

"और अब?" 'बाहर जाने से पहले तक' वाली बात पति के साथ हो ली थी।

"बस, मेरी निगाह में एक चीज कम हो गयी तो कैसा तुरन्त पूछ बैठे? एक बेटा मेरी गोद में डाल देने के अलावा तुमने तो मुझे कुछ भी नहीं दिया, मैंने तो कभी तुमसे कुछ नहीं पूछा। और बेटा भी ऐसा कि...खैर, अब इस बात को यहीं खत्म करो," पत्नी ने कहा और शायद उसे सचमुच ही जम्हाई आयी।

"बालेश्वर जी ने जो पाँच सौ रुपये लिये थे, कल लौटा गये थे। इतने में चल जाएगा? वापसी का टिकट भी लेना होगा।" पति ने उस बात को पहली साँस पाते ही कुछ इस तरह खत्म किया जैसे इतनी देर से उन दोनों के बीच पैसों की ही बातचीत हो रही थी।

पति ने उस बात के बनैले सुअर को दुरदुराकर दूर तक भगा आने की निश्चिन्तता अनुभव की।

"मैंने बहू से कहा तो कहने लगी कि हमारा हाथ खुद ही तंग है, मेले के लिए रुपये कहाँ से लाऊँ? फिर मैंने भी कुछ नहीं कहा।" पत्नी फिर वापस घर पहुँच गयी है, जानकर पति ने राहत की साँस ली।

"दो सौ और होंगे मेरे पास। किसी तरह चला लेंगे, इसी कोठरी में पड़े रहेंगे।" पति ने कुछ हिसाब लगाया।

"मेरे पास दो अँगूठियाँ हैं, नहीं होगा इन्हीं को बेच देंगे।" पत्नी ने करवट बदलने के लिए जमीन पर हथेली टिकानी चाही लेकिन वहाँ पति का हाथ था। पति ने अपने हाथ पर पत्नी की ढट्ठेदार अँगुलियों में पड़ी अँगूठियों की गड़न महसूस की।

"नहीं, न होता तो कोई बात नहीं थी, लेकिन दोनों मिलकर पचास हजार से कम क्या कमाते होंगे, मगर मन की ऐसी दरिद्र है वह कि," पति ने क्रुद्ध स्वर में कहा।

"अब छोड़ो, जितना अपने भाग्य में हो उसी को बहुत मानना चाहिए," पत्नी ने दीर्घ निःश्वास के साथ कहा।

पति ने बनैले सुअर की थूथन पर उगे नुकीले दाँतों को अँधेरे में चमकता हुआ फिर महसूस किया।

"नहीं, वापस जाकर मैं मुन्नू से बात करूँगा। वह बिना बताये दौरे पर न निकल गया होता तो मैं उससे खुद माँगता। उसे बताऊँगा कि बहू ने तुम्हें क्या जवाब दिया।" पति के स्वर में पत्नी के साथ खड़े होने की गर्माहट थी।

"नहीं-नहीं, तुम मुन्नू से कुछ मत कहना। पता नहीं तुम्हारी शिकायत का

क्या असर हो। बेटा है तो क्या हुआ, है तो आखिर मर्द ही। कहीं मुन्नू को भी कोई बहाना मिल गया तो बहू तो बेचारी मर ही जाएगी।'' पति का शक सही था। वह कहीं नहीं गया था। इतनी देर से उन दोनों के बीच में ही खड़ा हुआ था, अपने नुकीले दाँतों का निशाना-सा साधे हुए।

पत्नी की आवाज में कँपकँपाहट थी। लेकिन वह कँपकँपाहट क्रोध की नहीं थी, वह कँपकँपाहट ठण्डक की भी नहीं थी।

❑❑❑